MAUVAISE SOEUR

L'édition originale de ce livre a été publiée pour la première fois
en 2024 en anglais par Delacorte Press, une filiale
de Random House Childrens' Books,
un département de Penguin Random House LLC,
New York, sous le titre *Silent sister*.

Loi n° 49-956 du 16 juillet 1949 sur les publications destinées
à la jeunesse, modifiée par la loi n° 2011-525 du 17 mai 2011.

ISBN : 978-2-09-503053-7 Dépôt légal : février 2025

MEGAN DAVIDHIZAR

MAUVAISE SŒUR

Traduit de l'anglais (États-Unis) par
Julie Lopez

Nathan

Pour toutes les laissées-pour-compte

CHAPITRE 1

GRACE : 27 AVRIL

Le visage sur un avis de recherche est censé être celui d'un inconnu. Ces papiers jaunis, punaisés aux murs des magasins, montrent en général des enfants disparus depuis quinze ans. Et les alertes enlèvements concernent souvent des gamins vivant dans d'autres États dont les parents se déchirent la garde. Et pourtant, le visage qui me fixe sur l'écran de télévision sous le « DISPARUE » en lettres rouge vif…

C'est le mien.

Ce visage, je l'ai vu un million de fois dans le miroir. Il figure sur toutes les photos chez moi. Pourtant, je ne reconnais pas la fille qui me dévisage depuis l'écran plat de la chambre d'hôpital. J'ai l'impression de regarder quelqu'un d'autre.

Ce cliché a visiblement été découpé sur la photo de mon équipe de volley. Je suis en tenue, mes cheveux châtains sont parfaitement lisses, mon sourire, éclatant. Une Grace heureuse, rieuse, charmeuse, digne de son prénom. Rien à voir avec celle que je suis à présent : faible, contusionnée et brisée sur un lit d'hôpital.

Le son de la télé est coupé, mais soudain, le vrombissement monotone de l'air conditionné se met à rugir dans mes oreilles. La photo est remplacée par une autre de ma sœur et moi, joue contre joue. Il n'y a pas de légende, mais j'imagine la voix du présentateur, froide et détachée, s'adressant aux téléspectateurs : *Grace Stoll a été retrouvée sur le bas-côté de la route hier matin de bonne heure, mais les recherches pour retrouver sa sœur Maddy se poursuivent.* L'image change de nouveau, affichant cette fois un portrait de Maddy.

On pourrait nous prendre pour des jumelles. Elle me ressemble plus sur cette photo que je ne ressemble à moi-même en ce moment. J'ai encore les cheveux emmêlés et, bien que le sang séché sur mon visage ait été lavé, j'ai remarqué quelques petites taches persistantes à la naissance de mes cheveux dans le miroir, ce matin.

J'ai tout à fait l'apparence d'une personne retrouvée au bord de la route.

Mais ce n'est pas moi qui suis toujours portée disparue. C'est Maddy.

À peine plus d'une journée s'est écoulée depuis que j'ai repris connaissance et qu'on m'a annoncé pour ma sœur. J'essaie de me convaincre qu'il est encore tôt… Qu'il reste du temps… Ça ne fait pas encore quarante-huit heures. Ils vont la retrouver.

C'est sûr.

C'est une chance, finalement, que le miroir me renvoie le reflet d'une inconnue plutôt qu'une copie du visage de Maddy alors qu'elle est encore dans la nature. Perdue quelque part.

Maman entre, un bouquet de fleurs à la main, essuyant ses yeux bouffis de l'autre. Être témoin de sa douleur, c'est pire que de souffrir moi-même. Elle a essayé de ne pas pleurer devant moi, au début, mais ses larmes n'ont pas arrêté de couler depuis qu'elle est arrivée à l'hôpital, hier. D'abord, j'ai cru qu'elle pleurait de soulagement parce que j'allais bien, mais alors papa m'a dit, pour Maddy.

Elle jette un coup d'œil au bulletin d'informations sur l'écran puis me prend la télécommande des mains.

– On va éteindre ça. Le Dr Thelsman dit que la meilleure chose à faire pour le moment, c'est te reposer, et de toute manière, ils ne vont rien annoncer qu'on ne sache déjà.

Elle pose le vase sur la table sous la télé, ainsi que la télécommande, hors de portée.

– Je me repose, dis-je d'une voix éraillée, méconnaissable.

Un oreiller trop moelleux avale mes épaules et des draps rêches recouvrent la longue éraflure sur mon mollet gauche. La police a emporté les vêtements dans lesquels on m'a retrouvée. Je réajuste délicatement la blouse d'hôpital, prenant soin de ne pas tirer sur le cathéter scotché sur le dos de ma main. Je peux à peine me lever ou démêler le fil de l'intraveineuse toute seule, alors aider Maddy…

– Quelqu'un du lycée est venu déposer ça, explique ma mère en désignant les fleurs, entourées d'autres compositions colorées, de cartes et de cadeaux.

Des tas de gens venus prendre de mes nouvelles défilent dans la salle d'attente, des voisins et des amis, principalement, puisque mes parents sont tous les deux enfants uniques et que leur famille élargie ne vit pas dans la région. Personne ne reste longtemps. Je n'ai pas encore le droit de recevoir des visiteurs. Et puis rester assis sur une chaise en me souhaitant d'aller mieux ne sert à rien alors qu'ils pourraient chercher Maddy.

Ma mère me tend une carte de prompt rétablissement avec une inscription en lettres dorées. L'intérieur est rempli de signatures d'élèves : Mackayla, Jade, Nicole…

– Nicole, dis-je lentement. Elle était avec nous pendant le voyage.

– Tu t'en souviens ?

Maman écarquille les yeux, mais pas de surprise. Je comprends trop tard de quoi il s'agit : d'espoir. J'aurais mieux fait de me taire.

– Non, pas exactement.

On attendait devant le lycée, lundi dernier, avant de monter dans le bus. Il y a cinq jours. C'est la dernière chose dont je me souviens. L'appel avait été fait, les bagages, chargés, et on s'apprêtait à subir le trajet d'une heure jusqu'à l'hôtel Shady Oaks, et puis… plus rien.

– Rien de nouveau. Seulement ce qui s'est passé avant le voyage.

– Oh.

Ses épaules s'affaissent de quelques millimètres.

– Je te préviendrai dès que je me rappellerai quelque chose.

Elle sourit. C'est le premier sourire sincère que je vois depuis mon réveil ce matin.

Pourtant, mon cœur se serre un peu plus, car j'ai dit *dès que* alors que j'aurais dû dire *si*. D'après les médecins, il est impossible de savoir si mes souvenirs reviendront.

– Papa va te rapporter quelques affaires de la maison, reprend ma mère.

– Ça veut dire que je vais sortir ? je demande, prise d'espoir à mon tour.

Mes yeux se sont entrouverts quand l'ambulance est arrivée en hurlant, hier. On m'a hissée sur un brancard brinquebalant. Les médecins et les infirmières criaient mon nom. Quelqu'un m'a demandé si je me rappelais ce qui s'était passé. Je ne sais pas combien de temps s'est écoulé avant l'arrivée de mes parents. Ma mère a pleuré contre mon épaule et mon père a repoussé les cheveux sur mon front pour m'embrasser avant que je sombre de nouveau dans l'inconscience. Les médecins m'ont fait passer tous les examens possibles. J'ai dormi pendant une partie d'entre eux.

Je n'ai fait aucun rêve ni aucun cauchemar, je n'ai eu aucun flash de ce qui m'a envoyée à l'hôpital.

Rien que l'obscurité. Le sommeil. Le silence.

Mais aujourd'hui, je suis bien réveillée. J'ai pleinement conscience de la réalité de la situation : tous mes souvenirs de notre semaine de voyage scolaire de terminale ont disparu. Ma sœur et moi avons disparu, et je suis la seule à avoir été retrouvée.

– Le Dr Thelsman veut que tu passes encore une nuit en observation, et ensuite, si tous les résultats d'analyse sont bons, il espère pouvoir te libérer demain matin.

Me libérer.

Les médecins et les murs de l'hôpital ne sont pas les seuls à me tenir prisonnière.

On entend un petit coup à la porte, accompagné d'un « madame Stoll ? » étouffé.

Un homme grand d'âge moyen pousse la porte et entre avec un autre type, rasé de près. Ils portent tous les deux un uniforme de police. Les yeux du premier passent de ma mère à moi, puis son visage se fend d'un doux sourire.

– Content de te voir réveillée, dit-il, et je remarque quelques poils gris mouchetant son bouc brun. Je suis l'inspecteur Howard, et voici l'agent Jones.

Je serre la main qu'il me tend et salue l'agent plus jeune d'un hochement de tête. Il me fait un signe de la main.

– J'espérais que tu pourrais répondre à quelques questions.

– Je ne sais pas si elle est prête, intervient ma mère, un bras protecteur posé sur le dossier relevé de mon lit. Le médecin a dit…

– Le médecin a dit que j'allais bien, je l'interromps. Tous les résultats des examens sont bons, jusqu'à présent.

– Comment peux-tu aller bien si…

– Avec tout le respect que je vous dois, intervient l'agent Jones, votre fille a dix-huit ans et peut donc légalement prendre ses propres décisions.

La bouche de ma mère se ramollit sous l'effet de la surprise, mais l'inspecteur Howard parle en premier.

– Ce n'est pas grave, dit-il en s'adressant à moi, même si ses yeux se posent sur ma mère. Nous sommes conscients que c'est difficile. Nous voulons simplement en savoir autant que possible pour pouvoir retrouver ta sœur.

– Je veux le faire. Je veux vous aider.

Je devrais être en train de chercher Maddy. Je devrais me bouger pour retrouver ma sœur et m'assurer qu'elle va bien. Si parler est le seul moyen de lui être utile, alors rien ne m'arrêtera.

Maman déglutit et acquiesce d'un hochement de tête, légalement nécessaire ou pas. L'inspecteur Howard rapproche une chaise du bord de mon lit pour se mettre à mon niveau.

– Que te rappelles-tu sur ce voyage ?

– Rien, je… je ne me rappelle rien.

D'après le Dr Thelsman, les pertes de mémoire sont relativement fréquentes après une blessure à la tête ou un événement traumatique. Même si personne ne sait exactement quel a été l'événement en question, il semble évident qu'on peut le qualifier de traumatique.

– Sais-tu ce que tu faisais sur l'Oldham County Road ? demande l'inspecteur après une pause.

– Non. Je ne connaissais même pas son nom jusqu'à maintenant.

– C'est là que Trent Gutter t'a retrouvée hier matin.

– Ton prof de maths ? intervient maman.

– D'histoire, je la corrige.

– Il accompagnait les élèves pendant le voyage, précise l'inspecteur Howard.

– M. Gutter ? je demande. Pourtant, il n'y avait que M. Holtsof et Mme Sanderson à la réunion.

Je suis certaine que c'étaient les deux enseignants initialement prévus pour encadrer notre voyage. Remarquant l'expression surprise de l'inspecteur Howard, je précise :

– Je me souviens de tout ce qui s'est passé avant le voyage.

Il hoche la tête et consulte ses notes.

– Nous avons parlé à Trent Gutter et à Katie Sanderson, tous deux employés de la Forest Lane Academy et chargés d'encadrer cette sortie.

Comme je ne confirme ni n'infirme ce fait, il jette un coup d'œil à l'agent Jones qui tape alors quelque chose sur son téléphone, peut-être une note pour penser à le vérifier plus tard.

– Une personne participant au voyage aurait-elle pu vous vouloir du mal, à ta sœur et toi ? demande lentement l'inspecteur.

– Non, absolument pas.

Aucune hésitation.

Ma mère presse mon épaule pour me rassurer, mais elle a les doigts qui tremblent.

L'inspecteur Howard attend, espérant peut-être voir mes souvenirs défiler comme les images d'un film sur mon front, mais je n'ai rien à ajouter. Nous étions avec des camarades de classe, des *amis.* Personne qui aurait pu vouloir nous faire du mal.

– Tu en es sûre ?

– Oui, je…

Je marque une pause, mobilise ma mémoire. L'effort provoque une douleur si fulgurante que je me masse les tempes pour la chasser.

– Te souviens-tu de t'être disputée avec ta sœur ou quelqu'un d'autre pendant ce séjour ?

– Non, je réponds en secouant la tête. Je… Je ne me souviens de rien après être montée dans le car lundi matin.

La déception s'infiltre dans les rides sur le front de l'inspecteur. Je garde les yeux rivés sur lui, car c'est plus facile que de regarder ma mère. Maddy a besoin de moi. Je peux faire ça pour elle.

– As-tu quitté l'hôtel pour une raison ou une autre ?

– Pas que je me souvienne, dis-je avant d'ajouter, dans une tentative désespérée de me montrer utile : Enfin, j'ai bien dû sortir à un moment ou un autre, si on m'a retrouvée sur la route.

– Est-ce que tu t'en rappelles ?

– Non. Seulement d'être montée dans le car. Ensuite… rien. Jusqu'à ce qu'on me mette dans l'ambulance.

Je dégage les cheveux qui tombent devant mon visage, prenant soin de ne pas toucher les points à l'arrière de mon crâne avec les dents de ma pince à cheveux. La plaie est cachée dans ma nuque, invisible – contrairement à mon œil au beurre noir, à l'éraflure sur ma joue et aux bleus en train de s'estomper. Il a fallu sept points pour recoudre l'entaille à la base de mon crâne, qui me fait plus mal que toutes les autres blessures réunies.

– Je crois que ça suffit, intervient ma mère en se dirigeant vers la porte. Ma fille a besoin de repos, alors à moins que vous ayez de nouvelles informations sur les recherches…

L'inspecteur Howard l'ignore. Je sens qu'il me fixe, mais je garde le menton relevé, les yeux rivés sur les dalles grêlées recouvrant le plafond, essayant de faire disparaître la douleur qui a éclos sous mes tempes. Puis je ferme les yeux jusqu'à entendre la chaise de l'inspecteur racler le sol lorsqu'il la remet à sa place, contre le mur.

– D'accord, acquiesce-t-il. On en a assez pour le moment. N'hésite pas à nous appeler si quoi que ce soit te revient à propos de cette nuit-là.

Il me tend une carte avec le logo de la police. Je vais pour la prendre, mais ses derniers mots déclenchent une nouvelle vague d'élancements dans mon crâne.

– Attendez, je pensais qu'on avait disparu dans la matinée, dis-je en regardant ma mère, en quête d'une confirmation.

Elle hoche la tête, mais fronce les sourcils, perplexe.

– Le lycée nous a appelés hier matin pour nous annoncer que les filles manquaient à l'appel.

– Après avoir parlé avec les accompagnateurs et d'autres élèves ayant participé au voyage, il s'avère que les filles ont été vues pour la dernière fois jeudi 25, vers 21 heures.

Le visage de ma mère se décompose. Douze heures. Maddy a disparu depuis douze heures de plus qu'on ne le pensait. Je ravale ma panique grandissante. Je sais ce qu'on dit sur les quarante-huit premières heures. Tout le monde le sait. Et on en a perdu douze sans même s'en rendre compte.

– Je ne comprends pas, reprend ma mère d'une voix frêle, menaçant de se briser. Le lycée a dit qu'ils avaient commencé à les chercher dès l'annonce de leur disparition, soit vendredi matin.

– Leurs camarades de chambre et un garçon, un certain… (L'inspecteur Howard fait défiler ses notes sur son téléphone.) Ryan Jacobs, ont remarqué l'absence des filles à 6 heures du matin, le 26, et ont aussitôt prévenu leurs enseignants. Ils ont fouillé l'hôtel et toute la propriété, puis ils nous ont appelés en même temps que vous.

– Quelle heure est-il maintenant ?

– Seize heures à peine passées.

Ça veut dire que si Maddy n'est pas retrouvée dans les cinq prochaines heures, alors elle sera probablement…

Ils ne précisent pas à quel point c'est important que je me souvienne.

Ce n'est pas nécessaire. Maddy a disparu.

Et j'étais la seule personne avec elle quand c'est arrivé.

CHAPITRE 2

MADDY : 20 AVRIL

Quarante-deux jours jusqu'à la remise des diplômes.

Quatorze jours jusqu'au bal de promo.

Deux jours jusqu'au voyage des terminales.

Sept minutes (environ) jusqu'à ce que ma vie (j'espère) change pour toujours.

Je tapote frénétiquement le carnet sur mes genoux avec un stylo, luttant contre l'envie pressante de regarder encore une fois mon téléphone. Seules deux minutes se sont écoulées depuis que j'ai rafraîchi pour la dernière fois ma boîte mail. Les résultats sont censés être annoncés aujourd'hui, mais il faut que j'arrête d'y penser. Je vais arrêter tout de suite.

OK, *maintenant.*

Arrête, arrête, arrête, arrêtearrêtearrête.

Mais je devrais quand même vérifier que… Mon téléphone vibre et je manque tomber du lit en l'attrapant sur l'oreiller.

Ce n'est pas un mail, mais un message d'Erica : une photo de son chat, l'air outré. Cela suffit à me faire rire et à oublier ma boîte de réception vide assez longtemps pour répondre.

Tu as encore bougé alors qu'il dormait sur toi ?

Non, j'ai raté de trois minutes l'heure de sa pâtée.

J'envoie un émoji hilare et lui demande si elle veut venir chez moi ce soir. Toute la semaine, au lycée, elle a évité de mentionner ses projets pour aujourd'hui. Mais je sais très bien pourquoi. C'est ma meilleure amie – bon, d'accord, ma *seule* amie – et on se fait souvent des surprises. C'est notre truc. On s'offre des cadeaux sans prévenir, toujours affublés d'yeux exorbités. Un matin, je lui ai apporté un gobelet de café avec deux gros yeux en plastique collés sur le couvercle. Quelques semaines plus tard, elle a renchéri avec un donut décoré d'une paire d'yeux. Une bombe de bain. Un crayon à papier. Une coque de téléphone. Du maquillage. Des cadeaux petits et grands, tous avec des yeux adhésifs ridicules pour faire rire l'autre. Mais depuis que j'ai rempli sa voiture de ballons gonflables aux yeux protubérants, il y a deux mois, elle ne m'a plus fait de cadeau. Elle prépare un gros truc, c'est certain, et je prédis que la révélation aura lieu ce soir.

Pas de réponse rapide comme l'éclair, cette fois-ci. Je souris en coin. Très bien, qu'elle laisse mon message en « vu ». Elle sera bien obligée de cracher le morceau d'ici peu. Je l'ai entendue parler du festival de musique quand je suis entrée en cours d'anglais mardi. Elle s'est tue dès qu'elle m'a aperçue, et j'ai fait comme si de rien n'était. Elle ne se doute pas que je l'ai grillée. Il faut au moins trente minutes pour aller en ville en voiture et dix de plus pour se garer. Plus le temps de se préparer ensemble… D'après mes estimations, elle devra avouer et envoyer une photo des tickets agrémentés d'yeux dans l'heure qui vient.

Peut-être que d'ici là, je saurai si j'ai les moyens d'aller à la fac l'année prochaine. Ça fait beaucoup de bonnes nouvelles à attendre en même temps.

Je n'en peux plus.

Je jette mon téléphone sur mon lit et me concentre sur la page blanche devant moi. Ça fait des mois que j'ai envoyé mon dossier pour la bourse d'écriture Dorene Williams Memorial, je n'ai donc plus aucune obligation de remplir cette feuille. Mais la poésie me détend. D'habitude. Pas aujourd'hui.

Si la réponse est positive, je pourrai m'inscrire dans l'université de lettres et sciences humaines de mon choix en dehors de l'État. Étonnant qu'une annonce financière capitale puisse perturber mes capacités créatives aussi rapidement qu'une rumeur peut ruiner une réputation au collège.

Mes parents ne savent pas que je veux aller à Trinity University. Si je montrais les frais de scolarité à mon père, les yeux lui sortiraient de la tête. Obtenir cette bourse changerait tout. Plus que l'argent, c'est la reconnaissance qui m'importe. Cela voudrait dire que quelqu'un a lu mon travail et pensé : *Elle en vaut la peine.*

Bzz. Mon cœur s'arrête quand j'entends la vibration étouffée sur mon oreiller. Je tends la main, puis j'hésite. C'est sans doute Erica et sa surprise.

Mais peut-être pas. Peut-être que c'est le petit-fils de Dorene Williams lui-même – ou l'un des membres du conseil d'administration – m'annonçant que mes écrits les ont littéralement scotchés et qu'ils n'ont jamais été aussi contents d'investir dans une jeune autrice. À cette pensée, ma gorge s'assèche.

Je serre mon téléphone contre ma poitrine. Ferme les yeux. Inspire profondément et…

Grace entre précipitamment dans notre chambre et s'arrête, les yeux parcourant le sol.

– Beurk ! lance-t-elle d'un air dégoûté. Qu'est-ce que tu fais ?

– Rien, dis-je en posant mon téléphone sur mes genoux.

– Et ça ?

Le nez plissé, elle désigne le bol à côté de mon carnet tout en tendant le cou pour regarder de l'autre côté de mon lit.

– Je mange, dis-je en trempant une fine tranche de poivron dans de la sauce blanche. T'en veux ?

– Tu as *vraiment* envie que je vomisse encore sur ton lit ?

– Nan, la fois après la soirée pizza d'Alejandra en CE1 m'a suffi.

Je croque dans le poivron avec un bruit satisfaisant. Grace fonce de son côté de la chambre et j'en profite pour jeter un rapide coup d'œil à mon portable, m'attendant à un texto d'Erica.

Mais ce n'est pas ça. C'est un mail. Un mail de la Fondation Dorene Williams ! C'estunmaildelaFondationDoreneWilliams !!!!

Grace soulève sa couette en grommelant.

– Tu n'as pas vu mon maillot de volley ?

– Quoi ?

Je relève les yeux, trop terrifiée pour cliquer alors qu'il y a quelqu'un d'autre dans la pièce. J'ai besoin d'être seule, qu'il s'agisse d'une bonne ou d'une mauvaise nouvelle.

– Mon maillot, répète-t-elle en ouvrant brusquement la porte du placard. Tu ne l'as pas vu ?

– Nan.

Je prie pour qu'elle n'entende pas mon cœur tambourinant.

– Au linge sale, peut-être ? je suggère.

– Non, je pensais l'avoir oublié dans mon sac la semaine dernière, mais je ne le trouve plus, répond Grace en s'examinant dans le miroir et en ramenant ses longs cheveux châtains en une queue-de-cheval haute. Le coach va me tuer si j'arrive en retard au match.

– Attends, laisse-moi faire.

Je me débarrasse de ma nervosité en même temps que de mon téléphone, m'assieds sur son lit et tire sur sa main pour qu'elle lâche ses cheveux.

– Tu me sauves la vie, commente-t-elle en prenant sa position habituelle, par terre, tandis que je laisse pendre mes jambes de chaque côté de ses épaules.

Puis je passe rapidement une brosse dans sa chevelure. C'est le même rituel depuis que j'ai sept ans. Un jour, Grace pleurait tandis que maman essayait en vain de démêler sa tignasse. J'ai pris le relais tant qu'il lui restait encore des cheveux sur la tête. Sous mes doigts, elle est passée des sanglots aux sourires.

Soixante secondes plus tard, une tresse inversée descend dans le dos de Grace, sans une seule bosse ni une seule mèche rebelle. Et pendant ce laps de temps, je n'ai dû me retenir de vomir de stress qu'environ douze fois.

Elle se relève et reprend ses recherches, fouillant dans les tiroirs puis repoussant son dessus-de-lit.

– La fondation doit annoncer les boursiers aujourd'hui, non ? Tu as des nouvelles ?

– Oh, euh, j'ai pas pensé à vérifier.

Ma sœur et moi partageons la même chambre, la même salle de bains et même une partie de notre garde-robe, mais ça, c'est une chose que je n'ai pas envie de partager. J'ai un pressentiment, une graine d'espoir, que mon travail acharné a payé et que le mail qui m'attend sur mon téléphone *en ce moment même* m'annoncera la nouvelle que je désire tellement.

Mais il y a aussi un nuage diffus de doute qui m'empêche de lui dire la vérité.

– Si tu t'es montrée telle que tu es, je suis sûre qu'ils vont t'adorer, dit-elle.

J'essaie de sourire. Facile à dire, pour elle. Tous ceux qui rencontrent Grace l'adorent. Ce n'est pas pour rien qu'elle a des plans avec vingt potes différents ce week-end alors que j'attends toujours des nouvelles de ma seule amie.

– Maddy ! lance maman depuis le rez-de-chaussée. Je veux dire, GRACE !

Grace lève les yeux au ciel. Chaque fois que maman est stressée, elle se trompe de prénom, ce qui rajoute à son stress, et ainsi de suite. C'est un cercle vicieux.

Notre mère apparaît dans l'embrasure de la porte et lance un maillot bleu orné de chiffres dorés à la figure de Grace.

– Il faut qu'on soit au gymnase dans vingt minutes. Allons-y !

Grace enfile son maillot et m'ignore quand je lui dis de faire attention à ne pas se décoiffer.

– Où tu l'as trouvé ? demande-t-elle.

– Dans le sèche-linge. Ton père l'a lavé hier soir. Tu le remercieras plus tard. Allez, mets tes chaussures !

Grace sort en courant.

– Bonne chance ! je lance.

– Tu es sûre que tu ne veux pas venir ? demande ma mère.

– Ouais. J'ai des devoirs.

Je désigne le carnet à côté de moi. Mon téléphone est toujours là, écran retourné, attendant d'être débloqué.

Si j'ai l'argent pour aller à Trin' U, je partirai de la maison et pourrai créer une nouvelle version de moi-même, celle que je veux être, pas celle que les gens voient depuis le collège. Je serai moi-même, une personne à part entière avec ses propres réussites, plus seulement la sœur discrète à côté de Grace, l'extravertie. Je pourrai enfin briller par mon travail et mes notes, sans être ternie par tous ses A+ à elle. Je ne serai plus *la sœur de cette joueuse de volley.*

– Maman ! crie Grace, quelque part en bas. On y va !

Une porte claque.

– N'oublie pas de sortir la chienne, me rappelle maman.

– OK.

J'attends que la porte du rez-de-chaussée se ferme une dernière fois.

Enfin seule. Je récupère mon téléphone plus vite qu'un Oreo tombé par terre. Le voilà, en gras, dans ma boîte de réception : Fondation Dorene Williams. Il est là ! Il est vraiment là ! Là, là, là !

Madelyn Stoll,

Nous vous remercions de votre candidature pour l'obtention de la bourse de la Fondation Dorene Williams cette année. Nous avons le regret de vous informer qu'elle a été attribuée à un autre poète –

Je n'ai pas besoin de lire la suite.

Mon téléphone glisse sur mes genoux.

Je ne sais pas combien de temps je reste assise comme ça, mais Fizzy finit par entrer dans la chambre et poser sa tête marron aux poils hirsutes sur mes genoux. Je gratte l'arrière de ses oreilles tandis qu'elle me regarde comme si elle savait que j'ai le cœur brisé.

– Tu as raison, dis-je. Je ne dois pas me laisser abattre.

Et pourtant. Je la grattouille une dernière fois avant de prendre mon carnet et mon stylo. Quoi qu'en pense ce comité, écrire est mon seul moyen d'exprimer ce que je suis vraiment.

– Je vais faire la liste de toutes les raisons pour lesquelles cette bourse n'a pas d'importance.

Fizzy saute sur mon lit et se blottit à mes pieds. Une fois ma liste terminée, je la lui lis.

- *Un autre écrivain doit être vraiment hyper heureux en ce moment.*
- *Le voyage des terminales commence lundi.*
- *Un établissement public reste une option, même sans bourse.*
- *Je ne voulais pas vraiment de cette bourse stupide, de toute façon.*
- *Le petit-fils de Dorene Williams est sans doute un homme triste et amer avec des boutons plein le dos.*

Fizzy ouvre les yeux un instant avant de les refermer.

– Quoi ? C'est une raison parfaitement valable.

Je relis le premier point sur ma liste, espérant en vain y trouver un peu de réconfort.

J'avais un projet pour l'année prochaine. Les choses allaient changer. Je rêvais d'être indépendante, de vivre sur le campus, d'aller dans des cafés étudiants pour écrire ou de lire sur des bancs, au parc. Des amis – au pluriel – me reconnaîtraient de loin et discuteraient avec moi entre les cours. Tout serait ensoleillé et tranquille, un rêve éveillé. Mais à présent, ces visions de moi-même sont remplacées par un grand vide et mes larmes me piquent les yeux.

– Nan, pas de ça ! je me réprimande en m'essuyant les joues.

J'avais peu de chances d'obtenir cette bourse, de toute manière. Je n'aurais pas dû m'autoriser à rêver.

Je prends une autre tranche de poivron et la mâche pensivement. Faire mes bagages est un bon moyen pour me changer les idées. J'ai encore toute la journée de demain pour préparer mon voyage, mais je sors quand même mon sac en toile du placard.

Grace a scotché une liste d'affaires à prendre sur le panneau au-dessus de sa commode, à côté de son bulletin aux notes parfaites, alors qu'elle ne travaille jamais. Juste à côté, la brochure officielle présente le voyage des terminales comme une occasion de renforcer les liens entre camarades de classe, d'apprendre à travailler en équipe et de découvrir de nouvelles choses sur soi. Bien entendu, elle ne mentionne pas les quelques centaines de dollars à payer. Mon prof de sciences se plaint de ces absences d'une semaine chaque fois qu'une partie de sa classe s'inscrit au prochain voyage, mais le lycée n'en démord pas : la Forest Lane Academy a lancé cette tradition il y a plus de cinquante ans et n'a pas l'intention d'y mettre un terme.

On va louper toute une semaine de cours. Quatre nuits et cinq jours à l'hôtel Shady Oaks. Je prends des sous-vêtements pour chaque journée et les jette dans mon sac. En fait, mieux vaut prévoir une paire de plus au cas où.

Je ne sais pas trop à quoi m'attendre. Les gens disent que ce voyage change tout. Ils ne peuvent pas nous expliquer comment, bien sûr, car ils ont juré de garder le secret. On n'a le droit de parler de cette expérience qu'avec ceux qui y ont déjà participé. Ce qui se passe à Shady Oaks reste à Shady Oaks.

Du moins, c'est l'excuse que me sort Erica depuis qu'elle y est allée, en octobre. Comme il y a trop de terminales pour qu'on parte tous en même temps, on doit faire des groupes de trente. On était censées participer ensemble à la première session, Erica et moi, mais Grace devant jouer son dernier match de volley à domicile cette semaine-là, ça n'a pas été possible. Même si maman ne m'y avait pas obligée, j'aurais tenu à y assister avec ma famille, à accompagner ma sœur jusqu'au terrain avec des posters et des fleurs. Je suis sûre que Grace ferait la même chose pour moi.

Erica n'a pas voulu attendre. Moi, je l'aurais attendue, mais je ne peux pas exiger la même chose d'elle. Elle n'est pas comme ça. Elle est impulsive, fantasque et amusante, aussi extravertie que je suis introvertie.

On est toujours fourrées ensemble depuis la troisième. Maddy et Erica... Du moins, c'était le cas jusqu'à ce qu'elle revienne de ce voyage.

Alors que je prends mon téléphone pour lui demander quelles affaires prendre, le mail de refus réapparaît. Hop, à la corbeille. On ferme la boîte de réception. On n'y pense plus. Je ne toucherai plus à l'icône Messagerie pendant des jours, peu importe combien de notifications je recevrai. Quand j'ouvre ma discussion avec Erica, un message m'attend déjà.

Je ne peux pas ce soir. Je vais au festival de musique.

Je le savais. Son aveu est une petite victoire qui m'aide à digérer la défaite de la bourse. Avec qui ? je demande pour la forcer à taper mon nom. Les trois petits points apparaissent et disparaissent plusieurs fois. Qu'est-ce qui serait mieux pour ce soir, mon haut vert ou le bleu de Grace ?

Mais quand je regarde mon téléphone, ce n'est pas mon prénom qui éclaire l'écran. C'est celui de Zoey.

Zoey. Sa camarade de chambre à Shady Oaks. La fille qui a transformé notre duo en trio depuis qu'elles ont créé un lien mystérieux et incroyable au cours d'une activité dont elles ne peuvent même pas me parler. J'ai voulu me persuader toute l'année qu'Erica était toujours ma meilleure amie. Que les choses n'avaient pas vraiment changé. Qu'elle était occupée, pas qu'elle m'oubliait. Qu'elle ne s'éloignait pas de moi. Que j'étais trop sensible.

Tu peux venir si tu veux.

Ce texto me fait l'effet d'un coup de poing dans le ventre. Ce n'est pas une invitation. C'est la confirmation qu'elle a organisé ça avec Zoey toute la semaine. Ou plus. J'ai l'impression que mon ventre est creux, comme si quelqu'un l'avait vidé, raclant bien à l'intérieur. Ce n'est pas Zoey, la cinquième roue du carrosse. C'est moi.

Je fourre un bas de jogging dans mon sac, plus brusquement que nécessaire. Si j'avais obtenu cette bourse, j'aurais pu partir à la fac pour étudier la poésie. J'aurais pu repartir de zéro avec de nouvelles personnes, de nouveaux amis, être vue, faire entendre ma voix.

Mais je ne l'ai pas eue, donc ça n'a plus d'importance. Je prends des shorts et des leggings dans mon tiroir et les lance sur le lit à côté de la chienne. Fizzy en descend d'un bond et se met à faire les cent pas. Erica aurait dû m'en parler. De toute évidence, elle s'est sentie obligée de me le cacher, ce qui prouve bien qu'on n'est plus aussi proches qu'avant.

Concentre-toi sur autre chose.

Le voyage des terminales.

Tes bagages.

Bon.

J'attrape tout un tas de chaussettes et les fourre dans mon sac avec mes émotions. Je les pousse au fond et tire la fermeture Éclair. Si je montre à Erica que son comportement me fait de la peine, je risque de découvrir quelque chose d'encore pire : qu'elle se fiche que ça me blesse ou non.

Mieux vaut faire semblant.

Je viens de me rappeler que je devais faire du baby-sitting ce soir. Mais amusez-vous bien.

Elle devinera sans doute que c'est un mensonge, mais tant pis.

Lundi, ce sera mon tour de partir en voyage scolaire. J'aurai ma propre camarade de chambre et mes propres secrets. Je prends un stylo vert citron sur la commode de Grace et décroche le calendrier du mur. Cinq jours sans cours, sans plus de dossier de bourse ni de résultats à attendre. Sans Erica et Zoey marchant un demi-pas devant moi dans les couloirs. Je dessine des petites étoiles autour de ces cinq journées.

Je regarde mon téléphone, mais n'ouvre pas la réponse d'Erica. En revanche, je lis le texto de Grace.

Le match a pris du retard. Maman dit de mettre une pizza au four pour le dîner. Est-ce que tu as eu la réponse pour la bourse ?

Je commence à taper la vérité, mais mettre mon échec en mots m'est trop douloureux. J'efface tout et recommence.

J'aurai les résultats la semaine prochaine. J'avais mal lu la date.

Zut. J'espère que l'attente ne va pas te gâcher le voyage.

Je jette mon sac par terre et me laisse tomber sur mon lit. J'ai déjà touché le fond et creusé un petit trou pour m'y cacher. Rien ne pourra gâcher ce voyage.

De nombreuses choses - des clés de voiture à la plage, une paire de lunettes relevée sur la tête, votre moyenne après un contrôle de chimie, votre respect pour vos modèles, une amitié avec trop de secrets, une chaussure dans un placard en bazar, le jouet préféré de votre enfance, une pièce de monnaie qui a glissé sous le siège passager, votre confiance en vous après un rejet, une télécommande entre les coussins du canapé, la personne que vous aimez le plus au monde, votre santé mentale, votre sens de la réalité - tout peut être É garé.

CHAPITRE 3

GRACE : 28 AVRIL

– Ça fait du bien de rentrer à la maison, dit maman en poussant un soupir las alors qu'on s'engage dans notre allée, le lendemain.

Les cinq heures qui ont suivi la visite de l'inspecteur Howard ont été les plus rapides de toute ma vie. Les premières quarante-huit heures sont passées sans aucun signe de Maddy. La brigade cynophile a détecté une odeur devant l'hôtel où on a séjourné, mais l'a perdue en lisière de forêt. Les drones envoyés au-dessus de la montagne n'ont fourni aucune information non plus. Cela fait maintenant plus de soixante heures que personne n'a vu Maddy.

Je l'ai peut-être vue plus récemment que ça, mais, à moins que mes souvenirs reviennent, ça ne change rien.

L'inspecteur Howard a dit que la police avait quadrillé toute la zone autour de l'hôtel. Elle a aussi demandé aux personnes vivant à proximité de là où j'ai été retrouvée de visionner les images de leurs caméras de surveillance à la recherche du moindre détail suspect. Rien d'utile n'a été rapporté pour le moment.

Je fais la liste de toutes les personnes ayant participé au voyage. Peut-être que voir ces noms réveillera… quelque chose, n'importe quoi. Puisque la police a toujours mon téléphone, je ne peux même pas faire de recherches en ligne ni contacter qui que ce soit.

Pas encore.

D'après l'inspecteur Howard, c'est M. Gutter qui m'a retrouvée. Si j'arrive à entrer en contact avec lui, peut-être que…

Je préfère ne pas terminer cette phrase. Espérer, c'est trop dangereux.

Le regard de ma mère s'attarde sur moi. J'ignore les rides d'inquiétude sur son visage et dirige mon attention sur la peinture écaillée de la porte du garage, qui se lève lentement. Les fenêtres sombres des chambres nous dominent, rideaux tirés. Il y a des tulipes devant la maison, mais les feuilles ont jauni et elles perdent déjà leurs pétales aux couleurs fanées. Tant de choses ont changé en une semaine.

– Papa n'est pas encore rentré, fait-elle remarquer d'une voix tendue à se rompre. Il avait dit qu'il serait là. Ne bouge pas, je vais prendre ton sac.

Je m'attendais à ce que la maison soit différente, mais le frigo est toujours à sa place, couvert d'aimants et de relances de factures. Le plan de travail est aussi impeccable que d'habitude, sans doute nettoyé par maman. Le sol est toujours éraflé autour de la table de la cuisine, à force d'ignorer les demandes répétées de papa de soulever les chaises plutôt que de les tirer ou de les pousser. Fizzy vient toujours m'accueillir à la porte en bondissant.

– Salut ma belle !

Je tombe à genoux et enfonce mes doigts entre les poils de notre goldendoodle pendant qu'elle me couvre de léchouilles. Tout son derrière s'agite lorsqu'elle remue la queue et me saute dessus. Elle sait exactement de quoi j'ai besoin pour me sentir chez moi.

Trop excitée pour me laisser le temps de la câliner, elle court jusqu'à maman, puis vers la porte, comme si elle attendait quelqu'un. Comme si elle attendait Maddy.

– Viens ici, ma belle, je l'appelle en tapotant mes genoux, pour ne pas m'effondrer.

Elle gémit et s'assied près de la porte.

– Ça va aller, Fizzy, je suis là.

Mais elle continue de geindre. Je m'assieds par terre et la prends dans mes bras.

– Je ne sais pas quand elle va revenir, je murmure pour qu'elle seule puisse m'entendre. Mais j'ai besoin de croire qu'elle reviendra.

– Ça va ? demande maman.

J'arrête de caresser Fizzy et regarde la porte en grimaçant, avant de chasser son inquiétude d'un geste de la main.

– Juste un peu mal au crâne.

– Le Dr Thelsman a dit que c'était normal, m'assure-t-elle, comme si je n'étais pas là quand on m'a remis les documents de sortie.

Le médecin m'a autorisée à partir ce matin après que mes derniers résultats d'analyse sont revenus, n'indiquant aucune séquelle physique permanente. Il n'a pas pu confirmer que mes souvenirs reviendraient un jour.

– Et si tu allais t'allonger en attendant que le déjeuner soit prêt ? suggère maman.

Elle ouvre la porte du frigo dont le contenu révèle que, selon la tradition du Midwest, tous les voisins à un kilomètre à la ronde nous ont apporté à manger.

J'ignore poliment les larmes qui lui montent aux yeux sans crier gare. Ce sera peut-être ça notre vie, désormais : pleurer sans pouvoir s'en empêcher et faire comme si personne ne s'en apercevait.

– Est-ce que tu sais combien de temps ils vont garder mon téléphone ?

Je n'ai pas besoin de préciser qui désigne ce « ils ». L'enquête, Maddy, la police : ils tournoient constamment au-dessus de nous, contexte invisible de chaque conversation. Cela semble absurde de fouiller dans un téléphone qui nous a été confisqué dès notre arrivée, mais je ne vais pas me plaindre s'ils pensent que ça peut aider à retrouver Maddy plus vite.

– Ils n'ont rien dit.

Un petit vase rempli de fleurs jaunes est posé sur le plan de travail. La carte est signée de la famille d'Erica et indique qu'ils prient pour nous.

Si seulement ce geste de la meilleure amie de Maddy m'apportait du réconfort plutôt qu'une impression de vide.

– Je pensais essayer de contacter quelques personnes. Le Dr Thelsman a dit que c'était important que je sois soutenue. Parler à des gens pourrait m'aider à penser à autre chose.

Je ne précise pas que je veux me servir de mon téléphone pour enquêter par moi-même. Maman fait tellement d'efforts pour m'empêcher de m'inquiéter.

Son visage se transforme, comme si elle venait de trouver la tâche dont elle avait besoin pour se distraire.

– On pourrait t'en acheter un à Walmart. Un appareil bon marché pour appeler et envoyer des textos. Ou alors, attends…

Elle disparaît dans sa chambre et revient quelques minutes plus tard avec un Android rose que je n'avais pas vu depuis quatre ans.

– C'est un vieux numéro, mais on pourrait l'apporter dans un magasin pour le réactiver.

Notre téléphone du collège. Je dis « notre », car Maddy et moi avons dû le partager pendant deux ans, et on a détesté ça. Mes parents prétendaient vouloir nous confier une responsabilité en respectant des limites, mais on savait toutes les deux qu'ils n'avaient pas les moyens d'acheter deux téléphones et de payer deux forfaits. On n'a eu notre portable chacune qu'à l'académie. Malgré les bourses qu'on a obtenues pour étudier à la Forest Lane Academy, les frais de scolarité étaient si élevés que nos parents ont dû encore réduire la voilure. On a dit qu'on préférait partager une chambre, et on a donc déménagé dans une maison plus petite, mais au moins, on a eu deux nouveaux portables.

Maman regarde l'heure.

– Je vais appeler ton père pour savoir où il est.

Je prends mon sac. Sachant instinctivement où je vais, Fizzy me précède dans l'escalier en courant. Arrivée au sommet, elle m'attend, haletante, mais je ne peux pas me résoudre à monter. J'imagine notre chambre :

les lits défaits de chaque côté de la grande fenêtre, la télé au-dessus de la commode, les vêtements éparpillés par terre. J'imagine mes photos de collège dans leurs cadres, sur notre commode, et les vieux rubans de volley-ball collés sur le panneau d'affichage, délavés par des années de soleil. Le moindre détail de cette pièce devrait m'apporter du réconfort.

Sauf que, quand je passerai cette porte, Maddy ne sera pas là.

Ce fait a beau me paralyser, une part de moi espère qu'il y aura assez d'elle dans la pièce – ses carnets, ses baskets, ses livres, *elle* – pour que je puisse imaginer, ne serait-ce qu'un bref instant, qu'elle n'a pas vraiment disparu. Si je ne chasse pas ces pensées, je pourrais bien ne plus jamais bouger, alors je relève le menton et gravis les quatorze marches menant à notre chambre.

Quand j'ouvre la porte, j'ai envie de pleurer. Bien sûr, j'étais naïve d'imaginer retrouver notre chambre comme avant l'accident. Bien sûr que maman a fait la lessive, les lits et rangé les livres dès que nous sommes parties en voyage. Bien sûr que ce n'est plus comme on l'avait laissé.

Je me laisse tomber sur mon lit. Les objets appartenant à Maddy – ses romans fantastiques sur l'étagère, sa lotion sans parfum sur la commode, ses photos encadrées – hurlent tous son absence. Si seulement c'était moi qui avais disparu et elle qui devait réconforter Fizzy. Ce serait à elle de garder la tête haute face à l'angoisse de maman, de surprendre papa le regard dans le vide. Ce serait elle qui entrerait dans une chambre fantôme, dépourvue de vie.

Une larme glisse sur mon visage, sur ma joue égratignée. Je continue d'envisager différentes possibilités, commençant toujours par la plus innocente – l'histoire à laquelle je ne peux pas m'empêcher de me raccrocher : Maddy et moi sommes parties randonner et nous nous sommes perdues. Je touche un hématome particulièrement moche sur mon mollet et grimace de douleur. J'ai dû me faire ça pendant cette randonnée, en tombant, peut-être. Peut-être que je me suis cogné la tête et que Maddy s'est perdue en allant chercher de l'aide.

Mais dans ce cas, où est-elle ?

J'ai beau vouloir me convaincre que tout ça n'est qu'un accident terrible, une erreur, une part de moi sait très bien que je me voile la face. La police, les interrogatoires, les infos – tout le monde s'attend à découvrir quelque chose de sinistre, quelque chose que je ne veux même pas envisager. Ils savent que ces choses-là arrivent tout le temps. Je le sais aussi, mais… pas à ma sœur.

Mes amis doivent savoir pourquoi je suis partie cette nuit-là. Il faut que je parle à Nicole.

Je regarde le téléphone que maman m'a donné. Il est complètement rechargé, mais si j'en crois mes souvenirs, la batterie tombera à quatre-vingts pour cent en quelques minutes seulement. Cette batterie a toujours été nulle, et c'est l'une des raisons pour lesquelles Maddy et moi nous disputions tellement au sujet du téléphone.

Je l'ai chargé, comme promis. La voix de collégienne de Maddy résonne dans ma tête. Je serre l'appareil entre mes mains. Je me fiche qu'elle crie, râle ou se plaigne. Je ferais n'importe quoi pour l'entendre à nouveau…

Une photo de nous deux apparaît sur l'écran verrouillé : joue contre joue, avec le même appareil dentaire et la même raie au milieu. J'essaie de ne pas grimacer, me rappelant à quel point nous aimions cette photo. J'éprouve une nostalgie intense à voir des jeux auxquels je n'ai pas joué depuis des années. Même si je me souviens de quelques amis – Nicole et Caleb – qui sont partis en voyage avec nous, leur numéro n'est pas dans ce téléphone.

Je m'étale sur mon lit et me connecte au wifi, passant en revue les différentes applications, mais le seul réseau social que papa et maman nous autorisaient à suivre au collège est désormais obsolète. Télécharger les applis que tout le monde utilise de nos jours ne me prend que quelques secondes, mais après avoir tapé mon nom sur l'écran d'accueil, mes doigts se figent.

Toutes ces applis sont installées sur mon téléphone, si bien que je n'ai jamais besoin de mot de passe et – pire encore – le numéro de portable rattaché à mon compte est celui de l'appareil qu'a encore la police. Ma seule option, c'est de le récupérer par mail. Je me connecte sur mon compte Forest Lane. Ou du moins, j'essaie.

Le nom d'utilisateur et le mot de passe ne correspondent pas.

Je réessaie. Et réessaie. Me maudissant et maudissant l'obligation instaurée par le lycée de changer de mot de passe tous les quatre-vingt-dix jours, je referme la fenêtre en grognant. Faute de mieux, je fais défiler les applications jusqu'à l'icône mail. J'ouvre la boîte de réception du compte que Maddy et moi partagions quand nous étions plus jeunes : SoeursStoll4ever@mail.com.

Le nombre à cinq chiffres de messages non lus dans les spams me donne presque des sueurs froides. Mais je l'oublie vite, car je me rends compte que je ne connais pas les adresses mail de mes amis parce que a) qui écrit des mails ? et b) dans les rares occasions où j'ai dû partager un document, l'adresse se remplit automatiquement quand je tape les premières lettres.

Je suis donc dans l'incapacité totale de contacter mes amis.

Fizzy doit sentir mon envie de hurler, car elle saute à côté de moi sur le lit.

Je ne peux pas abandonner aussi facilement.

J'ouvre un autre onglet et entre le nom de M. Gutter dans la barre de recherche. L'adresse mail des élèves n'est pas publique, mais celle des professeurs l'est peut-être. Si je ne peux pas joindre mes amis pour trouver des réponses, je peux essayer de contacter quelqu'un d'autre, *qui que ce soit,* qui pourra me rafraîchir la mémoire.

C'est le site Internet du lycée qui apparaît en premier, mais un gros titre en dessous attire mon attention : « Un professeur d'histoire impliqué dans la disparition des sœurs Stoll ? »

Je clique. L'article, qui date de ce matin, compte déjà plus de cent mille vues. Jusqu'où cette affaire s'est-elle propagée ? Mon ventre se noue à l'idée d'inconnus parlant de nous, chez eux, à travers tout le pays, comme si nous étions le sujet du tout dernier documentaire Netflix sur les tueurs en série.

En haut de la page, une bannière indique : « Secrets et théories sur les sœurs Stoll » et sur le côté se trouvent les liens de quatre autres posts.

> Trent Gutter enseigne l'histoire à la Forest Lane Academy depuis plus de vingt-cinq ans, mais sa relation avec ses élèves dépasserait-elle ce cadre ? En tant qu'accompagnateur du voyage des terminales, Gutter était à proximité des deux jeunes filles disparues la nuit du 25 avril. Pourtant, initialement, Gutter ne devait pas encadrer le séjour. Certains disent qu'il s'est porté volontaire afin d'être proche des élèves quand son collègue est tombé malade. D'autres rapportent que le lycée a interrogé les élèves restés dans l'établissement sur leurs relations avec leurs professeurs pendant la semaine de voyage, suscitant des spéculations selon lesquelles la direction aurait profité de l'absence de Gutter pour lancer une enquête sur de possibles rapports inappropriés.
>
> Ce professeur aurait retrouvé l'une des sœurs au bord de la route le matin où elles ont été portées disparues. Comment a-t-il su où chercher ? Depuis, il a participé à toutes les battues. Est-ce là un citoyen serviable, toujours au bon endroit et au bon moment ? Ou un professeur pervers s'immisçant dans l'enquête ?

Je ferme l'onglet, craignant de rendre mon petit déjeuner. M. Gutter a toujours évolué tout en haut de l'échelle de la bizarrerie, mais n'est-ce pas le cas de tous les profs ? Je n'arrive pas à croire qu'il puisse être dangereux. Certains disaient en plaisantant que c'était un pédophile, mais sans aucun fondement réel, si ? La plupart des adolescentes se méfient au moins un peu des hommes célibataires d'âge moyen qui passent leur temps avec des jeunes. Mais de là à être un véritable prédateur ?

« *D'autres* rapportent que le lycée a interrogé les élèves sur leurs relations avec leurs professeurs… » Qui sont ces « autres » ? Le lycée n'aurait pas laissé Gutter accompagner des élèves pendant toute une semaine s'il l'avait sérieusement suspecté. Impossible.

N'empêche que c'est effectivement lui qui m'a retrouvée sur l'Oldham County Road.

Une autre vague de nausée me submerge. J'aimerais tellement croire que personne ne nous a fait de mal, que c'est un accident de randonnée idiot qui a causé cette entaille à l'arrière de mon crâne.

Oldham County Road. J'ouvre un autre onglet et tape l'adresse. La route incurvée longe le French Lake. Je dois dézoomer pour trouver l'hôtel. À quelle distance se trouve-t-il ? Je choisis une maison au hasard sur la route, ne sachant pas exactement où on m'a retrouvée, tape l'adresse pour obtenir l'itinéraire jusqu'à l'hôtel Shady Oaks Lodge et attends que l'appli charge les résultats.

Presque deux kilomètres, un peu moins d'une demi-heure de marche.

Et il pleuvait. Maman m'a dit qu'on m'avait retrouvée frissonnant sous la pluie, couverte de boue.

Nous serions allées aussi loin à pied, seules, de nuit ? Même si c'est vrai, ça n'explique pas ce qui m'a frappée si fort sur la tête que j'ai oublié toute la semaine écoulée.

Ou *qui.*

CHAPITRE 4

MADDY : 22 AVRIL

Je pourrais tuer pour descendre de ce car.

Pas à cause des sièges étroits ni de la route cahoteuse. Pas parce que je n'ai pas réussi à m'endormir depuis qu'on est montés à bord, à 6 heures du matin.

Pas même parce que je suis assise à côté de Tori Syblonski. Après tout, c'est moi qui me suis décalée en voyant qu'elle cherchait une place.

Non, je veux descendre parce que j'ai terriblement envie de faire pipi. On pourrait croire que je me suis habituée à avoir une vessie de la taille d'un gland, mais ça me prend toujours par surprise. Grace, qui est un véritable chameau, me taquine à chaque fois qu'on fait des trajets en voiture en famille.

Son rire bruyant s'élève à l'arrière du bus, entouré de celui de ses amis. Je n'ai aucune idée de ce qui les amuse autant, puisqu'elle s'éloigne toujours de moi quand ses amis sont là. Aujourd'hui elle n'a pas dérogé à la règle : elle a filé au fond du car avec Nicole. Elles sont dans leur propre univers, gravitant l'une autour de l'autre. Moi, je suis plutôt un astéroïde traversant l'espace en décrivant des spirales, seule, sans destination.

– Je crois qu'on est presque arrivés, dis-je à Tori en serrant les jambes, brisant le silence gênant qui s'est installé entre nous depuis quinze minutes.

C'est seulement quand elle s'est assise à côté de moi que je me suis rappelé un minuscule problème : je suis nulle pour faire la conversation.

Même si, en toute franchise, Tori est peut-être pire que moi.

– Hmm, marmonne-t-elle, soit pour acquiescer, soit parce qu'elle a un chat dans la gorge.

Dans tous les cas, elle remonte ses lunettes sur son nez – ce qui ne change pas grand-chose, puisqu'elles occupent toujours la moitié de son visage – et se remet à regarder par la vitre d'un air rêveur.

En une heure, je n'ai pas appris grand-chose sur elle, entre ses réponses monosyllabiques et ses anecdotes interminables sur ses chats, mais j'admire sincèrement son assurance. Elle n'est pas maquillée et, au lieu de lisser ou de boucler ses cheveux touffus, elle les laisse quelque part entre les deux, se satisfaisant de son apparence naturelle.

Le car suit la route incurvée et soudain, les arbres s'ouvrent sur une clairière. Les lettres SHADY OAKS LODGE ressortent en jaune vif sur le bois sombre du panneau. En haut de la colline se dresse un grand bâtiment en brique rouge dont presque tout le côté droit est recouvert de lierre. Des pierres blanches encadrent les fenêtres carrées au rez-de-chaussée et au premier étage. L'architecture dégage une atmosphère années cinquante. Très vintage. Des marches en béton craquelées mènent à la porte d'entrée, les fenêtres sombres, elles, ne trahissent rien de l'intérieur.

– Tu savais que c'était aussi grand ? je demande.

– Nan, répond Tori.

– C'est plutôt isolé.

– Ouaip.

– On dirait le genre d'endroit où les tueurs en série amènent leurs victimes pour que personne ne les entende hurler.

– Oh, fait-elle en se décalant légèrement vers le bord de son siège.

Super. J'ai franchi la frontière entre faire la conversation et créer une ambiance bizarre.

La tête de Ryan Jacobs surgit au-dessus de son siège, ses cheveux parfaits tombant joliment sur le côté.

– Si vous trouvez ça flippant, attendez de voir les grottes.

Il nous décoche un clin d'œil, mélange de charme insolent et d'humour arrogant, qui résume bien sa personnalité.

Tori se ratatine sur son siège.

– Tu n'as pas trop peur, j'espère ? lance-t-il avant de se remettre à rire avec les autres joueurs de foot, qui ont fait un vacarme insupportable pendant la majeure partie du trajet.

– Je suis sûre qu'il exagère, dis-je à Tori.

– OK.

Deux syllabes, et pas un mot sur ses chats. Une petite victoire pour moi, pile au moment où le car s'arrête.

Dehors, l'air matinal est mordant, la brise ramène mes cheveux sur mon visage. Je ne sais pas si le frisson qui me traverse est causé par le froid ou l'excitation.

– Très bien, les terminales, crie Mme Sanderson, la responsable du voyage, en plaçant ses mains en coupe autour de sa bouche.

Elle est plus âgée qu'elle n'en a l'air, à peine un cheveu gris ou une ride alors que ses enfants sont déjà à la fac. Elle a troqué ses jupes crayons et ses tailleurs-pantalons contre un jean, si bien qu'on la reconnaît à peine. Les élèves les plus proches d'elle, dont je suis, attendent impatiemment tandis que les autres continuent à rire et à parler aussi fort que dans le car.

– TRÈS BIEN, LES TERMINALES ! répète-t-elle.

Les conversations se coupent plus vite que le réseau téléphonique quand on a atteint les montagnes. Apparemment, aucun de mes camarades n'avait Mme Sanderson en algèbre en troisième. Elle n'aime *pas* se répéter. Son visage s'adoucit.

– Bienvenue à l'hôtel Shady Oaks.

Ryan Jacobs et ses amis, Caleb et Bryson, se mettent à applaudir. Grace et son amie Nicole les imitent. Mme Sanderson attend que le silence revienne pour reprendre la parole.

– Au cours des cinq prochains jours, vous allez découvrir de nouvelles choses sur vous et sur vos plus proches amis.

Je devrai me contenter de n'apprendre des choses que sur moi. Je n'ai pas d'amis ici. Grace ne compte pas. Si je me fie à l'heure que je viens de passer à côté de Tori, m'en faire de nouveaux ne sera pas facile.

– Vous allez apprendre à connaître des camarades de classe avec lesquels vous n'auriez jamais cru devenir amis. Vous repartirez d'ici avec de nouveaux liens qui perdureront bien après la fin du lycée !

Cela me semble impossible, mais de toute manière, je n'ai pas besoin de beaucoup d'amis. Seulement quelques-uns. Ou même un seul. Quelqu'un avec qui créer un lien. Quelqu'un qui ne soit pas de ma famille et qui pensera à m'inviter d'emblée, pas après coup. Quelqu'un qui me connaîtra telle que je suis vraiment.

Mon téléphone bipe dans ma main, malgré le peu de réseau disponible ici. Une photo d'Erica et Zoey apparaît, leurs visages souriants collés l'un contre l'autre, accompagnés des mots *En cinquième, respirer.* Je fronce les sourcils, ne comprenant pas ce que signifie cette expression, à part qu'elle a un rapport avec ce séjour. Tous ceux qui reviennent d'ici la chantonnent en classe et la postent sur Internet.

Je devrais m'estimer heureuse qu'elles aient au moins pensé à moi.

– Merci du rappel, mademoiselle Stoll, reprend Mme Sanderson en désignant mon portable. Avant de commencer, certains d'entre vous trouveront peut-être qu'il s'agit là du moment le plus difficile de la semaine. Eh oui, vous avez compris. Il est temps de me remettre vos téléphones pour cinq jours entiers.

M. Gutter, l'autre professeur choisi pour encadrer le voyage, s'avance avec un sac pour récupérer nos téléphones. Il sourit peut-être, mais si c'est le cas, sa très longue barbe grisonnante et ses épaisses lunettes le cachent bien. Il ressemblerait à un bûcheron s'il n'était pas aussi blafard, maigre et grand. Là, on dirait plutôt un évadé de prison.

– Mettez-les là-dedans.

– On n'avait pas l'intention de partager des photos de cheval sur AirDrop, marmonne Caleb, assez fort pour que presque tout le monde l'entende, y compris M. Gutter.

Nicole laisse échapper un gloussement nerveux et lui donne un petit coup de poing joueur sur le bras, tandis que Ryan se plie en deux, hilare.

De mon côté, je réprime un haut-le-cœur au souvenir de la photo qui a ébranlé tout le lycée la semaine dernière quand elle a été publiée pendant la pause-déjeuner. Quelqu'un – et l'administration choquée doit encore déterminer qui – a fait un montage du visage de M. Gutter sur le corps d'une personne montant fièrement à cheval. Ça n'aurait pas été aussi affreux si le corps en question n'avait pas été pratiquement nu. La légende disait : « Je les aime jeunes et fougueuses. »

La moustache de M. Gutter rejoint sa barbe, comme s'il serrait les lèvres, mais il poursuit en faisant mine de n'avoir rien entendu.

De son côté, Mme Sanderson, qui semble réellement n'avoir rien entendu, continue de s'adresser au groupe.

– Vous étiez tous prévenus quand vous avez accepté les conditions de ce voyage. De toute façon, le réseau est horrible par ici, et vos SnapToks et autres Tikfaces seront toujours là vendredi.

Plusieurs élèves lèvent les yeux au ciel, épouvantés par ses efforts pour être à la page, mais vu son petit sourire ironique, je me demande si elle ne l'a pas fait exprès.

– En cas d'urgence, l'hôtel dispose de plusieurs lignes fixes, et il n'y a aucune raison de s'inquiéter, poursuit-elle. La météo n'annonce qu'un faible risque de pluie. Si vos parents ont besoin de vous joindre, ils pourront appeler le lycée. On vous rendra vos téléphones au moment de reprendre le car, le dernier jour. Allez, déposez-les ! Oui, bien sûr, éteignez-les d'abord, au cas où M. Gutter et moi-même n'aurions rien de mieux à faire que de fouiller dans vos téléphones pendant le séjour.

J'ignore ses sarcasmes et éteins mon portable avant de le mettre dans le sac comme tout le monde.

– Et si on veut prendre des photos ? demande Grace en serrant son téléphone dans sa main.

– Vous trouverez des appareils photo jetables sur les tables de la salle principale.

– Jetables ? répète ma sœur avec une moue dégoûtée en se séparant à contrecœur de son portable. Ils auraient au moins pu acheter des Polaroid.

– Sans doute une tradition, comme tout le reste à Forest Lane, lui dis-je.

Elle glisse son bras sous le mien et remonte le sac en toile sur son épaule.

– Sans doute. Je parie que c'est aussi pour que personne ne poste des photos en ligne. Ils tiennent trop à ce que les événements du séjour restent secrets.

– Ouais, probablement.

C'est surprenant, cela dit. Alors qu'une rumeur sur ce que Krista Hawthorne et Ryan Jacobs ont fait pendant le week-end se propage tel un feu de forêt à travers le lycée, tous les participants à ce voyage réussissent à garder le secret sur ces traditions, ne s'autorisant que de vagues allusions *via* des expressions énigmatiques telles que « En cinquième, respire ».

Avant de passer les portes vitrées, Mme Sanderson fait une dernière annonce :

– Le voyage des terminales est un privilège, un privilège dont vous devez vous montrer dignes. Il y a des règles à respecter pour votre sécurité. Pas de changements de chambre. Pas de nourriture ni de boisson dans les chambres. Et il est absolument interdit de quitter l'hôtel sans surveillance. Surtout la nuit.

Sa bouche forme une ligne aussi droite que le doigt qu'elle pointe sur nous en balayant notre groupe d'un regard sévère.

– L'autre devoir qui accompagne ce privilège concerne les histoires que vous confieront vos camarades de classe. Chacun d'entre vous a promis de ne pas ébruiter nos traditions, tout comme les confidences de vos pairs. Cette promesse n'expirera jamais, jusqu'à la fin de vos jours. Sinon vous devrez en répondre devant moi.

Elle a recours à l'hyperbole pour accentuer l'effet dramatique, mais ça fonctionne. Le groupe demeure immobile. Bouche cousue. Les corps sont tendus. Mme Sanderson n'a pas besoin de nous convaincre. Tous les terminales de Forest Lane respectent le deal, et on n'a pas l'intention de rompre le pacte.

Cette semaine va nous offrir de nouvelles opportunités. Du fun. De l'excitation. Des découvertes. Nous allons nous fabriquer des souvenirs qui dureront toute notre vie.

Que l'aventure commence.

Une anagramme
c'est quand on prend
les lettres d'un mot et
qu'on les mélange
comme de la soupe

puis qu'on tire une lettre
et qu'on laisse les autres
suivre

Certaines sont simples comme IMAGE et MAGIE
Certaines font la paire comme CHIEN et NICHE
Certaines sont honnêtes comme DIÈTE et TIÈDE
Certaines coulent de source comme
SOIGNEUR et GUÉRISON
Certaines semblent inconciliables comme
CRIME et MERCI
Certaines ne manquent pas d'ironie comme
QUESTION SANS RÉPONSE et
ENQUÊTONS SANS ESPOIR
Certaines prédisent l'avenir comme POIRE/PROIE
Certaines révèlent une vérité dérangeante comme
PIRATE/ÉTRIPA

Mais il est impossible de mélanger
les événements de ma vie pour qu'ils
épellent le mot bonheur

CHAPITRE 5

GRACE : 28 AVRIL

Fizzy sort comme une flèche de la chambre et descend l'escalier en aboyant. J'entends claquer la porte du garage. Papa doit être rentré. Je ferme la carte d'Oldham County Road et de l'hôtel sur mon vieux téléphone lorsque maman m'appelle depuis la cuisine.

– Ton père est là, le déjeuner sera prêt dans une minute.

– J'arrive !

Mon mal de crâne recommence à pointer, comme chaque fois que je me force à me souvenir de quoi que ce soit ces deux derniers jours. Le Dr Thelsman m'a mise en garde à ce sujet ; je vais peut-être devoir prendre des antidouleurs.

Avec précaution, je passe le bout des doigts sur les points à l'arrière de mon crâne, à la naissance de mes cheveux, tout en descendant lentement l'escalier et en essayant de chasser mes soupçons perturbants sur la façon dont j'ai été blessée. Je suis d'abord accueillie par une odeur de fromage gratiné, puis par l'étreinte de papa.

Le téléphone de maman se met à biper, nous faisant tous sursauter. Elle saute dessus et son visage se tord dans un étrange mélange de soulagement et de déception.

– Ce n'est que Mary qui demande des nouvelles.

Toujours rien sur Maddy.

– Ils ont envoyé des équipes de plongeurs dans le lac à la première heure ce matin, annonce papa tandis que Fizzy tourne autour de ses chevilles. Rien de neuf pour le moment. Comment ça va ?

Ça a tout d'une question rhétorique, mais c'est toujours mieux que de faire comme si nous n'étions pas tous des fils défaits espérant que quelqu'un nous renoue.

– Tu le saurais si tu étais venu à l'hôpital ce matin comme tu l'avais promis, lance maman, sans me laisser le temps de répondre.

– Je te l'ai dit, je suis retourné participer aux recherches, répond-il sèchement.

– Tu m'as dit qu'ils maintenaient le public à l'écart, qu'ils avaient évacué la zone pour les caméras thermiques.

– Il fallait que je sois *là-bas*.

– Mais pourquoi ? Pourquoi tu ne pouvais pas être *ici*, avec nous ? réplique-t-elle en me pointant du doigt. Elle est encore là. Elle a aussi besoin du soutien de son père.

Cette phrase flotte dans l'air comme une grenade dégoupillée.

La mâchoire de mon père se contracte et les épaules de ma mère se tendent, se préparant à l'explosion. Je voudrais me jeter devant eux pour les protéger des éclats, mais mes mots restent coincés dans ma gorge.

Le minuteur du four se déclenche, désamorçant la tension. Du moins pour le moment.

Maman nous tourne le dos et s'empare d'une éponge pour nettoyer l'évier. Papa coupe le minuteur et sort le plat du four.

Il me sert une part carrée d'un plat composé de poulet, de fromage et de dés verts et rouges. Du poivron. J'ai envie de faire remarquer que c'est Maddy qui aime ça, pas moi, mais je me retiens, car ça me paraît déplacé de me plaindre d'un repas chaud alors que ma sœur est encore dans la nature – on ne sait où.

– Ça va, dis-je en prenant mon assiette, répondant à sa question initiale. Fatiguée, mais…

– C'est normal, me coupe maman.

Je souris faiblement à mon père pour lui montrer que je ne suis pas blessée qu'il ne soit pas venu à l'hôpital ce matin. Je comprends pourquoi il nous tient à distance. C'est plus facile que de succomber au chagrin. Il a passé toute la journée de vendredi avec moi, après qu'on m'a retrouvée, et samedi, il ne s'est absenté que pour aller me chercher des vêtements à la maison. Mes parents sont comme ça. Papa veut *agir* tandis que maman préfère se mettre à l'abri, resserrer les liens, protéger ce qu'il lui reste.

Maman lâche son éponge et se sert. Nous sommes assises sur des tabourets, devant le comptoir, tandis que papa reste debout ; mieux vaut quatre chaises vides à table qu'une seule.

– Tu en veux encore ? me demande maman.

– En fait, je n'ai pas très faim. Mais ça va aller, j'ajoute en voyant aussitôt l'inquiétude surgir sur leurs visages. La journée a été longue, après deux jours à ne rien faire à l'hôpital.

– Tu es sûre ? insiste-t-elle en posant sa fourchette. Je peux…

– Julie, l'interrompt mon père. Ça va.

Il prend une autre bouchée.

– Quand est-ce que les gens seront autorisés à retourner à Shady Oaks ? je demande pour détourner leur attention l'un de l'autre.

Papa finit de mâcher.

– Plus tard dans la journée, j'imagine. Même si la police a dit qu'elle ne pouvait pas formellement inviter les gens à revenir sur les lieux, pour des raisons de responsabilité, elle ne va pas non plus les refouler.

– Je veux aider.

Me rendre sur les lieux pourrait réveiller un souvenir, ou alors je pourrais croiser un participant au séjour venu prêter main-forte aux recherches, quelqu'un à qui je pourrais parler.

– L'inspecteur Howard a dit qu'on devait rester joignables pour répondre à d'éventuelles questions, intervient maman en consultant de nouveau son téléphone d'un air absent. Du moins, pour le moment.

– Je pense que nous joindre aux recherches est une excellente idée, réplique papa. Et si on y allait après manger ?

Maman donne un coup de fourchette dans son assiette.

– Tu viens juste de rentrer.

Papa pose ses couverts.

– Si tu préfères rester ici à faire la vaisselle, ne te gêne pas. Pendant ce temps, on pourra faire quelque chose d'utile, nous.

– Excuse-moi, rester au chevet de notre fille à l'hôpital après l'expérience la plus traumatisante de sa vie n'est pas *faire quelque chose d'utile* ?

Elle a de nouveau les larmes aux yeux, mais cette fois, elle n'essaie même pas de les cacher.

– On ne sert pas à grand-chose en restant à la maison.

– Et on ne sert pas à grand-chose là-bas non plus. Le docteur a dit qu'elle avait besoin de repos, et ça ne te ferait pas de mal non plus.

– Je vais bien, grogne-t-il.

– Tu n'as pas passé plus de quinze minutes à la maison depuis qu'on a reçu ce coup de téléphone. Tu fais tout pour éviter d'être ici – pour nous éviter, nous.

– C'est faux !

Je fais comme s'ils ne se disputaient pas. Je continue de faire « comme si » en sortant de la cuisine. Comme si j'étais fatiguée. Comme si j'étais rassasiée. Comme si je n'entendais pas leurs paroles agressives qui me poursuivent dans l'escalier, comme si ça ne me touchait pas, comme si je comprenais qu'ils ne sont pas vraiment en colère l'un contre l'autre, mais contre cette situation.

Je me laisse tomber sur mon lit parfaitement fait, me cale contre les oreillers parfaitement rebondis. J'ai l'impression d'être une parfaite étrangère dans ma propre chambre. Dans ma propre maison. Dans ma propre vie.

Leurs voix étouffées s'infiltrent sous la porte fermée.

Le coucher de soleil projette une lumière orange sur mon dos et éclaire le calendrier sur le mur. Maddy a dessiné des étoiles vertes sur toute la semaine dernière. Elle était tellement excitée. Plus que moi.

Je traverse la pièce et tourne les pages jusqu'au mois de juin. « BAL DE PROMO ! » est écrit en lettres capitales sur le premier samedi de mai, « REMISE DES DIPLÔMES », en encore plus gros, plus tard dans le mois. Ces dates n'ont plus d'importance désormais, tant qu'on n'aura pas retrouvé Maddy.

Je déteste ça. Je déteste être ici sans elle. Je déteste que Thelsman ait eu raison en prédisant le mode d'apparition de mes maux de tête, qui se manifestent quand la police m'interroge ou quand maman a le plus besoin que je me souvienne. Je déteste faire semblant d'être forte, de ne pas avoir le cœur écrasé sous un bloc en béton de regrets. Je déteste cette chambre bien rangée, ces lits bien faits et cette pile de livres bien nette.

Alors je renverse les livres, arrache le dessus-de-lit et froisse les draps, jette les oreillers et m'effondre par terre, au milieu de ce bazar, sans prendre la peine de repousser les cheveux qui couvrent mon visage.

Ça ne m'aide pas à me sentir mieux. Je me sens seulement fatiguée. Très fatiguée. J'essaie de me rappeler ce qui nous est arrivé cette nuit-là, de trouver une explication raisonnable à notre escapade en pleine nuit, je me demande si j'aurais pu faire quoi que ce soit pour éviter ça… mais la douleur dans mon crâne s'oppose à chaque tentative.

Je sens quelque chose contre mon pied, un livre que j'ai fait tomber. Un carnet. Le carnet de Maddy.

Elle s'achète toujours des carnets. Celui-ci est un moleskine, fermé par un élastique. Elle le garde près de son lit, sur sa table de chevet.

Je l'ouvre au hasard et tombe sur un poème. Maddy dit toujours que la poésie lui permet de faire le tri dans ce qui ne va pas en elle, de choisir quelques mots pour exprimer ce qu'elle veut en laissant assez d'espace blanc sur la page pour cacher ce qu'elle préfère taire.

Je choisis un stylo – le préféré de Maddy, à encre gel verte – et tourne quelques pages jusqu'à en trouver une vierge. Un espace blanc, frais. Sans attentes. Écrire pourrait m'aider, écrire tout ce qui me vient à l'esprit à propos de ce voyage. J'approche le stylo du papier.

Aucun mot ne vient.

Aucune idée, aucune théorie, aucun souvenir.

Je griffonne des cercles, appuyant de plus en plus fort, jusqu'à ce qu'il ne reste presque plus de blanc sur la page et que le stylo la transperce.

Je le lâche et referme le carnet, mais alors, je remarque une photo par terre. Nicole et moi, en bikini, avec un coucher de soleil en arrière-plan. On s'enlace d'un bras, l'autre tendu en l'air. Elle a peut-être été prise l'été dernier, dans sa maison près du lac.

Soudain, mon bras se couvre de chair de poule.

Je me rappelle quelque chose. Je me rappelle avoir été dans le lac. Pendant le séjour. Avec Maddy. Il faisait noir. C'était la nuit. Je la tirais dans l'eau. Elle était lourde. Tellement lourde. Je suis arrivée sur un banc de sable couvert de végétation. J'ai essayé de vérifier si elle respirait, mais il faisait trop sombre. Et je tremblais. Ça, je m'en souviens. Je tremblais.

Je me précipite au rez-de-chaussée.

– Maman !

– Quoi ? Ça va ? demande-t-elle en repoussant mes cheveux de mon visage alors que je m'écroule contre elle. Tu transpires.

– Je... je me souviens, dis-je, et papa apparaît à côté d'elle. Je l'ai vue.

– Quoi ? Tu es sûre ? De quoi te souviens-tu ?

Ses questions s'abattent sur moi comme la pluie, cette nuit-là. Il pleuvait. Il pleuvait quand on était dans le lac.

– On était dans l'eau...

Je m'interromps en voyant son visage perdre toutes ses couleurs, et je ne sais plus comment lui raconter la suite.

– Il faut qu'on appelle la police tout de suite !

Papa fonce dans la cuisine, attrape une carte de visite et sort son téléphone de sa poche, ses mains tremblant légèrement.

Je n'arrête pas de revoir la scène. Ma sœur, sur le dos, par terre. Ses cheveux sombres, humides, recouvrant à moitié ses joues. Ses yeux fermés ne tressaillant même pas. Le sable et la boue maculant ses vêtements.

C'est mon premier souvenir depuis que je me suis réveillée à l'hôpital. J'essaie de m'y accrocher, de le mémoriser pour pouvoir tout raconter à la police.

Pourtant, le moindre détail – l'eau glacée, le poids de son corps, le bruit de son bras retombant sur le sable humide – me donne envie d'oublier.

CHAPITRE 6

MADDY : 22 AVRIL

Je veux mémoriser le moindre détail de cet endroit.

Sacs sur le dos, nous passons les portes principales. Si, extérieurement, l'hôtel Shady Oaks a l'air ancien, l'intérieur a manifestement été rénové. Le sol, les murs et le plafond en bois ont été passés à la lasure chêne doré, si bien que la moindre surface semble avoir été trempée dans du miel. Des voûtes minutieusement sculptées rappellent le lierre qui grimpe sur les murs, dehors.

Sur la droite, je vois une large salle ouverte avec des tables carrées. Autour de chacune sont disposées trois chaises garnies de coussins rouges, jaunes ou orange, donnant à la pièce une atmosphère automnale. Des lustres en fer forgé pendent du plafond, mais la lumière provient principalement des grandes fenêtres sur le mur du fond. Derrière les vitres allant du sol au plafond, le soleil brille sur l'herbe des montagnes et les arbres qui bordent le chemin.

– On croirait Rivendell, dis-je, le souffle coupé.

– River-quoi ? demande Nicole en me jetant un regard bizarre.

Rien de ce que je sais de l'amie de Grace ne suggère qu'elle soit fan du *Seigneur des anneaux.* Au lieu de lire, elle passe ses heures d'étude à regarder des tutos de maquillage, à la recherche des teintes de fard à paupières idéales pour mettre en valeur ses yeux bleu métallique. Ses dents et ses cheveux sont droits et brillants. Si elle faisait vingt centimètres de plus, elle aurait pu jouer un elfe dans l'un des films basés sur les livres de Tolkien, mais ça ne vaut pas la peine de lui expliquer la référence.

– Laisse tomber.

J'aimerais tellement me ficher de ce que Nicole pense de moi.

– Les places sont attribuées ? grogne Grace.

Un classeur est posé devant chaque chaise, et ma sœur balaie déjà du regard les tables les plus proches, à la recherche de nos noms. Je devrais me plaindre en chœur, comme tout le monde le fait le premier jour de cours, quand les profs assurent que c'est le seul moyen de retenir nos noms. Mais en secret, ça me va très bien. Comme ça, aucune pression. Ça m'évite d'étudier la pièce pour trouver une place à côté d'une personne qui ne se moquera pas de moi, et de craindre constamment qu'elle soit déçue de se retrouver assise à côté de moi.

Nous déposons nos sacs le long du mur, comme les autres.

– Grace, par ici ! lance Alyssa Griffin en agitant un classeur devant un siège vide, sautillant pratiquement sur place.

Grace la rejoint et la serre dans ses bras, et je relève le menton, comme si je n'étais pas douloureusement consciente que personne ne m'a appelée.

Quand je finis par trouver mon classeur, personne n'est encore arrivé à ma table, dont le plateau est un énorme tronc d'arbre enduit d'une résine claire qui fait briller les cernes de croissance. En plus du classeur, un carnet de composition à motif marbré nous attend, ainsi qu'un crayon. Au centre de la table, une demi-feuille de papier indique en gros « Deux vérités et un mensonge », avec les instructions du jeu – même si, à mon avis, le nom suffisait.

Je regarde les deux autres classeurs : Ryan Jacobs et Adrian Clement. Génial… Deux garçons que je ne connais pas très bien. Pas vraiment le choix idéal. Mais si je ne veux pas que quelqu'un soit déçu d'être assis à côté de moi, je ne peux pas me plaindre non plus. Et donc, quand Ryan Jacobs s'assied, je souris.

Mais au lieu de me saluer, il croise le regard d'un ami à l'autre bout de la pièce, articule quelque chose en silence, lui fait un doigt d'honneur et éclate de rire. Depuis quatre ans, Ryan est l'une des coqueluches de la classe, et honnêtement, je ne comprends pas pourquoi. L'arrogance a le pouvoir de rendre répugnante même la plus craquante des fossettes.

Je tripote un petit éclat au bord de la table lorsque Adrian nous rejoint. Il a des cheveux bouffants – tellement bouclés et longs qu'ils partent dans tous les sens. Impossible de savoir si c'est intentionnel ou s'il s'est juste réveillé comme ça. Sur son sweat, un dessin de canne à pêche accompagne les mots : UN PAPI QUI A LA PÊCHE.

– Hé, salut, camarades ! lance-t-il en tendant le bras pour qu'on lui tape dans la main.

Ryan s'exécute presque immédiatement, même si je ne les ai jamais vus se parler au lycée. Moi, je rate sa paume, ce qui est ridicule et gênant.

– Bien, reprend Adrian en retournant sa chaise pour l'enfourcher, bras sur le dossier. Qui veut commencer ?

Il parcourt rapidement du regard les règles du jeu.

– Melody peut commencer, dit Ryan en m'indiquant de la tête.

– Il faut encore que je réfléchisse, je réponds.

– Attends, intervient Adrian. Elle s'appelle Maddy. Elle était assise derrière toi en cours de maths pendant tout le semestre. Comment tu peux ne pas connaître son prénom ?

On se fige tous les deux, Ryan et moi. Ryan sans doute parce qu'il n'a pas l'habitude qu'on le reprenne. Moi, parce que je suis stupéfaite de découvrir que non seulement Adrian connaît mon prénom, mais qu'en plus, il sait où j'étais assise en maths au semestre dernier. Il m'a toujours paru trop tête en l'air pour se rappeler ce genre de détails. Je ne crois pas que je me serais souvenue que Ryan était assis devant moi si je n'avais pas dû lui taper sur l'épaule chaque fois qu'il oubliait de faire passer les feuilles.

Ryan a la décence de regarder ses pieds et de marmonner un truc du genre « Je savais que ça commençait par un M. »

– C'est pas grave, dis-je rapidement.

Je m'inquiète surtout de ce que je vais dire sur moi. Trouver un mensonge, c'est facile. Le plus dur, ce sont les vérités. Dire que je me suis cassé le bras quand j'avais six ans, c'est barbant. Je n'ai pas envie d'avouer que personne ne m'a jamais embrassée. Mme Sanderson n'imagine pas le stress qu'elle a causé en ne m'accordant que quelques petites minutes pour déterminer quelles vérités je suis prête à dévoiler à ces deux quasi-inconnus.

– D'accord, j'y vais, commence Ryan, visiblement remis de ce bref embarras. J'ai deux sœurs. J'ai les yeux marron. Et, euh, je vais jouer pour les Patriots l'année prochaine.

Adrian et moi nous regardons. Je ne devrais sans doute pas trop me prendre la tête si on met la barre aussi bas.

– Les Patriots, dis-je.

Ryan claque des doigts et les pointe sur moi comme un pistolet.

– OK, à moi, intervient Adrian en se frottant les mains à une vitesse impressionnante avant d'arrêter brusquement. Je suis un beatboxer refoulé. Google m'a accordé une bourse de vingt mille dollars. J'ai deux tatouages.

Ryan l'examine de haut en bas ; à ma grande surprise, il semble avoir de sérieux doutes.

– Je suis sûr que tu peux faire du beatbox, mais je ne vois aucun tatouage, lâche-t-il.

Adrian prend un air concentré, comme s'il réfléchissait à ce que Ryan vient de dire. Adrian n'a pas beaucoup changé depuis la troisième. Je garde un souvenir précis de lui à l'époque. J'étais tellement terrifiée à l'idée de faire un exposé pour le cours d'histoire de M. Triker que je suis sortie en courant dans le couloir, en proie à une crise d'hyperventilation. Adrian m'a suivie et m'a dit qu'au lieu d'imaginer mon public en sous-vêtements, je devais imaginer notre prof, un homme poilu d'âge moyen, en slip de bain orange pétant avec un bonnet assorti. Le mélange de son expression impassible et de l'image qu'il avait créée dans mon esprit m'a fait éclater de rire, et j'ai oublié mon stress.

Si Adrian est resté le clown de la classe, il a changé physiquement. Avant, il était maigre, *vraiment* maigre, mais il a pris du muscle. Ses bras sont plus épais, ses épaules aussi. Pour ce que j'en sais, il ne pratique aucun sport au lycée, mais il a peut-être un job qui demande des efforts physiques.

– Ses tatouages sont peut-être cachés sous ses vêtements, je suggère.

– Arrête de me regarder comme ça ! s'exclame Adrian en posant une main sur sa poitrine, l'autre sur son entrejambe.

Je l'ignore, espérant ne pas rougir.

– Je pense que c'est la bourse, le mensonge, dis-je.

– C'est votre dernier mot ? demande Adrian en nous regardant tour à tour.

Puis il prend une grande inspiration et se met à faire un peu de beatbox.

– J'ai bien deux tatouages. Et non, vous ne pouvez pas les voir. Et même si j'ai effectivement obtenu une bourse, ce n'était pas une bourse de vingt mille dollars.

– Elle couvrait ta scolarité complète ? demande Ryan. Moi, je vais jouer dans une fac en deuxième division l'année prochaine. Je n'imagine même pas si je devais payer moi-même les frais et avoir déjà une telle dette, à peine diplômé.

Je m'agite en pensant à la question irrésolue de mes propres études, gratte une tache sur la table. Je m'arrête quand je m'aperçois qu'Adrian m'observe.

– Nan, pas du tout, répond-il à Ryan. Mais c'est pas grave. Un prêt étudiant, c'est pas la fin du monde. Ça ira. À toi, Maddy. Deux vérités et un mensonge.

J'espérais qu'ils m'avaient oubliée. Je tripote le bas de mon tee-shirt avant de coincer mes doigts sous mes cuisses pour m'arrêter.

– D'accord. J'ai mon brevet de secouriste. Je suis hyperlaxe. Et j'ai une sœur jumelle.

Ryan pouffe par le nez.

– On voit bien que tu as une sœur jumelle, lance-t-il en désignant Grace, qui est en train de dire quelque chose à son groupe hilare tout en époussetant son épaule d'un air théâtral. À mon avis, c'est le brevet de secouriste.

Adrian fait la moue et prend un air pensif. Je n'ai pas l'habitude que quelqu'un me dévisage aussi longtemps.

– Je suis d'accord, tranche-t-il finalement. Le brevet de secouriste.

– J'ai dû passer mon brevet de secouriste pour pouvoir faire du baby-sitting. Et...

Je joins mes mains et fais pivoter mes bras vers l'extérieur.

– Waouh ! lâche Adrian en reculant dans son siège tandis que Ryan se cache les yeux en criant : « C'est horrible ! »

Je baisse les bras pendant qu'ils se remettent.

– Attends, tu as triché, dit Ryan. Tu as donné trois vérités.

– Non, je n'ai pas de sœur jumelle. Grace a dix mois de plus que moi.

Ryan a l'air encore plus perdu que quand Mme Haines nous a donné un poème de Lord Tennyson la semaine dernière en cours d'anglais.

– Elle est née début août, mais ma mère est retombée enceinte juste après, et je suis née au mois de juin de l'année suivante.

Les yeux de Ryan font encore trois allers-retours entre Grace et moi.

– Tu étais si intelligente qu'ils t'ont fait sauter une classe ? demande Adrian, taquin.

– Plus ou moins. La crèche était affreusement chère. Attendre encore un an pour la maternelle leur aurait coûté plusieurs milliers de dollars.

– Attends, mais vous vous ressemblez comme deux gouttes d'eau, reprend Ryan.

– C'est comme ça.

– Je ne sais pas, dit lentement Adrian en braquant ses yeux sombres sur mon visage. Vous n'êtes pas exactement pareilles.

Je me surprends à sourire – et pas à cause de ses cheveux hirsutes ni de son sweat ridicule.

– Très bien ! s'écrie Mme Sanderson, ne me laissant pas le temps de déterminer si c'est ça, flirter. Maintenant que vous en savez un peu plus les uns sur les autres, il est temps d'en apprendre plus sur vous-mêmes.

Tout le monde décore son carnet. J'écris mon nom sur la couverture avec un feutre indélébile et remplis l'intérieur d'une mer de gribouillages et de motifs ne représentant rien de particulier. Mme Sanderson nous explique que le but du premier jour est de s'ouvrir aux autres, mais que, pour ce faire, on doit d'abord en savoir plus sur nous-mêmes.

M. Gutter nous distribue plusieurs tests de personnalité que nous scotchons dans nos carnets. Une heure plus tard, j'ai découvert que je suis un 9 sur l'ennéagramme, une médiatrice sur le test Myers-Briggs et le bleu sur le test des couleurs. Tout ceci m'indique que je fais passer les autres avant moi et que je m'occupe beaucoup d'eux, parfois à mes dépens.

– Maintenant, vous allez découvrir l'identité de votre camarade de chambre, annonce Mme Sanderson.

Oh non. Les camarades de chambre. Je n'ai pas envie de gâcher le séjour de qui que ce soit en n'étant pas son premier choix. Au moins, comme c'est Mme Sanderson qui a fait les groupes, je ne serai pas la dernière choisie. En cinquième, on nous a demandé d'écrire le nom des personnes avec qui on voulait partager notre chambre d'hôtel pendant notre voyage de classe à Washington. Personne n'a écrit le mien. Depuis, chaque fois que les profs annoncent qu'on doit choisir des partenaires, ma confiance en moi s'effondre. Je déteste prendre le risque d'être rejetée.

Voilà quatre ans que nous partageons la même chambre, Grace et moi, et – grâce à ma bourse ratée – ce sera sans doute pareil au Five Lakes Community College. Je doute que Mme Sanderson nous ait mises ensemble.

Je passe la pièce en revue, à la recherche d'autres possibilités. Tori Syblonski regarde par la fenêtre en entortillant ses cheveux broussailleux autour de son doigt, sans écouter Mme Sanderson qui fait pourtant, à mes yeux, l'annonce la plus importante de la semaine. Même si le trajet en bus était un peu pesant, ça ne me dérangerait pas d'être avec elle.

Il est possible que je me retrouve avec Alyssa Griffin. C'est une pom-pom girl, mais elle ne fait partie d'aucune bande. C'est la seule élève japonaise de notre promo – la Forest Lane Academy n'est pas réputée pour sa diversité. Alyssa change de table tous les jours, à l'heure du déjeuner, sans heurt, se glissant dans chaque bulle sans la faire éclater ni susciter la jalousie des autres tablées. Nous n'avons plus été en cours ensemble depuis la seconde, mais s'il existe une personne disposée à connaître la vraie moi, je parie que c'est elle.

– Adrian Clement et Clyde Gable, chambre 103.

– Yeah, Clyde ! s'exclame Adrian en tendant le bras pour lui taper dans la main.

Mais comme il est trop loin, il décoche un rapide coup d'œil à Mme Sanderson avant de faire un saut périlleux, atterrissant juste devant Clyde. Ce dernier lui fait un check.

– J'aimerais demander à tout le monde de bien vouloir garder sa place jusqu'à ce que j'aie appelé chacun d'entre vous, précise Mme Sanderson en regardant Adrian d'un air entendu.

Ce dernier s'excuse d'un geste avant de ramper jusqu'à son siège en mode commando. Si Ryan Jacobs tentait un truc pareil, ce serait insupportable. Quelque chose chez Adrian fait que tout le monde rit, y compris les enseignants. Comme Alyssa, il n'appartient à aucune clique.

De retour sur sa chaise, Adrian secoue ses cheveux, les faisant encore plus bouffer.

Mme Sanderson appelle encore quelques noms avant d'annoncer :

– Grace Stoll et Tori Syblonski, chambre 114.

Tori relève brusquement la tête en entendant son nom ; Grace lui décoche un grand sourire et un signe de la main.

– Maddy Stoll et... Jade Coleman, chambre 118.

Je repère Jade à environ quatre personnes de moi, sur ma gauche. Sa frange rouge vif, qu'elle a teinte elle-même, est coupée bien droit sur son front. Le rouge recouvrant la couche supérieure de ses cheveux contraste fortement avec le marron foncé en dessous. C'est l'une des rares filles qui n'est pas en jean. Elle porte une jupe trapèze noire avec des bretelles, des collants en dentelles à motifs floraux et des bottines militaires. Les deux chignons au sommet de sa tête me font aussitôt penser à des oreilles d'ours en peluche. Son assurance lui confère un éclat particulier que je ne pourrais que rêver d'avoir. Ouais, Jade fera peut-être une bonne camarade de chambre.

Mme Sanderson débite le reste des noms, puis c'est le chaos alors que tout le monde se hâte d'aller récupérer ses affaires dans la montagne de sacs empilés contre le mur. Je reste en retrait tandis que Ryan sort le premier, en courant, son sac sur l'épaule. M. Gutter a beau nous enjoindre au calme, c'est peine perdue.

À chaque marche de l'escalier, je prépare une question à poser à Jade pour engager la conversation, lui montrer mon intérêt, pour qu'elle m'aime bien. Ça va aller. C'est sûr. Il faut que j'arrête de m'inquiéter. *Arrête.* Arrêtearrêtearrête.

Quand j'arrive dans la chambre, Jade s'est déjà approprié le lit du bas. J'ai à peine la place de passer pour atteindre la commode sous la fenêtre. Au mur, un miroir reflète les nuages gris qui dissimulent à présent le soleil.

Jade arrête de fouiller dans son sac à mon arrivée, une expression dubitative sur le visage. Son eye-liner parfaitement appliqué et ses sourcils impeccablement épilés mettent en valeur ses yeux marron très foncés.

– Mallory, c'est ça ?

– Maddy.

Les gens oublient toujours le prénom des élèves qui ne parlent pas en classe.

– Ah oui, désolée. Je suis nulle avec les prénoms.

– Pas de souci. Au moins, tu ne m'as pas appelée Grace.

Elle ne rit pas à ma blague et se remet à installer son oreiller.

Aïe.

Ce n'est pas grave. Certaines personnes mettent un peu de temps à se dérider.

– Waouh, ils n'ont vraiment pas envie qu'on passe trop de temps dans nos chambres, pas vrai ? je demande en me faufilant à côté d'elle pour atteindre la commode.

– J'espère que les dortoirs seront plus spacieux, l'année prochaine.

Une réponse ! J'ai réussi. Ce n'était pas si difficile.

– Tu as choisi dans quelle fac tu iras ? j'enchaîne, sortant cette question de mon sac mental.

– Ouais, je vais étudier la mode et le design.

– Oh, c'est…

Je m'interromps en la voyant scroller sur son téléphone.

– Comment tu as fait pour que Mme Sanderson ne remarque rien ?

Elle me regarde comme si je venais de lui demander comment elle avait sorti une barre chocolatée d'un distributeur automatique.

– Je l'ai laissé dans ma poche. De toute façon, il n'y a pas de réseau, ici. Tu ne vas pas cafter, hein ?

Elle me dévisage plus longtemps que nécessaire lorsque je secoue la tête, puis retourne à son téléphone.

– La mode, donc, je reprends.

Je veux lui montrer que je n'ai pas l'intention de la dénoncer, mais je n'ai plus de questions toutes prêtes pour alimenter la conversation.

– Ça veut dire que tu vas étudier les vêtements ?

– C'est plus compliqué que ça en a l'air, tu peux me croire.

J'ouvre le deuxième tiroir et vide mon sac à l'intérieur.

– Moi je vais aller à la fac publique avec ma sœur. Ça me permettra d'économiser de l'argent et ça m'évitera de devoir cohabiter avec une inconnue, tu vois ?

Mais elle ne voit pas, en tout cas je suppose que non, car quand je me retourne, Jade n'est plus là.

– Sympa, la conversation. Je suis contente de mieux te connaître, je marmonne à l'intention du miroir.

J'aurais mieux fait de me taire.

Les gens m'aimeront telle que je suis
Les gens m'aimeront telle que je suis
Les gens m'aimeront telle que je suis
Les gens m'aimeront telle que je suis
Les gens m'aimeront telle que je suis
Les gens m'aimeront telle que je suis
Les gens m'aimeront telle que je suis
Les gens m'aimeront telle que je suis
Les gens m'aimeront telle que je suis
Les gens m'aimeront telle que je suis
Les gens m'aimeront telle que je suis
Les gens m'aimeront telle que je suis
Les gens m'aimeront telle que je suis
Les gens m'aimeront telle que je suis
Les gens m'aimeront telle que je suis
Les gens m'aimeront telle que je suis
Les gens m'aimeront telle que je suis
Les gens m'aimeront telle que je suis
Les gens m'aimeront telle que je suis

Personne ne pourrait m'aimer comme ça.

CHAPITRE 7

GRACE : 28 AVRIL

Je veux voir Maddy faire semblant de dormir sur le canapé pour ne pas avoir à sortir Fizzy, entendre son rire quand elle essaie de rattraper du pop-corn avec sa bouche. Au lieu de ça, les images de ma sœur flottant dans l'eau vont et viennent comme des vagues. Je vois son visage tranquille sous la pluie. Je sens sa main froide dans la mienne.

Je veux que ça s'arrête. *S'il vous plaît.* Je ne veux pas me souvenir d'elle comme ça.

Mais je dois tenir bon. Je dois dire tout ce que je sais à la police.

Maman est assise à côté de moi tandis que l'inspecteur Howard consulte un document sur son ordinateur portable. Il a précisé que notre conversation serait enregistrée, mais je ne vois aucun boîtier doté d'une lumière clignotante au milieu de la table, alors je ne sais pas comment.

– Les plongeurs ont déjà cherché dans le lac, dit-il.

– Je sais, je réponds, mais elle n'est pas dans l'eau. Je l'ai traînée sur un… sur un petit banc de sable, au milieu.

– Un banc de sable ? répète-t-il en le notant.

– En quelque sorte.

J'essaie d'isoler des détails dans les images floues qui me reviennent à l'esprit, en me tripotant les doigts. Alors que le souvenir du visage de Maddy ne cesse de me hanter, j'ai encore du mal à identifier des éléments précis.

– Il n'y avait pas que du sable. C'étaient plutôt des mauvaises herbes et des plantes. Mais je sais que je l'ai emmenée là. Il faut que vous alliez la chercher.

– Ta camarade de chambre a dit que tu n'étais pas là à son réveil et qu'apparemment, tu n'avais pas été là de la nuit. Sais-tu où et avec qui tu aurais pu passer la nuit ?

– Qu'est-ce que vous sous-entendez, au juste ? intervient ma mère.

L'inspecteur ne répond pas, gardant les yeux rivés sur moi.

– Je... je ne sais pas.

– Te rappelles-tu quoi que ce soit d'autre qui pourrait nous indiquer à quel endroit du lac vous étiez ? D'autres repères, ou la position du soleil, ou...

– Il faisait nuit. Je vous l'ai déjà dit.

– Tu te souviens d'autre chose ? De ce que tu as fait la nuit d'avant ?

– Non, je...

Je marque une pause, essayant en vain d'extraire un autre souvenir de ce brouillard. Cet effort déclenche une vive douleur. Je me masse les tempes. Si je n'avais pas oublié à la maison les médicaments que le docteur m'a prescrits, j'y arriverais peut-être. Mais ça fait mal. Je passe les mains dans mes cheveux. Ça en vaut la peine, si ça nous permet de retrouver Maddy. Je peux faire ça pour elle. Je peux surmonter la douleur. Je...

– Je me rappelle juste avoir pataugé dans l'eau avec Maddy sous le bras et l'avoir sortie du lac.

Maman se tourne vers moi.

– Et ces maisons au bord du lac ? demande-t-elle. Tu t'en souviens ?

– Non.

J'aimerais pouvoir leur donner plus, leur offrir une raison d'espérer. Mais c'est tout ce dont je me souviens, et ça devrait suffire. Il le faut.

– Je suis désolée.

– Ferme les yeux et prends ton temps, me conseille-t-elle, mais ce que j'entends, c'est *Fais un effort.*

Je suis ses conseils, mais la douleur proteste en hurlant. J'expire longuement entre mes dents serrées. Je suis la seule personne capable de retrouver Maddy, et pourtant, je suis complètement inutile. Je dirige mon attention sur une tache, sur la table, loin de ma mère.

– J'essaie constamment de me souvenir.

– Peut-être qu'on devrait se prendre des canettes de soda, intervient l'inspecteur en souriant pour détendre l'atmosphère.

La porte s'ouvre, et un autre agent en uniforme fait son entrée.

– Madame Stoll, vous voulez bien accompagner l'agent Jones au distributeur et choisir quelque chose qui vous plairait, à votre fille et vous ? C'est nous qui régalons.

Maman hésite.

– Une limonade, ce serait super, dis-je en me frottant les tempes.

– Je reviens tout de suite, annonce-t-elle en me jetant un dernier coup d'œil avant de quitter la pièce.

– Je sais comment peuvent être les mères, commente l'inspecteur Howard d'un air pince-sans-rire, une fois la porte refermée.

Je ne réponds pas, mais je dois admettre qu'il a suffi qu'une personne s'en aille pour que l'énergie de la pièce se transforme.

– Que s'est-il passé après que tu l'as emmenée sur le banc de sable ? demande l'inspecteur Howard.

– J'ai tenté de rejoindre la rive. Mais je ne sais pas ce qui s'est passé. J'ai dû perdre connaissance et m'effondrer sur la route avant d'avoir pu trouver de l'aide.

– À cause de ta blessure à la tête ? demande-t-il en indiquant vaguement mon crâne.

– C'est ce que dit le docteur.

– Mais tu ne penses pas qu'un participant à ce voyage aurait pu vous vouloir du mal ?

– Je vous ai déjà dit que non.

Mais c'était avant d'avoir lu cet article sur M. Gutter.

– Alors comment penses-tu avoir reçu ce coup ? Et ce bleu ?

– Je… Je ne sais pas.

Ce n'est pas complètement vrai. Même si je ne suis sûre de rien, je ne peux nier mes soupçons tenaces, le germe de la peur. Peut-être que l'inspecteur a raison ; peut-être que quelqu'un nous voulait vraiment du mal.

Aussi effrayante que soit cette idée, l'exprimer à voix haute l'est encore plus. Il y a forcément une autre explication. *S'il vous plaît*, faites qu'il y ait une autre explication.

– Peut-être que je suis tombée, ou quelque chose comme ça, je marmonne.

Tant que l'inspecteur ne sera pas certain que c'est quelqu'un qui m'a fait ça – qui *lui*, qui *nous* a fait ça –, je pourrai continuer à rester dans le déni.

Il penche la tête sur le côté et regarde son ordinateur.

– Quand j'ai parlé avec les professeurs accompagnateurs, ils m'ont dit qu'il était expressément interdit de quitter l'hôtel.

Ce n'est pas une question, donc je ne réponds pas. Je ne doute pas que c'était contraire au règlement, mais je ne me rappelle pas avoir entendu ça. Je ne me rappelle pas non plus être partie.

– Sais-tu pourquoi ta sœur et toi vous trouviez dans le French Lake, à plus de deux kilomètres de l'hôtel, au beau milieu de la nuit ?

– Non. Je vous l'ai dit, je ne me souviens de rien d'autre.

Je n'aime pas la suspicion que je devine dans ses yeux.

– Parfois, quand les adolescents ont peur de s'attirer des ennuis, leurs souvenirs deviennent un peu… brumeux. Mais s'il y a eu consommation d'alcool ou de drogues, ça ne vaut pas le coup de le dissimuler alors que ta sœur est portée disparue.

– Non. On n'aurait jamais fait ça.

Je ne pense pas, en tout cas.

– On a trouvé deux bouteilles de vodka cassées dans le parc de l'hôtel.

Je hausse les épaules.

– Je ne suis pas au courant.

– Que peux-tu me dire sur votre ancien établissement ? Sur le bal d'hiver ?

Je ne bouge pas.

Je ne cligne pas des yeux.

Je ne respire pas.

L'inspecteur Howard se penche vers moi.

– Rien, je réponds finalement. C'était il y a quatre ans.

– Tu ne penses pas que ça pourrait être utile ?

– Vous croyez, vous ?

Il joint ses mains devant lui et étudie mon visage. J'aimerais savoir ce qu'il y voit.

– Comment êtes-vous arrivées au lac ? Que faisiez-vous là-bas sous la pluie ?

– Je ne vous cacherais pas quelque chose si je pensais que ça pouvait aider Maddy, dis-je, et il s'arrête de taper sur son ordinateur. Sauf…

Je ne sais pas pourquoi je ne lui ai pas encore dit ce que je m'apprête à révéler. Peut-être parce que je ne suis pas sûre que ce soit réel.

Il penche la tête sur le côté et plisse les yeux d'un air intrigué, comme s'il tentait de résoudre une énigme, mais il ne dit rien. Réel ou non, je dois tout lui avouer si je veux retrouver ma sœur.

– J'ai eu quelques flashs, depuis mon réveil. Je n'arrête pas de me les repasser dans ma tête. Un feutre indélébile dans ma main. Les chaussures de Maddy pendant qu'elle court dans un couloir à côté de moi. Un cri dans le noir.

Tout ça n'a aucun sens. Ce sont des étincelles, même pas des flashs. Rien d'exploitable. Et pourtant, ça continue de me tourmenter. *Feutre indélébile. Chaussures. Cri. Feutre indélébile. Chaussures. Cri.*

– Les chaussures de Maddy, tu dis ? Tu es sûre ?

– Oui. Maddy porte toujours des Converse, et elles ne font pas le même bruit que mes claquettes.

L'inspecteur Howard repousse son siège pour regarder mes pieds sous la table.

– Tes claquettes, dit-il en notant quelque chose.

Je croise mes pieds et les ramène sous ma chaise.

– Est-ce que vous allez retrouver ma sœur ?

Il arrête d'écrire, et je ne sais pas si je préfère qu'il me dise la vérité ou qu'il me mente. Je veux juste ne plus me sentir inutile.

– Oui, répond-il. On analyse les données téléphoniques, on lit les carnets et on réinterroge les jeunes présents lors du séjour. On va la retrouver.

La porte s'ouvre, et maman apparaît avec deux canettes à la main.

– Je pense qu'on a terminé, annonce l'inspecteur Howard en se levant. Je ne manquerai pas de vous tenir informées si nous avons de nouvelles informations. Madame Stoll, je peux vous parler en privé ?

Des bribes de conversation me suivent dans le couloir. « ... inquiétudes... Maddy... écran... Grace... » La douleur me foudroie, si violente que je ferme les yeux. Je me concentre sur ma respiration, mais mon cœur continue de me supplier d'en voir plus, d'explorer les moments dont je me souviens pour remarquer d'autres détails autour de moi. Les questions de l'inspecteur résonnent à mes oreilles.

Comment penses-tu avoir reçu ce coup ? Et ce bleu ? Comment êtes-vous arrivées au lac ? Que faisiez-vous là-bas sous la pluie ?

Mais j'écoute plutôt mes doutes, qui me murmurent que savoir pourrait être pire que ne pas savoir, et je m'éloigne, fuyant la douleur.

Devant le commissariat, l'air tiède du printemps se déverse sur moi et je prends de grandes goulées d'air, m'efforçant de calmer les élancements dans ma tête, d'ignorer les soupçons qui montent dans ma poitrine… qui me donnent la chair de poule malgré le soleil sur mon visage. Ces soupçons qui me soufflent que nous n'étions pas simplement en train de courir dans ce flash. Que nous étions pourchassées.

Peut-être… peut-être que c'était vraiment un participant à ce voyage. Et si ma sœur a poussé un cri, c'est peut-être qu'on n'a pas été assez rapides pour…

Soudain, plusieurs portières de voiture claquent sur ma droite et deux hommes en costume s'approchent du commissariat avec une fille. Une fille petite avec de longs cheveux blonds.

– Nicole ! je crie.

Quand elle me reconnaît, ses yeux s'éclaircissent, comme si un brouillard se dissipait. Elle me rejoint en quelques pas rapides, puis son visage se décompose sous l'effet de l'inquiétude à laquelle il va apparemment falloir que je m'habitue.

– Tu vas bien ? J'ai appris que tu étais à l'hôpital et…

– Oui, je réponds en baissant la tête, comme si cela pouvait cacher les marques sur mon visage. Les médecins m'ont laissée sortir.

S'ensuit un moment pendant lequel, en temps normal, on se serait prises dans les bras, mais Nicole ne bouge pas. Ma déclaration de bonne santé n'a pas dû suffire à la convaincre qu'elle ne risquait pas de me casser une côte ou de me faire un autre bleu en me touchant.

Elle est parfaitement coiffée, comme toujours. Sa tenue est aussi stylée que d'habitude. Mais ses yeux… tout le maquillage du monde ne pourrait pas dissimuler ses cernes noirs et gonflés, signes de son stress et de son angoisse.

La disparition de Maddy affecte toute la communauté.

– Je voulais t'appeler, mais… (Elle jette un rapide coup d'œil aux hommes qui approchent derrière elle.) Mon père m'a confisqué mon téléphone. Pas de réseaux sociaux. Je n'ai le droit de communiquer qu'avec ma famille.

Donc même si j'avais réussi à me connecter ce matin, elle n'aurait pas reçu mes messages.

Les deux hommes s'arrêtent derrière elle. Je reconnais son père, que je voyais aux matchs de volley quand elle faisait encore partie de l'équipe, en troisième. Mais à l'époque, il arborait plutôt un polo et un visage rougeaud quand il hurlait sur l'arbitre.

– C'est pas grave, de toute façon la police a gardé mon téléphone, et...

Soudain, je me rends compte que le commissariat n'est pas l'endroit où je me serais attendue à croiser Nicole.

– Qu'est-ce que tu fais ici ?

– Ils m'ont appelée pour...

L'autre homme, celui que je ne connais pas, s'avance d'un pas et pose doucement la main sur le coude de mon amie, se voûtant pour pouvoir lui parler plus discrètement.

– Rappelle-toi ce dont nous avons parlé. Ne donne aucune information, sauf si c'est nécessaire. Ne parle pas de l'affaire ni de ton implication dans les événements sans m'avoir consulté au préalable.

– D'accord, désolée, souffle-t-elle.

Décidant finalement que je mérite son attention, l'homme me tend la main.

– Je suis Marc Reyes-Castillo, l'avocat de Mlle Harris.

Comme sur pilote automatique, je lui serre la main tout en digérant lentement les miettes d'informations qui me parviennent. Nicole va être interrogée par la police, et c'est suffisamment sérieux pour qu'elle ait besoin d'un avocat.

– Je t'appelle dès que possible, me promet-elle tandis que son père la pousse à suivre leur avocat dans le bâtiment.

Mes poumons se contractent, comme si j'avais raté la dernière marche en descendant un escalier. Ce n'est que lorsqu'ils disparaissent à l'intérieur, après que la porte s'est refermée avec un bruit sourd, que je prends conscience que j'aurais dû éprouver du réconfort en voyant ma meilleure amie. J'aurais dû lui tomber dans les bras et lui confier toutes les pensées, les peurs et les horreurs qui s'entrechoquent dans mon esprit. Le simple son de sa voix aurait dû m'emplir de soulagement.

Pourtant, rien de tout ça n'est arrivé. Je me sens toujours aussi vide et j'en suis réduite à me demander s'il est vrai que seuls les gens coupables ont besoin d'un avocat.

CHAPITRE 8

MADDY : 22 AVRIL

Après le déjeuner, on nous conduit à l'extérieur de l'hôtel, où environ cinquante mètres de pelouse s'étirent dans toutes les directions avant de rejoindre les arbres. Du côté ouest se dressent les montagnes, tandis qu'à l'est, la pente rejoint la route principale, puis le village. On ne le voit pas d'ici, mais je sais que le lac se trouve dans cette direction. On allait pêcher au bord d'un lac en colonie de vacances, Grace et moi, quand on était petites. Grace n'aimait pas toucher les asticots. Ni les hameçons. Ni les poissons. Pourtant, elle en attrapait toujours plus que moi.

Nous suivons tous Mme Sanderson, tandis que M. Gutter ferme la marche.

– Nous étions censés faire cette randonnée jeudi, mais comme on annonce de la pluie, c'est le moment ou jamais, explique Mme Sanderson. L'année dernière, les sentiers étaient complètement détrempés et on n'a pas pu y aller du tout. Il y a deux ans, on a passé la soirée dans le sous-sol de l'hôtel, à cause d'une alerte tornade. Vous serez donc le premier groupe d'avril à la faire depuis plusieurs années. Le printemps est tellement imprévisible dans le Midwest, n'est-ce pas ?

Elle rit toute seule et s'élance entre les arbres.

Jade marche vers l'avant du groupe, et je me retrouve à côté de Grace.

– Tu n'étais pas censée apporter des chaussures de marche ? je lui demande.

– Parce que tu crois que ça compte, ça ? réplique-t-elle en désignant mes Converse.

– Toujours plus que tes claquettes.

– Il va falloir que tu fasses attention au sumac vénéneux, lance Adrian en se retournant vers elle.

Grace se rapproche en sautillant du centre du sentier, ce qui le fait rire.

– Arrête de te moquer de moi ! proteste-t-elle en lui donnant une tape joueuse sur le bras, tout naturellement, comme si c'était facile pour elle de franchir les barrières sociales.

Je n'ai jamais compris comment on faisait ça.

– Je ne plaisante pas, répond Adrian, mais son petit sourire suggère le contraire.

– Où ça ? demande Grace en scrutant la végétation aussi attentivement que si on lui avait demandé de reconnaître un criminel lors d'une séance d'identification.

– Vous ne faites pas souvent du camping, toutes les deux, je me trompe ?

– Parce que toi, si ?

– On est quatre enfants dans ma famille. Le camping, c'est la version discount des vacances. J'adore ça, ajoute-t-il en ramassant un bâton par terre pour marcher avec, comme Gandalf.

Je n'ai pas fait de randonnée depuis le CE2. Je me souviens que j'avais chaud, que j'étais toute poisseuse et fatiguée. Pas du tout comme maintenant. Il fait frais à l'ombre et il y a une petite brise. Même si je suis mes camarades, je dois décider où poser mes pieds sur le chemin, pour éviter les branches et les cailloux. Je dois être beaucoup plus attentive que quand je marche sur le trottoir ou au centre commercial. Mon cerveau est obligé de se concentrer sur le sentier, pas sur mes soucis. J'aurais bien aimé qu'on fasse plus souvent du camping quand Grace et moi étions petites.

Peut-être que l'air se raréfie à cette altitude et que je suis en manque d'oxygène, mais je me sens revigorée, j'ai l'impression que je pourrais grimper pendant des heures sans jamais atteindre le sommet et que ça ne me dérangerait pas. J'inspire cette sensation d'assurance et la garde dans mes poumons.

– Tu es dans la chambre de Jade, c'est ça ? me demande Grace alors que j'expire tous mes doutes à propos de cette semaine. Comment ça se passe ?

– Elle a l'air... sympa, je chuchote. Et Tori ?

– Elle est hyper intéressante. Tu savais que son père a été réalisateur à Hollywood ?

Je la regarde comme si... eh bien, comme si elle venait de m'annoncer que le père de Tori avait été réalisateur à Hollywood. J'ai passé une heure dans le car avec cette fille, et le plus intéressant que j'ai réussi à lui soutirer, c'est un récit détaillé de la fois où son chat Monsieur Moufles a sauté sur les stores de sa chambre.

– Elle vivait en Californie avant que son père quitte le show-business, quand ses parents sont tombés malades, poursuit Grace. C'est pour ça qu'elle a emménagé ici cette année.

– Oh, ça craint de déménager l'année de terminale.

C'était déjà dur, au début de notre année de troisième, quand on est parties dans un nouvel établissement, dans un autre secteur.

– En tout cas, je suis contente que le courant passe bien entre vous, j'ajoute.

Comme si Grace pouvait ne pas s'entendre avec quelqu'un.

La montée devient plus raide et les bavardages s'espacent alors que le souffle se fait plus court. Nicole et quelques autres ralentissent et se retrouvent au niveau de Grace, avec qui ils se mettent à discuter. Puis le terrain s'aplanit et une immense étendue verte apparaît en contrebas. Je n'ai jamais vu autant d'arbres de ma vie. Ils s'étendent jusqu'à l'horizon.

Ce n'est qu'une petite partie du monde, et soudain, j'ai envie de le découvrir en entier.

– Regardez, on voit le lac ! lance Nicole en relevant ses lunettes de soleil de marque sur sa tête et en repoussant ses cheveux blonds soyeux avant de se mettre sur la pointe des pieds. Si j'avais des jumelles, je parie que je verrais notre maison de vacances. Je me demande si les ouvriers ont terminé notre nouveau patio. On a dû le faire refaire à cause de l'inondation de l'année dernière.

– Est-ce qu'on ira nager ? demande Caleb Simonson en passant un bras autour des épaules de Nicole.

Mais celle-ci l'ignore, apparemment plus intéressée par sa maison que par son petit ami.

– Même si on arrive à échapper à la pluie d'ici là, vous pensez sincèrement que Mme Sanderson et moi aurions envie de tous vous surveiller dans l'eau ? répond M. Gutter en désignant les nuages.

– J'espère qu'on pourra quand même visiter les grottes, dit Nicole en baissant la voix, soit pour que M. Gutter ne s'incruste pas dans la conversation, soit pour qu'il ne sache pas qu'elle a entendu parler des événements secrets du séjour. D'après Shelley Graber, la tradition veut qu'on écrive son nom sur le mur à côté de celui de ses amis.

Elle sort son appareil jetable et prend une photo de la vue.

– J'aimerais bien savoir si ça rendra bien, commente-t-elle en faisant la moue.

Mme Sanderson apparaît à côté d'elle.

– Aucune photographie ne remplacera jamais l'image que vous avez sous les yeux en ce moment. Absorbez-en autant que possible.

J'enregistre le panorama dans mon esprit, savourant le moindre détail. J'ai déjà lu des poèmes exaltant la beauté de la nature, de Whitman, Frost ou Silko, mais je n'arrive à me rappeler aucun d'entre eux. Parfois, les mots ne sont vraiment pas à la hauteur, et aucun ne saurait retranscrire ceci. C'est vraiment incroyable.

Mme Sanderson va s'assurer que Clyde a bien apporté son inhalateur, et j'esquive les anecdotes de Nicole sur sa propriété au bord du lac en m'approchant de Grace, qui discute avec Tori.

– C'est là que j'irai l'année prochaine ! s'exclame ma sœur, sa voix montant d'une octave sous l'effet de l'excitation. Je n'en reviens pas que ton père y soit allé aussi.

– Si, confirme Tori en tirant sur la manche de son sweat, décoré d'une tête de chat. Et ensuite il a trouvé un job en Californie.

– Attends, dis-je en me joignant à elles. Ton père a passé son diplôme au Five Lakes Community College ?

– Non, répond Tori, perplexe. Il a étudié à Trinity University.

– Mais Grace va à Five Lakes avec moi.

Ma sœur se met à inspecter le sol, plantant ses orteils dans la terre.

– Oh, oh, fait Tori en nous regardant tour à tour.

– Attends, tu vas à Trinity ?

Ma sœur fait exactement la même tête que la fois où je me suis aperçue qu'elle m'avait emprunté mon nouveau maillot de bain sans me demander la permission.

– Tu… tu ne seras pas à la maison l'année prochaine ? Comment ça se fait ?

Je savais qu'elle avait déposé sa candidature et qu'elle avait été acceptée, mais sans bourse, ce n'était pas faisable.

– Oh, lâche Tori, dont le visage se décompose. Je crois que je vais, euh, aller poser une question d'histoire à M. Gutter.

Et sur ce, elle disparaît. Grace ne semble pas s'en rendre compte.

– J'ai décidé de jouer pour eux, avoue-t-elle, ses mots s'échappant précipitamment de sa bouche. Le coach m'a appelée hier. Je crois que certaines filles qui avaient signé ont eu des ennuis à cause d'un post douteux devenu viral, ou un truc comme ça, alors il est retourné piocher dans la liste de candidates. Je vais signer ma lettre d'intention la semaine prochaine.

Elle verrouille ses genoux et redresse ses épaules.

– Je croyais que ça ne te disait rien de vivre loin de la maison et de devoir faire les trois heures de trajet, fais-je remarquer.

Elle hausse les épaules.

– Trin' U n'a jamais été ma fac de rêve, mais s'ils me paient pour y aller, pourquoi pas ?

– C'est... c'est super ! Je suis trop contente pour toi !

Je la serre dans mes bras pour cacher mon chagrin. Maintenant, elle a une solution pour se payer la fac. Elle a tout.

– La bourse ne couvre pas tout, ajoute-t-elle, soulagée. Mais les repas et les livres coûteront à peu près la même chose que les frais de scolarité à Five Lakes.

– Dans ce cas, je comprends. Je comprends carrément, dis-je en souriant trop largement.

Je suis contente pour elle. Vraiment. Elle le mérite.

Même si c'est elle qui obtient tout ce que j'ai toujours désiré.

La fac, ça devait être ma chance de partir, de rendre mes parents fiers de *moi*, de sortir de l'ombre de ma sœur. Finalement, Grace a déjà deux longueurs d'avance. Elle a été démarchée par un coach. Elle va alléger ses charges financières. Elle étudiera dans une fac prestigieuse pendant que je resterai à la maison, essayant laborieusement de tirer le meilleur parti de mon plan B.

Non. C'est égoïste de ma part de penser à moi. C'est son moment de gloire. Je ne veux pas le lui gâcher. Son bonheur devrait me suffire. Je n'ai pas besoin d'être heureuse, moi.

– Je me suis déjà renseignée, reprend-elle en prenant mes deux mains et en balançant mes bras de gauche à droite. Leur programme d'écriture est réputé, alors dès que tu auras des nouvelles de la fondation de poésie, on s'inscrira pour partager la même chambre ! Je voulais attendre que tu aies la réponse du comité pour te faire la surprise. Tu sauras la semaine prochaine, c'est ça ?

– Ouais, euh, dans le courant de la semaine prochaine.

– Tu es sûre que ça va ?

J'ai mal aux joues à force de sourire.

– Oui. Bien sûr.

– Maddy ? insiste-t-elle, car elle me connaît trop bien. Tu es *sûre* ?

– Grace. Oui. Félicitations. Tu le mérites.

Elle m'étreint, mais j'ai à peine le temps de sentir ses bras autour de moi que Caleb et Nicole la tirent vers eux pour prendre une photo. Tous ses efforts au volley ont payé, pas mes écrits. Ce n'est pas sa faute. Je pensais avoir fait de mon mieux, moi aussi, mais ça n'a pas suffi. *Je* n'ai pas suffi.

Pas la peine de s'appesantir là-dessus.

Un nuage passe devant le soleil. La température chute immédiatement et le vent se lève. Ma queue-de-cheval me fouette le visage. Je suis toute seule. Et je resterai toute seule l'année prochaine, à moins que je ne fasse quelque chose de différent, que je ne devienne quelqu'un de différent. La Forest Lane Academy a peut-être conçu le séjour des terminales pour qu'on apprenne à se connaître, mais ce dont j'ai besoin, moi, c'est de me réinventer. Le moment est venu de prendre des risques.

Et ça commence maintenant.

Il est temps de devenir la personne que les autres veulent voir. Il est temps d'admettre la vérité que j'ai tenté de nier. Il est temps d'abandonner celle que je croyais être. Avant que mon temps dans l'ici et le maintenant ne soit écoulé.

Tic tac tic tac Tic Tac

tic Tic tac Tic

CHAPITRE 9

GRACE : 28 AVRIL

La police nous a rendu nos sacs de voyage, ne trouvant apparemment rien d'utile dans mes bas de survêtement et mes tee-shirts, mais l'inspecteur Howard veut garder mon téléphone encore quelques jours. Du moins, j'espère que ça ne sera pas plus long que ça. J'ai essayé de dormir, une fois rentrée à la maison, mais ses questions et les images de Maddy continuent de hanter mes pensées.

Comment penses-tu avoir reçu ce coup ? Et ce bleu ? Comment êtes-vous arrivées au lac ? Que faisiez-vous là-bas sous la pluie ?

J'ai beau retourner ces questions dans tous les sens ou essayer de les esquiver, j'en arrive toujours à la seule conclusion sensée : quelqu'un a dû nous y emmener.

Et nous serions seulement parties avec quelqu'un en qui nous avions confiance.

Je ne veux plus de souvenirs qui se dérobent. Je ne veux plus de folles théories sur M. Gutter. Je veux la vérité. Et un endroit sûr. Quelqu'un à qui parler, quelqu'un qui ne me regardera pas avec des accusations, de la pitié ou de l'inquiétude dans les yeux. Nicole devrait être cette personne, mais son avocat ne l'autorisera jamais à me parler. Peut-être quelqu'un d'autre, alors…

Quand je tape le nom de Mme Sanderson dans la barre de recherche, aucun article louche n'apparaît. Seulement l'adresse mail dont j'ai besoin.

Après trois brouillons dans lesquels j'explique ce dont je me souviens et ce que j'ai oublié, j'efface tout et opte pour la question dont j'ai besoin de connaître la réponse : *Pouvez-vous me dire ce qui s'est passé pendant le séjour des terminales ?*

Envoyer.

– Comment ça va ? demande mon père en entrant dans le salon.

Il se met à faire les cent pas, comme Fizzy quand il y a de l'orage et qu'elle ne peut pas sortir. Il voulait retourner au French Lake avec la police, mais l'inspecteur Howard lui a dit qu'il valait mieux qu'il rentre à la maison pendant qu'ils cherchaient le banc de sable.

– Oh, euh, ça va. Il faut croire que j'étais plus fatiguée que ce que je pensais, dis-je en m'asseyant et en m'étirant, comme si j'avais fait la sieste au lieu de ruminer.

– Le Dr Thelsman dit que c'est normal.

Il se ronge les ongles et regarde encore une fois son téléphone. J'imagine ma mère faisant la même chose dans la cuisine. Notre besoin désespéré de nouvelles nous écrase.

Papa continue de m'observer.

– Tu… Tu as besoin de quelque chose ? je demande.

– Je sais que ça n'a pas été facile pour toi au commissariat.

Pour la première fois depuis que je me suis réveillée à l'hôpital, tout son corps se détend. Sans savoir pourquoi, je cherche quelque chose d'autre que lui à regarder.

– Je suis très fier de toi, ajoute-t-il.

Son visage est tellement sérieux. Papa m'a souvent dit qu'il était fier de moi. Après mes matchs de volley-ball. Après un bon bulletin. Mais jamais parce que j'avais apporté ma contribution à une enquête de police sur la disparition de ma sœur. Je ne décèle pas dans sa voix la note de bonheur qu'on pourrait attendre d'un parent fier. Elle est creuse, vide, comme nos vies depuis que Maddy a disparu.

– Ta mère et moi pensons que ce serait une bonne idée que tu ailles voir le Dr Cramer pendant quelque temps.

– La psy ? je demande, me rappelant ce nom que je n'avais plus entendu depuis des années.

Je suis allée la voir avant qu'on s'inscrive à Forest Lane, à l'époque où ma vie était encore un enfer, à la fin de la quatrième.

– Oui, pour t'aider à te souvenir.

Je me demande si c'est la seule raison, ou s'il voit le traumatisme s'infiltrer dans mes os comme je le vois s'attacher à lui comme une sangsue.

– D'accord, dis-je.

Dr Thelsman. Dr Cramer. Un pour mon corps, et maintenant, un autre pour mon esprit. J'accepterais d'en voir vingt-sept de plus si ça pouvait nous aider à retrouver Maddy.

– C'est difficile pour nous tous, poursuit-il, et ma gêne s'accroît.

S'il pleure, je ne pourrai pas le supporter. Je n'ai jamais vu mon père pleurer. Même à l'hôpital, il a quitté la pièce. Je me doutais que ses émotions prenaient parfois le dessus, mais je n'en ai jamais été témoin. C'est peut-être pour ça qu'il évite la maison. Peut-être qu'il pense devoir rester fort devant nous et qu'il ne se lâche que quand il est seul.

Chaque fois qu'il me regarde, je sais qu'il cherche des réponses. Des réponses que je n'ai pas, à des questions que je n'arrête pas de me poser, moi aussi.

Que s'est-il passé au lac ? Que faisions-nous dehors sous la pluie ?

On sonne à la porte. Fizzy traverse le salon à toute vitesse en aboyant férocement, alors qu'on sait tous qu'elle veut seulement renifler quelqu'un de nouveau.

Papa ouvre la porte sur notre voisine âgée, Mme Finch. Elle lui tend un plat.

– Je vous ai apporté le dîner, annonce-t-elle en me regardant, derrière mon père. Je voulais passer voir comment vous alliez.

– Merci, répond papa. On va aussi bien que possible.

Il s'efforce de retenir Fizzy pour qu'elle ne saute pas sur Mme Finch, qui lui fait rapidement les gros yeux avant de se pencher encore une fois pour me regarder.

J'abandonne le canapé pour aller récupérer mes vieilles baskets dans le placard du couloir.

– Tu vas quelque part ? demande mon père.

– Je me disais qu'un peu d'air frais pourrait m'éclaircir les idées.

– Tu as raison.

Il passe d'un pied sur l'autre et dit quelque chose à Mme Finch, mais ses mots m'échappent alors qu'un nouvel éclair de douleur fend mes pensées. Je grimace et plaque ma paume sur mon front.

– Est-ce que ça va, ma petite ? demande Mme Finch tandis que Fizzy tire sur son collier pour atteindre notre voisine trop curieuse.

– Oui, dis-je en me massant les tempes. Ça va.

Je finis de faire mes lacets, me lève et prends une laisse pour Fizzy. Puis je sors, passant devant Mme Finch qui s'aplatit contre le mur, n'ayant toujours pas compris qu'elle devait partir. Je referme la porte d'entrée et m'éloigne de papa, de Mme Finch et de quiconque voudrait me poser des questions. Je dépasse les maisons à un étage et rejoins la partie la plus ancienne du quartier, avec ses trottoirs fissurés et ses revêtements datés.

À défaut d'autre chose, je me souviens de Maddy sur ce banc de sable, au milieu du French Lake. Ça va forcément faire avancer les recherches. Dieu, s'il existe, ou je ne sais quelle force cosmique, veut manifestement que je garde cette image bien nette : moi, sortant Maddy de l'eau.

Il doit y avoir une raison à cela.

Je sors mon téléphone pour voir si j'ai reçu un mail de Mme Sanderson, mais ma boîte de réception est toujours vide. C'est le week-end, ça n'a donc rien d'étonnant. Quand elle le lira, je sais qu'elle voudra m'aider.

Soudain, Fizzy se met à tirer avec force sur sa laisse. Je m'attends à voir un autre chien ou un écureuil, mais la réalité me surprend davantage.

Adrian Clement. Il va au même lycée que nous. Je ne dirais pas qu'on est amis, mais il est sympa avec tout le monde. Il parlerait à un tronc d'arbre pour peu que celui-ci rie à ses blagues.

Mais surtout, il était là au voyage des terminales.

– Adrian ?

Les bras et même le visage maculés de terre, il pose un sac de paillis et regarde dans ma direction en plissant les yeux. Il retire sa casquette et secoue ses cheveux. Ils sont courts sur les côtés, comme s'il venait de les faire couper, à peine plus longs sur le haut du crâne. Je n'avais jamais vu ses cheveux rebelles aussi bien coiffés. Il remet sa casquette et s'approche de moi en m'adressant un signe hésitant de la main, presque comme s'il avait su que ce moment, ce tête-à-tête, finirait par arriver.

Il se demande sans doute quoi dire à la fille dont la sœur a disparu. Je ne peux pas lui en vouloir. Je ne saurais pas quoi dire non plus. Mais au moins, il vient vers moi, au lieu de « me laisser respirer », comme le font apparemment mes amis aux abonnés absents.

Il se penche pour satisfaire le désir intense et urgent de Fizzy d'être caressée par lui. Peut-être qu'il aime sincèrement les chiens et que je suis simplement parano, mais il ne croise pas mon regard.

– Salut ma belle, dit-il à Fizzy en la laissant lui sauter dessus et lui lécher le visage.

En tout cas, elle a l'air de lui faire confiance.

– Je ne savais pas que tu vivais ici, dis-je.

C'est ça, le truc, avec les lycées privés. Les gens viennent de partout.

– Ce n'est pas le cas, répond-il lentement.

Il ne m'évite pas, mais il cache quelque chose. On dirait qu'il attend un truc. Mais quoi ?

– C'est la maison de ma grand-mère, ajoute-t-il.

– Tu as participé au voyage des terminales, non ?

– Euh, ouais, répond-il en ajustant sa casquette.

– J'ai des problèmes de mémoire concernant la semaine dernière, j'avoue. Je ne me rappelle pas grand-chose.

– Alors tu… tu ne te souviens pas de ce qui s'est passé ?

– Pas vraiment.

Je m'attendais à me sentir gênée, mais j'ai fini par l'accepter.

Le vent change de direction.

– Oh. Désolé de l'apprendre.

Son visage se détend lorsqu'un Adrian miniature déboule de derrière la maison. Lui aussi porte une casquette sur ses cheveux châtains ondulés. Il est plus maigre et plus petit, mais son visage est presque identique.

– Oui, j'y étais, reprend Adrian d'une voix plus enjouée alors qu'il pose la main sur l'épaule du jeune garçon, sans doute soulagé qu'il interrompe cette rencontre gênante.

– Est-ce que je dois tout faire, tout seul ? gémit le petit.

– Mon frère Kyle et moi faisons un peu de jardinage pour ma grand-mère.

– C'est gentil de votre part. Je suis sûre que ça lui fait plaisir.

Kyle lève les yeux au ciel.

– C'est comme être payé pour un entraînement de musculation, dit-il en essayant mine de rien de bander les muscles de son bras.

– Ne t'inquiète pas, Stoll. Je veille à ce qu'il travaille aussi sur sa personnalité, intervient Adrian, taquin.

– Stoll ? répète le garçon en écarquillant les yeux. Est-ce que ça veut dire que tu es celle qui…

– Hé, l'interrompt Adrian, et si tu apportais ce sac de paillis sur le côté de la maison ?

– Mais…

– Ça te donnera l'occasion de montrer tes muscles.

Kyle s'exécute en marmonnant. Je me gratte la nuque, prenant soin d'éviter mes points de suture. J'ai déjà été dans le journal, mais pour le volley, avec mon équipe. Désormais, les gamins me reconnaissent dans la rue à cause de la pire journée de ma vie. Ça fait bizarre.

– Désolé, dit Adrian avant de lancer plus fort par-dessus son épaule : Il devrait faire attention à ses manières plutôt qu'à ses muscles !

Kyle lui répond par un geste obscène, mais Adrian se contente de secouer la tête.

– Comment tu vas depuis… tout ça ? me demande-t-il.

– Tu veux dire depuis que ma sœur a disparu ou depuis que je me suis réveillée à l'hôpital avec sept points de suture à l'arrière du crâne ?

– Ouais, c'était une question stupide.

Fizzy renifle le sol à nos pieds.

– Je… J'aimerais savoir ce qui s'est passé pendant le voyage, pour pouvoir l'aider.

Je n'ai pas besoin de préciser de qui je parle. À sa moue attristée, je vois qu'il a compris. Tout le monde comprend.

– C'est comme si je regardais un film et que je m'apercevais que j'ai raté un passage, mais la vidéo se coupe chaque fois que j'essaie de revenir en arrière.

Il se mord la joue, l'air de réfléchir à cette analogie.

– Est-ce que tu as essayé de lire ton carnet ? suggère-t-il. Ça pourrait t'aider.

– Mon carnet… oui, l'inspecteur a dit l'autre jour qu'ils en avaient récupérés.

– Ouais, tout le monde en a eu un le premier jour, pour écrire pendant les différentes activités. Relire tes propres pensées t'aiderait peut-être à combler les trous.

– Est-ce que ma sœur a écrit dans le sien ?

– On l'a tous fait. Enfin, tous les autres. Moi, j'ai surtout dessiné. Mais c'était quand même constructif, promis.

– Est-ce que tu te rappelles nous avoir vues, ma sœur et moi, ce jour-là ?

– Personne ne se rappelle vous avoir vues après le jeudi soir, même pas vos camarades de chambre.

Nos camarades de chambre. C'est vrai. L'inspecteur Howard a précisé à l'hôpital que c'étaient elles qui avaient signalé notre absence… et quelqu'un d'autre.

– D'après la police, Ryan Jacobs était avec Tori et Jade quand elles ont prévenu les profs qu'on avait disparu.

Je me demande si c'est pour ça que Nicole était au commissariat tout à l'heure. Peut-être que la police interroge tout le monde.

– C'est bizarre, dit Adrian en tripotant de nouveau sa casquette.

– Quoi ?

– Rien, mais avant qu'on sache ce qui se passait, Mme Sanderson et M. Gutter nous ont tous réunis dans la salle principale. Ryan avait quelques minutes de retard. C'est lui qui est arrivé en dernier.

– Où il était ?

– Je n'en sais rien, mais je peux me renseigner, poser des questions, propose-t-il en essuyant ses mains sur son tee-shirt, avant de sortir son téléphone. Donne-moi ton numéro, je te préviendrai si j'apprends quoi que ce soit.

– Oh, euh…

Je tords la laisse de Fizzy dans ma main. On se connaît à peine, Adrian et moi.

Il semble lire mes pensées sur mon visage.

– Je te promets que je n'essaie pas d'être bizarre ni de te draguer ni quoi que ce soit. D'ailleurs, je vis une relation très saine avec mon râteau en ce moment, ajoute-t-il en désignant le jardin derrière nous. Il me prend tout mon temps libre et il est du genre jaloux.

Je souris. Ça me fait du bien. Je crois que j'avais oublié comment faire.

– Non, ce n'est pas ça. C'est… en fait, j'essaie de faire très attention aux personnes avec qui je partage des informations sur l'affaire, pour qu'elles ne finissent pas sur Internet.

– Oh, tu fais référence à « Secrets et théories sur les sœurs Stoll » ? demande-t-il en serrant les poings, avant de secouer la tête. Je ne sais pas qui se cache derrière ça, mais il ou elle poste toutes les heures une nouvelle théorie. Je n'en reviens pas que l'auteur de ce blog s'en soit pris à M. Gutter comme ça. Et les gens entretiennent le truc. J'ai fini par supprimer tous mes comptes sur les réseaux sociaux pour ne plus voir ça.

– Ouais, je n'ai consulté aucun réseau non plus.

Mes parents aussi ont fermé leurs comptes après avoir lu des commentaires suggérant qu'il se passait quelque chose de louche sous prétexte que ma mère n'avait pas participé aux recherches autour de l'hôtel avec mon père. Quand quelqu'un a tenté de la défendre en expliquant qu'elle s'occupait de son autre fille, un autre internaute a sous-entendu que c'était peut-être son mari qui était suspect, vu qu'il essayait de rester proche de l'enquête, et qu'il ne devait pas être un bon père s'il n'était pas à l'hôpital avec moi. Les rumeurs les plus folles circulent.

– Tout le monde se croit autorisé à proposer sa propre théorie. Ils devraient comprendre que chacun gère son chagrin à sa façon, et nous laisser tranquilles. Surtout ce blog. Je n'ai lu qu'un article, et ça m'a suffi.

– Carrément. Vous méritez mieux que ça, acquiesce-t-il en agitant son portable avec un sourire compatissant. Mais c'est promis : c'est juste pour t'envoyer des nouvelles.

Il attend. Fizzy remue la queue en gémissant jusqu'à ce qu'il se remette à la caresser. J'imagine que si elle lui fait confiance…

– D'accord, dis-je en lui donnant le numéro du téléphone que j'utilise en ce moment.

Il l'enregistre et me promet de me tenir au courant, puis j'entraîne Fizzy en direction de la maison. Adrian avait l'air aussi surpris que moi par les accusations à l'encontre de M. Gutter. J'essaie de me convaincre que nous étions en sécurité avec notre professeur, que personne de notre connaissance ne nous aurait fait de mal, que le retard de Ryan à la réunion ne veut rien dire.

Il ne faut pas que je me laisse envahir par la paranoïa. Tout ira bien. Maddy rentrera bientôt à la maison. Le personnel de l'hôpital soignera ses blessures comme il a soigné les miennes. Maddy ira bien. Quand je m'engage dans notre rue, j'ai presque réussi à me convaincre.

Jusqu'à ce que je voie la voiture de police garée dans notre allée.

CHAPITRE 10

MADDY : 22 AVRIL

Il faut que j'arrête de me prendre la tête.

On est tous assis autour du feu, derrière l'hôtel. Même si mes cheveux et mes vêtements vont puer la fumée, je reste là, hypnotisée par les flammes, et me laisse aspirer par mes doutes. Depuis que Grace m'a annoncé qu'elle n'irait pas à Five Lakes, je me demande si ça vaut vraiment le coup que j'aille à la fac. Si je n'ai pas réussi à décrocher la bourse Dorene Williams, je n'arriverai sûrement pas à obtenir un diplôme en écriture. Et si je ne suis pas sûre de moi, je ne devrais pas gaspiller de l'argent – même si les frais de scolarité sont moins élevés à Five Lakes – avant d'y voir plus clair.

Au lieu de m'interroger sur mon avenir, je décide de me concentrer sur le présent. Le feu de joie est énorme. D'après M. Gutter, on aurait dû le faire demain, mais comme la randonnée, il a fallu le reprogrammer à cause de la météo. Le ciel est couvert, mais vu la luminosité derrière les nuages, la lune doit être pleine.

J'ai envie de croire que Jade s'amuse trop pour me regarder, mais je n'arrive pas à me débarrasser de l'impression qu'elle m'évite. Je me pose sans doute trop de questions, comme toujours. Des petits groupes sont répartis autour du feu. Je pourrais me joindre à n'importe lequel d'entre eux, m'insérer dans la conversation. C'est comme ça que font les gens, non ? Ils y vont, tout simplement. Et ils discutent.

Tori est assise toute seule dans un coin. Elle est encore plus discrète que moi. Je parie qu'elle aimerait bien que quelqu'un vienne lui parler.

Je n'ai le temps de faire que trois pas vers elle avant que Grace, assise sur un banc avec Caleb, Nicole et d'autres, ne l'appelle.

– Tori, viens nous répéter l'histoire que tu m'as racontée tout à l'heure.

Tori les rejoint et je reste plantée bêtement sur la pelouse, toute seule, comme si c'était précisément l'endroit où je voulais aller.

Je continue de me ratatiner dans l'obscurité. Je me suis entraînée à dissimuler ma souffrance pour que personne ne la remarque. Ni ma mère, ni mon père, ni Grace, ni Erica. Ni mes professeurs. J'ai terriblement besoin que quelqu'un me *voie*, m'aime malgré tous mes complexes, mais je ne veux pas avoir l'air désespérée.

Même si c'est exactement ce que je suis.

Je voudrais trouver quelqu'un qui comprendra que je me sens seule même quand je ne le dis pas. Je voudrais être remarquée quand j'entre en classe. Avoir une camarade de chambre qui m'arrachera cette carapace dont je n'arrive pas à m'extraire. Je *suis* désespérée.

Et je déteste ça, car le désespoir repousse les gens. Comme la mauvaise haleine. On sait qu'on en souffre et on espère que personne ne le remarquera, mais c'est peine perdue. Les gens sont trop polis pour en parler, ils sont gentils avec vous, mais ils se hâtent de mettre un terme à la conversation et ensuite, ils vous tiennent à distance pour toujours.

Mais après tout, qu'est-ce que ça peut faire qu'ils aient appelé Tori et pas moi ? J'ai dit que j'allais devenir une personne différente pendant ce séjour, et je vais le faire. L'ancienne moi n'aurait même pas essayé ; la nouvelle moi ne peut pas baisser les bras aussi vite.

Avant de me laisser submerger par mes doutes, je rejoins le groupe au moment où Tori termine une longue anecdote à propos d'une célébrité.

– … et comme il travaillait avec mon père sur son dernier projet, il a accepté de passer à ma fête d'anniversaire.

– Je crois que je serais carrément morte, lance Nicole, assise sur les genoux de Caleb. Je n'en reviens pas que tu l'aies rencontré pour de vrai !

Tori discute avec aisance, sans réponses monosyllabiques ni aucune anecdote sur ses chats. Peut-être qu'il fallait simplement qu'elle trouve les bonnes personnes à qui parler. Peut-être que c'est ce dont j'ai besoin, moi aussi.

– Je trouve ça super que ce soit aussi normal pour toi, commente Grace. Tu racontes ça comme si ça n'avait rien d'exceptionnel. Tout le monde ne garderait pas autant les pieds sur terre.

Tori rayonne. Elle trouve naturellement sa place parmi eux, comme s'ils étaient amis depuis des années. À la voir, ça a l'air tellement facile que je me dis que je peux y arriver aussi.

– Est-ce que tu… je commence, mais Nicole m'interrompt pour demander dans quelle voiture est arrivé l'invité d'honneur, et mes mots meurent tranquillement.

– Tu peux nous prendre en photo ? me demande soudain Grace.

– Ouais, bien sûr.

Je prends son appareil. Elle, Nicole, Tori et d'autres filles se rapprochent et s'enlacent.

– N'oublie pas le flash.

– Le feu fait assez de lumière.

– D'accord, mais si elle est ratée, ça sera pas ma faute.

C'est tout Grace. Elle ne supporte pas qu'on lui reproche quelque chose dont elle n'est pas responsable. À chaque match de volley, elle donne tout ce qu'elle a, moins pour que son équipe gagne que pour que personne ne puisse l'accuser en cas de défaite.

– À trois, dis-je.

À peine la photo prise, elles reprennent leur conversation. Grace récupère son appareil.

– Merci, dit-elle en retournant s'asseoir.

Il n'y a pas de place pour moi sur le banc, tout comme il n'y en avait pas pour ma voix dans leur conversation.

Je vais de l'autre côté du feu, où M. Gutter distribue des bâtons pour faire griller des marshmallows. J'en embroche un et l'approche des flammes, surprise qu'Erica me manque autant. Au moins, si elle était là, je ne serais pas assise toute seule. Elle pense à moi. Parfois. Ou du moins, c'était le cas avant que Zoey s'en mêle. Je n'ai jamais espéré plus, parce que Erica avait presque toujours un petit copain. Ça ne m'a jamais dérangée qu'elle soit occupée avec eux. Je n'ai pas besoin qu'elle me fasse toujours passer en premier. J'ai l'habitude d'arriver en deuxième position. Je prends sans doute le risque d'être déçue en rêvant de plus.

Je fais tourner mon marshmallow dans les flammes, au rythme des souvenirs qui tourbillonnent dans ma tête. J'ai eu un crush, au collège, mais il m'a rejetée et je l'ai si mal vécu que je ne me suis plus jamais risquée à aller vers quelqu'un. Si un garçon me plaît, il aura besoin de pouvoirs télépathiques pour interpréter mes silences gênés et mes sourires crispés comme un signe d'intérêt.

J'en ai assez d'attendre que quelqu'un me remarque. J'en ai assez d'avoir peur d'être rejetée. Si ces filles ne veulent qu'une photographe muette, je peux traîner avec d'autres gens.

Soudain, je vois Adrian qui marche autour du feu.

– Il y a une place ici, dis-je en me décalant sur la gauche.

– Tu es en train de gâcher un marshmallow parfaitement comestible, fait-il remarquer en plaçant sa brochette avec deux marshmallows à côté de la mienne.

Je ramène vers moi la pointe enflammée de mon bâton et souffle dessus jusqu'à ce qu'il ne reste au bout qu'une forme noire et croustillante.

– Bah, ça a l'air d'aller, dis-je.

– Attends, lance-t-il en mettant sa pique de côté pour me préparer un s'more.

C'est mignon. S'il faisait ça pour quelqu'un d'autre, je penserais qu'il flirte, mais pas avec moi – même si j'étais un réfrigérateur, je n'arriverais pas à attirer un aimant.

Mais ça, c'était l'ancienne moi, avant ce voyage. Pas la peine de trop espérer, mais pas la peine de paniquer non plus. J'inspire profondément.

– Je suis sûre que tu es hyper exigeant quand il s'agit de guimauve grillée, dis-je avant de croquer dedans.

– Si par exigeant, tu entends extrêmement compétent pour obtenir la parfaite teinte dorée d'un champ de maïs en octobre au coucher de soleil, alors oui, en effet.

Il se décale vers la droite, plaçant sa pique en équilibre près des braises, tout en bas, où il la fait tourner tout doucement. Le feu crépite. Une brindille craque. Un silence s'installe, dont je suis douloureusement consciente à chaque seconde qui s'écoule.

Dis quelque chose.

N'importe quoi.

Ne sois pas bizarre.

– J'ai une théorie sur les gens comme toi, dis-je.

– Ah oui ? Vas-y, balance.

– Tu n'as jamais mangé un sandwich au marshmallow brûlé. Tu es persuadé que ce serait mauvais, en te basant uniquement sur les apparences.

– Je ne nierai ni ne confirmerai cette affirmation. Les sandwichs aux marshmallows brûlés, c'est pour les gens qui ne maîtrisent pas l'art de la rôtisserie.

Je finis de mâcher alors que mon rythme cardiaque ralentit. Avec Adrian, discuter est presque facile.

– Si tu essayais, tu saurais que le chocolat et le cracker effacent le goût de brûlé et que l'intérieur du marshmallow garde exactement le même goût.

– Je ne te crois pas. Tu mens.

Sur un coup de tête, je rapproche ses marshmallows superbement brunis du feu, et ils s'enflamment aussitôt. Il les retire brusquement et souffle dessus pour éteindre les flammes. Il ne dit rien, se contentant de bouder comme un poisson grincheux. Un adorable poisson grincheux.

– Tu vas être obligé de goûter maintenant, dis-je en haussant les épaules d'un air innocent et en lui proposant un cracker.

Est-ce que c'est ça, flirter ? Est-ce que je fais ça comme il faut ?

– Je suppose qu'un sandwich au marshmallow brûlé vaut mieux que rien du tout, concède-t-il.

Il observe sa friandise noircie d'un air méfiant avant de mordre dedans. Il fronce aussitôt le nez.

– J'avais tort. Complètement tort. Mieux vaut rien du tout. Ce goût de brûlé répugnant efface toutes les autres saveurs.

– Ouais, bon, peut-être, mais maintenant, j'ai un sandwich en plus.

Je croque dans le mien et tends la main pour récupérer le reste du sien.

– Bien joué, Stoll. Bien joué.

Tandis qu'il prend d'autres marshmallows, Mme Sanderson monte sur une grosse souche d'arbre et demande notre attention. Ça ne fait même pas un jour qu'on est ici, mais tout le monde a déjà appris à se taire immédiatement.

– Alors que notre première soirée touche à sa fin, je veux que vous preniez un moment pour réfléchir à votre passé et rêver à votre avenir. M. Gutter va distribuer à chacun d'entre vous un petit caillou, du papier et un marqueur. Avant qu'on aille se coucher, je veux que vous écriviez votre plus gros regret sur le bout de papier et votre désir le plus profond sur le caillou. (Elle marque une pause, laissant le crépitement du feu pénétrer le silence.) Cela restera privé. Nous ne vous demanderons pas de les partager, alors s'il vous plaît, soyez honnêtes. Quand vous aurez terminé, déposez-les tous les deux, l'un sur l'autre, ici.

Elle désigne la souche sous ses pieds, assez large pour que je puisse m'y étendre.

Certains retournent pensivement leur caillou et leur bout de papier entre leurs mains. D'autres débouchent leurs marqueurs et se mettent aussitôt au travail. D'autres encore se dirigent vers la souche à côté de Mme Sanderson.

Mon regret et mon désir.

Je tiens mon caillou dans une main, le papier dans l'autre, et étrangement, c'est le papier qui me semble plus lourd. Je le mets de côté pour le moment et trouve la face la plus lisse du caillou. Mon désir.

Je veux une bourse pour pouvoir m'inscrire dans l'université de mon choix. Je veux être acceptée dans un programme d'écriture réputé. Je veux grandir, me marier et, un jour, avoir des enfants. Mais tout ça, ce sont des choses que je veux faire. Pas ce que je veux *être.*

Je veux ressembler à la fille que j'ai fait semblant d'être il y a quelques instants : sûre d'elle, charmante, bien dans sa peau. Je veux être quelqu'un d'autre. Quelqu'un qu'on ne juge pas indigne d'une bourse. Quelqu'un qui ne reste pas à la maison pendant que sa sœur part à l'aventure dans une autre fac. Quelqu'un qu'on ne *peut pas* ignorer ou oublier.

Je débouche mon marqueur et écris le mot que me souffle mon cœur tambourinant : *Désirée.*

Ma gorge se serre à l'idée de ce que ça doit faire. De *savoir* sans le moindre doute que je suis désirée. Par mes parents. Par un garçon. Par des amis. Que quelqu'un veut de *moi*, profondément.

Mais il reste le minuscule bout de papier entre mes doigts. J'ai noirci des pages et des pages de carnets, et tout ce que je dois faire, c'est écrire un seul mot là-dessus. Le mot qui représente mon plus grand regret. Plusieurs possibilités remontent à la surface : ne pas avoir participé au premier voyage avec Erica, et avoir laissé Zoey me remplacer. Ne pas être allée voir mamie Patty une dernière fois avant sa mort. Mais j'ai beau regretter que ces choses-là soient arrivées, je n'aurais pas forcément pu y changer grand-chose.

Je sais ce que je dois écrire. Ce regret pèse au fond de mon ventre, remuant comme une vague de nausée si je m'attarde trop dessus, si bien que j'évite habituellement de le faire. Mais ici, dans l'obscurité, avec la douce lueur du feu de joie par-dessus mon épaule, je me sens assez forte pour l'affronter.

Mateo.

Un mot, un prénom, écrit en noir sur le papier blanc. Une tache sur celle que je suis, celle que je veux être.

Je cale le papier sous la pierre, sur la souche, de sorte que seuls les coins blancs dépassent. La souche se remplit de bouts de papier qui se touchent, se chevauchent et se mêlent. Aucun de nos regrets n'est visible, mais ils sont là, cachés sous nos désirs. La lueur des flammes danse sur les mots écrits d'une main tremblante sur les pierres bosselées : *amour, identité, reconnaissance, futur, pardon, espoir.*

Je me connecte avec chacun d'entre eux. Autant de pièces du puzzle que je désire moi aussi. Je ne suis peut-être pas aussi seule que je l'imaginais.

Une fois tous les papiers et les cailloux déposés, Mme Sanderson reprend la parole.

– Le premier jour du voyage, on s'ouvre. On autorise les autres à nous voir tels que nous sommes. Le deuxième jour, on se concentrera sur nos souvenirs, d'où l'on vient et ce qui nous a façonnés. On acceptera notre passé. Nos désirs nous apparaissent souvent comme des cailloux qui nous pèsent, des fardeaux de plus en plus lourds au fil du temps. Nous sommes tellement occupés à essayer de dissimuler nos regrets que nous pourrions oublier de soulever nos cailloux.

Elle sort du feu un bâton à l'extrémité enflammée.

– Parfois, il faut une étincelle pour se libérer du passé et réussir à se concentrer sur ce qu'on veut le plus. Vous en valez la peine.

Tout le monde garde le silence. Le feu crépite. Mme Sanderson abaisse son bâton et touche un papier. Il prend feu, les flammes en consumant les bords et grignotant le blanc jusqu'à ce qu'il s'envole dans la nuit noire. Le feu se propage, léchant chaque coin des regrets de chacun, se consumant assez vite pour ne pas enflammer la souche.

En quelques minutes, le feu a dansé d'un bout à l'autre, ne laissant que nos désirs derrière lui.

Désirée.

Quand on est petit,
on a les genoux écorchés
et les dents qui bougent. On
fait du vélo et des bombes
en sautant du
plongeoir. Les glaces à l'eau à la cerise
vous dégoulinent sur le menton. Le père Noël
existe et le croquemitaine aussi.

Quelle est la pire chose qui puisse arriver ?

Quand on grandit,
les décisions pèsent lourd et les cœurs
se brisent. On crie
aux concerts et on pleure
sous la douche. On apprend
à conduire et à aimer.
On sait qu'à la fin,
tout le monde doit mourir.

Mais ce n'est pas forcément le pire qui puisse arriver.

CHAPITRE 11

GRACE : 28 AVRIL

Je passe à toute vitesse devant la voiture de police avec Fizzy, j'ouvre la porte d'entrée et on se précipite dans la maison, toutes les deux à bout de souffle.

– Maman ? je lance en lâchant la laisse.

Papa sort de la cuisine, le visage pâle et tiré, les yeux distants, vides. Maman pleure, assise à table, le visage entre ses mains tremblantes.

L'inspecteur Howard et l'agent Jones sont debout dans la cuisine, les mains sur leurs lourdes ceintures. Ils semblent trop grands, là, près du tabouret où Maddy fait ses devoirs, comme s'ils risquaient à tout moment de se cogner la tête contre la lampe.

– Vous l'avez trouvée ? je demande.

L'inspecteur Howard hoche deux fois la tête avant de détruire mon univers à tout jamais.

– Je suis désolé.

Je l'entends dans sa voix, je le vois dans les épaules tremblantes de ma mère, je le sens dans l'absence de mon père à mes côtés.

Maddy est morte.

Mes genoux lâchent et l'inspecteur Howard bondit vers moi, me guidant jusqu'à une chaise près de ma mère. Il demande à l'autre agent de me trouver un verre d'eau, mais ça ne servira à rien. Me rappeler comment je l'ai laissée, où je l'ai laissée, n'a servi à rien. Rien ne servira plus à rien.

Maddy est morte.

Une part de moi savait que c'était une possibilité. Bien sûr. Mais c'était une possibilité que j'essayais d'ignorer, je voulais me faire croire que je pouvais l'éviter, ou la changer. Rien de tout cela ne me semble réel.

Maddy est morte ?

– Est-ce que quelqu'un t'a contactée depuis ta sortie de l'hôpital ? demande l'inspecteur d'une voix basse et douce, en se penchant vers moi. Quelqu'un d'inhabituel ? Quelqu'un avec qui tu n'entretenais pas une relation forte par le passé ?

Le ton de sa voix me donne la chair de poule.

– Comment ça ? C'est impossible. Vous m'avez pris mon téléphone.

– Pas de contact du tout ?

– Elle a répondu à toutes vos questions et vous n'avez quand même rien pu faire, intervient maman.

Ses yeux sont aussi rouges que le bout de son nez, ses cheveux emmêlés sur un côté.

L'inspecteur Howard croise le regard de son partenaire un très bref instant avant que ce dernier pose le verre d'eau devant moi en répondant :

– Au cours d'une enquête comme celle-ci, nous devons explorer la moindre piste.

– Je sais que c'est difficile pour vous, ajoute l'inspecteur Howard, et il faudra quelques jours avant qu'on reçoive l'autopsie complète, mais le protocole exige qu'on traite ceci comme un homicide jusqu'à nouvel ordre.

– Un homicide ? je répète, la gorge sèche et l'eau toujours intacte dans le verre devant moi.

Je voulais croire qu'on la retrouverait, qu'elle irait bien. J'espérais que me rappeler l'endroit où je l'avais laissée suffirait. La douleur au niveau de mes points de suture me semble soudain plus aiguë.

Quelqu'un a essayé de nous tuer.

Et Maddy n'a pas survécu.

Les mains de papa tirent sur ses joues, comme s'il pouvait en arracher son malheur.

– L'examen initial révèle des ecchymoses sévères, en particulier autour de la poitrine et des membres supérieurs, reprend l'inspecteur Howard d'une voix calme, posée, professionnelle, en se tournant vers moi. Te souviens-tu d'avoir fait quelque chose pendant ce séjour qui aurait pu causer de telles blessures avant jeudi soir ?

J'ai un flash du poignet de Maddy dans ma main.

– Je ne me rappelle toujours pas, je murmure.

Ni ça ni rien d'autre.

À part ses chaussures. Un marqueur. Un cri.

– Nous avons trouvé du sang sur ses vêtements, reprend l'agent Jones. Nous sommes en train de le faire analyser et comparer à celui que nous avons trouvé sur les tiens, mais ses blessures ne correspondent pas à celle sur ta tête.

Maman s'effondre sur la table, la tête sur les bras. Papa lui frotte l'épaule tandis que son visage s'effrite comme du vieux béton. Toutes leurs piques, leurs disputes se sont envolées.

– Et avant le séjour ? Te souviens-tu de quoi que ce soit d'inhabituel avant le départ ? insiste l'agent Jones. N'importe quoi ?

Je secoue la tête.

– Le docteur a dit que ses souvenirs pourraient mettre des mois à revenir, intervient mon père.

S'ils reviennent.

J'ignore s'il n'a pas entendu cette nuance dans le diagnostic du Dr Thelsman, s'il l'a oubliée ou s'il pense qu'il suffit de l'ignorer pour la faire disparaître.

– Bien entendu, reconnaît l'agent Jones.

– Nous ne savons pas comment ta sœur et toi avez pu vous éloigner autant de l'hôtel, poursuit l'inspecteur Howard. Nous explorons toutes les options…

– C'est pour ça que Nicole Harris était au commissariat ? je l'interromps. Est-ce que vous avez réinterrogé M. Gutter ? Et Ryan Jacobs ? Il était…

Je m'apprête à dire qu'il était en retard à la réunion, mais alors, je devrais expliquer que je ne me rappelle pas vraiment ce détail ; or l'inspecteur me regarde déjà d'un air préoccupé.

Il attend, peut-être pour voir si je vais aller au bout de ma pensée.

– On fait tout ce qu'on peut, reprend-il finalement. Si tu te rappelles quoi que ce soit, ou si quelqu'un d'inhabituel essaie de te contacter, appelle-nous.

Il me tend une carte de visite avec le logo de la police.

– On en a déjà une, dit maman d'une voix creuse.

Je la prends quand même. Ce serait surprenant que quiconque me contacte maintenant. Tous mes amis doivent avoir trop peur de dire ce qu'il ne faut pas ou, comme Nicole, ils ont des parents effrayés ou des avocats autoritaires. C'est la seule explication à leur distance.

– Voulez-vous que j'appelle quelqu'un avant de partir ? De la famille ? Un prêtre, ou autre ?

– Je pense que nous aimerions rester seuls, répond papa en désignant faiblement la porte.

Les agents s'en vont. Fizzy ne les suit pas. Elle pose la tête sur mes genoux et se met à gémir. Maman sanglote dans ses mains, sur la table.

Maddy n'est plus là.

Elle n'est pas dans sa chambre, allongée sur son lit, en train de regarder des vidéos sur son téléphone. Elle ne m'enverra plus des photos d'elle avec de la nourriture coincée entre les dents. Elle ne me fera plus jamais de tresses quand je sortirai de la douche.

Parce qu'elle n'est plus là.

Elle est morte.

J'ai entendu un jour qu'il fallait employer des mots directs. Pas d'euphémismes du genre « casser sa pipe » ou « passer dans un autre monde ». Il faut au contraire employer un langage simple, facile à comprendre.

Mais j'ai beau me répéter la vérité, je n'arrive toujours pas à l'appréhender. Des points noirs dansent devant mes yeux.

Quelqu'un nous a attaquées.

Je me lève, j'ai la tête qui tourne.

Quelqu'un m'a ouvert le crâne.

Je trébuche.

Quelqu'un a tué Maddy.

Maman crie son nom alors que je m'écroule par terre.

29 AVRIL

Papa m'a aidée à me coucher hier soir. J'ai mal à la tête. Je n'ai pas mangé. J'ai mal partout et plus rien n'a d'importance, car Maddy est morte.

30 AVRIL

Je suis toujours vivante.

Pourquoi pas elle ?

1ER MAI

Quand la lumière du matin entre par ma fenêtre, un rêve me réveille en sursaut. Je tends le bras vers mon téléphone pour regarder l'heure. Mais il n'est pas là. La table de chevet sur laquelle je l'ai posé n'est pas là non plus. Parce que je ne suis pas dans mon lit.

Je me suis endormie dans le lit de Maddy hier soir. Les vestiges de mon mal de crâne se font encore sentir. J'ai pris les médicaments prescrits par le Dr Thelsman. Je ne me rappelle pas avoir grimpé dans le lit, ni m'être glissée sous les couvertures. J'avais tellement besoin d'être soulagée, que la douleur s'en aille et que le sommeil arrive.

Je suis vaguement consciente qu'il y a des gens à la porte, des amis de la famille ou des collègues de mes parents, peut-être. À cause du martèlement à l'arrière de mon crâne, j'ai du mal à identifier les voix.

Je ramasse des vêtements sur le sol de notre chambre.

Sauf que ce n'est plus *notre* chambre. Ce n'est plus que la mienne, et à ce constat, je me sens plus seule que jamais.

Des étoiles noires dansent devant mes yeux. Je m'appuie contre le lit, et une image surgit devant moi. *Mes doigts. Refermés autour du poignet de Maddy. Froid. Un cri – sa voix – dans l'obscurité.*

Non – ça suffit. Je rêvais, mais maintenant, je suis réveillée. Je suis réveillée, dans ma chambre. Je ne suis plus dans le lac.

J'immobilise mes mains tremblantes. Je ne peux pas vivre comme ça.

Mes coupures et mes égratignures sont en train de guérir, mais savoir que ma sœur est morte me déchire le cœur. Cette blessure ne guérira pas tant que je ne saurai pas qui lui a fait ça. Qui *nous* a fait ça.

Mme Sanderson n'a toujours pas répondu à mon mail. Comme je m'y attendais, personne d'autre ne m'a contactée. Il n'existe pas de manuel expliquant comment aider une amie en deuil, et certaines personnes préfèrent qu'on les laisse tranquilles. N'empêche que mes « amis » pourraient quand même poser la question, passer voir comment je vais. N'importe quoi. Au lieu de ça, ils ont montré leur vraie nature au moment où j'avais le plus besoin d'eux. Il n'y a que deux notifications sur mon téléphone, toutes deux de la part d'Adrian.

La première est arrivée il y a deux jours : Je suis désolé, pour ta sœur. Je suis là si tu veux parler.

La seconde date d'hier soir, tard : Je ne sais pas si ça t'intéresse encore, mais j'ai le numéro de Ryan Jacobs. 555-2184.

Je ne sais même pas quoi répondre au premier message. Ma sœur est morte. Je suis fille unique. Ma famille est brisée. Rien de tout ça ne suffirait à exprimer la souffrance, le vide en moi.

Mais le second message… je peux m'y raccrocher, m'en servir pour me propulser vers l'avant. L'inspecteur Howard veut que je le prévienne si quelqu'un d'inhabituel me contacte, mais Adrian est le seul qui a mon numéro. Je ne peux pas attendre plus longtemps.

J'envoie de rapides remerciements à Adrian, puis j'entre le numéro de Ryan dans mon téléphone et tape un message : C'est Grace Stoll. Il faut que je te parle à propos du séjour des terminales.

Ce n'est pas grand-chose, mais c'est un début. Il était là quand on a signalé notre disparition, et je veux savoir pourquoi il est arrivé en retard à la réunion. Ça ne peut pas être une coïncidence. Peut-être qu'il pourra m'apprendre quelque chose sur M. Gutter, ou sur Nicole, ou… ou peut-être sur lui-même.

J'ai descendu lourdement la moitié de l'escalier quand Fizzy vient me faire la fête. Je la gratte derrière les oreilles et elle me lèche la jambe. Au moins, certaines choses n'ont pas changé.

Nos visiteurs sont partis. Papa est au téléphone dans le salon. Maman s'est remise à récurer la cuisine déjà impeccable. Elle s'arrête de frotter en me voyant entrer dans la pièce.

– Tu es prête à manger ? demande-t-elle d'une voix fatiguée, résignée.

Je hausse les épaules et sors un paquet de céréales au miel du garde-manger, un bol du placard.

– Je ne me souvenais plus si c'était toi qui aimais ces céréales ou…

Elle s'interrompt brusquement et je suspends mon geste. On n'a pas prononcé son prénom depuis l'hôpital. C'est trop dur. Maman se racle la gorge.

– En tout cas, le Dr Thelsman a dit que tu avais besoin de dormir beaucoup. Tu as rendez-vous de bonne heure avec le Dr Cramer aujourd'hui, et le lendemain, on ira au lycée pour organiser la fin de l'année scolaire.

Je remets le lait au frigo sans faire de commentaires. Je ne sais pas comment la direction peut s'imaginer que je vais passer les examens de fin d'année alors que la seule chose sur laquelle je suis capable de me concentrer, c'est sur qui a tué ma sœur et pourquoi cette personne a tenté de me tuer.

Mes parents n'ont pas abordé le sujet avec moi. Je ne m'attends pas à ce qu'ils le fassent. Un jour, maman a trouvé une boule sur son sein et est allée faire une biopsie, mais elle ne nous en a parlé que quand on est rentrées du lycée et qu'on l'a trouvée assise sur le canapé, un sac de petits pois surgelés sur la poitrine. Quand on était en CM2, papa a été licencié, mais ils nous ont fait croire qu'on lui avait accordé des jours de congé en plus, pour éviter de nous inquiéter. Ma famille ne parle pas des choses importantes comme la santé, l'argent ou le meurtre de ma sœur.

C'est plus facile de payer quelqu'un pour le faire, et donc, après le petit déjeuner, maman me conduit au centre d'aide psychologique et remplit des papiers à l'accueil pendant que je m'assieds en face du Dr Cramer. Dans son bureau, le climatiseur souffle de l'air trop froid et une boîte de mouchoirs en papier est posée sur la table basse, en face de moi. C'est la première fois en trois jours que mon mal de crâne ne me cloue pas au lit. Jusque-là, je tenais à peine debout. Je veux que le Dr Cramer m'aide. J'aimerais savoir comment.

Elle m'examine avec un sourire patient. Son visage ne me semble pas vieilli, mais une mèche de cheveux gris, contrastant avec sa peau marron foncé, annonce qu'elle fait ça depuis longtemps. Je n'ai pas remis les pieds dans son bureau depuis la quatrième. Je m'attendais à ce qu'elle porte une tenue plus habillée, un tailleur par exemple, et non un jean et un chemisier ajusté de couleur vive.

Deux des murs sont percés de fenêtres qui laissent entrer le soleil dans la pièce aux teintes douces. Son diplôme de la Howard University est accroché au mur. Je suis assise sur un divan gris, à côté d'un coussin aux motifs tourbillonnants. Elle a sans doute réagencé son bureau au cours des quatre dernières années, parce que je n'en reconnais aucun élément.

– Je tiens à te rappeler que tout ce dont tu parleras avec moi sera confidentiel, à moins que tu n'envisages de te faire du mal ou de faire du mal à autrui, ou que quelqu'un te fasse du mal, commence-t-elle. Dans ces cas, je devrai avertir tes parents ou les autorités afin d'assurer ta sécurité.

Elle récite sans doute ce laïus à tous ses patients, mais elle parvient quand même à avoir l'air sincère.

Je change de position.

– Je suis patiente, donc ça ne me dérange pas si tu as envie de rester assise en silence un moment.

– Qu'est-ce que ma mère vous a dit ?

– Je préfère que ce soit mes patients qui me parlent d'eux. Qu'aimerais-tu me dire ?

– Ma sœur est morte.

Elle ne bronche pas, me confirmant qu'elle était déjà au courant. Elle attend.

Une minute passe.

– Parle-moi de ta sœur, m'encourage-t-elle.

– Vous l'avez rencontrée, dis-je, me référant aux fois où Maddy restait dans la salle d'attente pendant mes séances.

Elle penche la tête sur le côté. Je soupire.

– Mais vous préférez que ce soit moi qui vous parle d'elle, dis-je, répétant ses paroles.

– Je savais que tu apprendrais vite.

J'ignore ce compliment, ou cette blague, ou quoi qu'elle ait voulu que ce soit.

– Maddy était toujours discrète.

Dr Cramer se redresse, et le pli entre ses yeux semble indiquer qu'elle m'écoute attentivement.

– Grace ?

– Quoi ?

– As-tu… ?

Le pli sur son front se creuse encore, mais elle semble renoncer à ce qu'elle s'apprêtait à dire.

– Pardon, continue. Ta sœur ?

– Je lui disais toujours qu'elle était intelligente. Elle était tellement passionnée par son écriture, et douée. Mais ça, c'était quand elle était seule. Avec les autres… elle attendait toujours que les choses lui arrivent plutôt que de les provoquer elle-même. Elle attendait que les gens viennent lui parler. Elle attendait qu'on l'inclue.

Elle garde le silence, comme pour décider dans quel sens orienter la conversation.

– Est-ce que ça t'ennuyait ?

Il n'y a pas d'horloge ici, mais je sais que chaque séance dure environ une heure, que j'en fasse bon usage ou non.

– Elle compliquait les choses plus que nécessaire. Elle n'allait jamais vers les gens pour leur parler.

Il y a plus d'irritation dans ma voix que je ne m'y attendais. Je n'aime pas parler de Maddy comme ça. Je ne sais pas pourquoi je le fais.

– La police croit qu'elle a été assassinée, je précise.

Si le Dr Cramer a remarqué le changement de sujet, elle n'en laisse rien paraître.

– Et toi, qu'est-ce que tu crois ?

– Si c'est un meurtre, quelqu'un devrait avoir vu quelque chose, nous avoir vues quitter l'hôtel. N'importe quoi. On ne serait pas parties toutes seules.

– Pourquoi ?

– Parce que mes amis participaient au séjour et que je ne restais jamais avec Maddy quand mes amis étaient là.

Ces mots me dégoûtent. Pourtant, ils sont vrais. Je n'ai aucune excuse. Voilà le genre de sœur que j'étais. Fin de cette discussion.

– Je ne m'en souviens pas, cela dit.

– Est-ce que tu en as envie ?

– De quoi ?

– De te souvenir.

– Comment ça ? Bien sûr que je veux me souvenir. C'est ce que j'essaie de faire depuis que je me suis réveillée à l'hôpital.

– Pourquoi ?

– Parce qu'on saurait ce qui lui est arrivé. Ce qui nous est arrivé. On aurait des réponses.

Elle se penche lentement en avant.

– Que se passera-t-il si tu ne te souviens pas ?

Je ne peux pas la regarder. Sinon, elle pourrait découvrir la vérité. Je ne sais pas quelle est cette vérité, mais je ne veux pas qu'elle la connaisse avant moi.

– Je resterai coincée dans cette douleur. Pour toujours.

Elle attend patiemment, impassible. Elle croise les jambes, replace son carnet.

– Quand tu imagines la possibilité de ne jamais te rappeler, qu'est-ce que tu ressens ?

– J'ai peur.

Ces mots m'ont échappé avant même que j'aie conscience qu'ils se cachaient en moi. Mais c'est la vérité. J'ai peur de ne jamais avoir de réponse, que mes parents ne puissent jamais faire leur deuil à cause de moi, de me demander à jamais si j'aurais pu faire plus pour la sauver.

– Autre chose ?

Ma bouche s'assèche, parce que je ressens effectivement autre chose, et j'ai beau vouloir nier l'existence de ce sentiment, j'ai aussi tellement envie d'être honnête là-dessus que c'en est douloureux.

Alors je choisis l'honnêteté.

– Je me sens soulagée, je souffle. Parce que me demander si j'aurais pu la sauver vaut mieux que de savoir que j'aurais pu le faire.

Quarante minutes plus tard, ma séance avec le Dr Cramer se termine. Elle me promet de respecter la confidentialité de notre échange, mais elle veut quand même s'entretenir un moment avec ma mère. Quand elle dit que la séance était « productive », je ne sais pas si elle parle pour elle ou pour moi. Elle me suit dans le couloir jusqu'à l'accueil.

– Tu peux attendre ici, me dit-elle avant de se tourner vers ma mère, assise dans la causeuse, dans la salle d'attente. Madame Stoll, si vous voulez bien venir quelques minutes avec moi.

Maman range son portable et m'adresse un sourire rassurant avant de partir. Je m'affale sur le siège qu'elle occupait. J'ouvre ma boîte mail, ne m'attendant à rien. Et pourtant, il y a un message de Mme Sanderson.

> *Je suis vraiment désolée. J'aimerais pouvoir t'aider. Le département juridique du lycée a conseillé à tous les membres du personnel de ne pas évoquer les événements du séjour des terminales sans la présence d'un avocat. Toute communication doit être enregistrée et pourrait être citée au tribunal.*

Tous les espoirs qui me maintenaient debout s'effondrent. Le lycée craint des poursuites pénales, évidemment. Les établissements scolaires les redoutent toujours. N'est-ce pas pour ça qu'on a besoin d'une autorisation signée des parents pour suivre les cours d'éducation sexuelle ? L'intérêt des médias pour notre accident les a sans doute plongés dans la tempête. Ils ne pourront peut-être plus jamais organiser de voyage scolaire.

Et toutes ces peurs débouchent sur le même résultat : tous ceux qui auraient pu me donner des réponses n'ont pas le droit de me parler. Ça ne devrait pas être aussi difficile. Je devrais être plus utile. Maddy mérite mieux.

Je sors la carte de visite de l'inspecteur Howard. Je peux l'appeler pour lui demander s'il a des pistes ou si je peux faire quoi que ce soit pour l'aider. N'importe quoi pour ne pas me sentir aussi inutile.

Mon portable s'allume lorsque je reçois un message de Ryan Jacobs.

Laisse-moi tranquille, cinglée.

Qu'est-ce que... ?

J'envoie une série de textos, tous plus désespérés les uns que les autres, mais ne reçois aucune réponse. Rien. Bloquée, sans doute.

Je voulais seulement lui poser quelques questions, et c'est comme ça qu'il réagit ? En m'envoyant promener et en m'insultant ? Pourquoi ? Je viens de perdre ma sœur, et il ne peut même pas m'en parler ? D'abord Sanderson et maintenant, lui... Je cogne mon téléphone contre mon genou pour ne pas hurler.

– Argh !!!

Je serre les poings et frappe les accoudoirs du fauteuil, avant de me masser les mains avec regret.

C'est alors que je remarque la fille assise en face de moi dans la salle d'attente. Détournée, les épaules voûtées, repliée sur elle-même. Ses cheveux fins, graisseux, cachent son visage. Ils sont rouille, manifestement colorés, et lui arrivent juste sous les épaules. Elle porte un maillot de cross-country de la Forest Lane Academy et un pantalon de jogging.

– Jade ? je demande, et elle relève brusquement la tête.

D'après Adrian, elle participait aussi au voyage. C'était la camarade de chambre de ma sœur.

Elle coince une mèche de cheveux derrière ses oreilles, pose les yeux sur le réceptionniste, près de l'entrée. N'importe où sauf sur moi.

Je n'ai pas été souvent en cours avec elle, mais elle ne m'a jamais paru timide.

Je vais m'asseoir à côté d'elle, remettant la carte de l'inspecteur dans ma poche. Elle se redresse, comme si je l'approchais avec un serpent et non avec une question. Elle a des cernes sombres sous les yeux.

– Le voyage scolaire, dis-je. Tu peux me dire ce qui s'est passé ?

– Comment ça ? Tu étais là…

Elle s'agite sur son siège et balaie la pièce du regard, comme si elle espérait que quelqu'un nous interrompe.

– Oui, mais est-ce que tu as entendu quelque chose ce soir-là ? Le soir où on…

– Je ne sais rien. Je me suis réveillée. Tori s'est réveillée. Vous aviez toutes les deux disparu. On a prévenu les profs. C'est tout.

– Et Ryan Jacobs ?

Jade jette un autre coup d'œil au réceptionniste, mais il est absorbé par son écran.

– Quoi ? On l'a croisé dans le couloir, Tori et moi. Il a dit qu'il venait de la chambre de Clyde. Il n'y a rien à raconter.

– Mais tu as bien dû remarquer quelque chose si tu partageais la chambre de…

– Écoute, j'ai déjà dit tout ce que je savais à la police !

Un homme entre dans la salle d'attente et pose les yeux sur Jade.

– Tu es prête à revenir ?

Elle se lève pour le suivre.

– Mais il n'y a pas… ? je lance alors qu'elle s'éloigne.

Elle fait volte-face.

– Je te dis que je ne sais rien, siffle-t-elle. Laisse-moi tranquille.

Alors qu'elle disparaît dans le couloir, je m'aperçois qu'il n'y avait pas de colère dans sa voix.

Seulement de la peur.

CHAPITRE 12

MADDY : 23 AVRIL

Pas de peur.

Pas aujourd'hui.

Les camarades de chambre se rapprochent pendant le voyage des terminales. Erica et Zoey l'ont prouvé. De toute évidence, Grace et Tori le prouvent. Après le feu de camp d'hier soir, je suis prête à faire de mon désir une réalité.

– Salut, dis-je à Jade en m'asseyant dans mon lit avant de m'étirer.

Elle est en train de se mettre de l'eye-liner devant le miroir. Elle fait un bruit évasif en guise de réponse, puis passe au mascara.

OK. Il ne faudrait pas que ce soit trop facile.

– Je me demande ce qu'on va avoir au petit déj'.

Elle m'ignore.

Je passe mes jambes par-dessus le bord du lit. J'ai autant d'influence qu'elle sur notre relation. Il est temps d'opter pour une approche directe.

– Est-ce que j'ai fait quelque chose qui t'a contrariée ?

Elle se retourne vers moi.

– Quoi ?

– Est-ce que j'ai laissé traîner mes chaussettes par terre ? Ou utilisé ta brosse à dents par inadvertance ? Ou enfreint une autre règle du code tacite des camarades de chambre ?

– Euh, non, répond-elle lentement, comme si elle ne comprenait pas pourquoi je lui parle.

– Alors pourquoi est-ce que tu ne veux pas traîner avec moi ? Pendant la randonnée, aux repas, au feu de camp, on dirait toujours que tu te places le plus loin possible de moi.

Elle baisse sa brosse à mascara et cligne des yeux.

– Je… je pensais que tu ne voudrais pas qu'on soit amies.

– Pourquoi ?

Elle hésite et ouvre l'une de ses trousses de maquillage.

Fais-moi confiance. Je me concentre sur ces mots, lui envoyant un message télépathique à travers la courte distance qui nous sépare. *Fais-moi confiance, et on pourra repartir de zéro.*

Elle soupire, et je vois se fissurer les murs qu'elle a construits autour d'elle.

– Tu te souviens qu'on était amies, Grace et moi, avant que j'emménage chez mon père et qu'on s'éloigne ?

J'ai un vague souvenir d'elles deux en train de manger ensemble les midis, au début de l'année de troisième, mais je préfère ne pas admettre qu'à mes yeux, elle n'a jamais fait partie du cercle d'amies de Grace.

– Eh bien, je pensais que tu étais peut-être comme elle, poursuit-elle.

Il y a peut-être une insulte voilée dans cet aveu, mais je décide de passer outre. Au moins, elle est honnête. La magie de ce séjour est en train d'opérer.

– Non, je réponds. En fait, je ne lui ressemble pas du tout.

– Ouais, bien sûr, dit-elle en refermant sa trousse.

– Je t'assure. Grace n'a que des A. C'est une championne de volley-ball. Elle a obtenu une bourse pour une super fac. C'est la star de la famille. C'est sans doute ce qui sera gravé sur sa pierre tombale, j'ajoute en riant.

Tandis que sur la mienne, on pourra lire : « Ici repose Maddy. Elle a existé. »

Jade se met à rire.

– Arrête, ce n'est pas vrai. Je suis sûre qu'il y a un domaine dans lequel tu te démarques.

– Si tu me trouves une autre réputation que celle de la sœur Stoll discrète, je t'en prie, éclaire-moi.

Jade ne me contredit pas, ce qui aurait pu me faire de la peine si je n'avais pas accepté cette réalité depuis longtemps. Au lieu de ça, elle dit :

– Grace semble peut-être parfaite, mais elle ne peut pas l'être. Il y a forcément une ombre au tableau.

– Non seulement elle utilise du fil dentaire, mais en plus elle le jette à la poubelle et nettoie le lavabo quand elle a terminé.

– Ça doit être agaçant de vivre avec elle.

C'est la première fois que j'entends quelqu'un prendre plaisir à se moquer de la perfection de Grace. Je saute du lit et cherche des vêtements dans mon tiroir. Le ciel n'est plus aussi sombre.

– Et toi ? Tu as des frères et sœurs ?

– Un grand frère. Mais c'est ma mère qui a obtenu sa garde, et moi j'ai dû aller chez mon père, du coup ça fait deux ans qu'on ne vit plus ensemble. Il a fini le lycée et a déménagé avant que je retourne chez ma mère.

– Oh. Vous êtes proches ?

– Pas vraiment. C'est comme ça.

Elle finit de se maquiller, referme sa palette puis la jette dans son sac.

– Tu veux qu'on descende prendre le petit déj' ? propose-t-elle.

– Ouais, dis-je en me faisant un chignon à la va-vite. Carrément.

On se rend ensemble à la cafétéria.

Ensemble.

Toute l'année, j'ai été la cinquième roue du carrosse avec Erica et Zoey, mais plus maintenant. Tant que je ne fais pas de gaffe avec Jade, j'aurai peut-être quelqu'un.

Je vais d'abord me chercher à manger, puis je trouve une place.

– Prête pour une longue journée ? demande M. Gutter, qui s'est approché par-derrière.

Il se tient un peu trop près de moi pour que je me sente à l'aise. Cet homme a bon fond, mais il sera toujours maladroit.

– Je ne serais pas contre une petite sieste plus tard, je réponds.

– Il va falloir t'habituer à avoir un emploi du temps chargé, avec tous les entraînements qui t'attendent l'année prochaine, dit-il, mais il s'aperçoit très vite que je n'ai aucune idée de ce dont il parle. J'ai appris que Trinity University t'avait offert une bourse intégrale pour venir jouer chez eux ! C'est incroyable !

Je pose mon jus sur la table.

– Ouais, c'est une super nouvelle. Pour ma sœur, Grace. C'est elle qui joue au volley-ball. Pas moi.

– Mince alors ! s'exclame-t-il en se tapant sur la tête avant de caresser sa barbe trop longue – et franchement flippante. Tu es Maddy. Je suis vraiment navré. Je vous confonds tout le temps, n'est-ce pas ?

Ce n'est pas tout à fait exact, mais il faut dire que j'ai eu la chance de suivre son cours d'histoire sans Grace, ce qui a significativement réduit les possibilités de confusion.

– Bon, en tout cas, veille à bien manger et à faire le plein d'énergie pour la journée.

Il sourit sous sa barbe broussailleuse et s'en va tranquillement torturer un autre terminale avec ses banalités.

– Cet homme est trop bizarre, lance Jade en s'asseyant près de moi avec une assiette remplie de fruits et un verre de jus d'orange, pendant que la pièce se remplit d'élèves. Dommage que Holtsof soit tombé malade.

M. Holtsof, le nouveau et jeune prof d'informatique, a rapidement eu droit au surnom de M. Hot Stuff, réussissant à lui seul à augmenter le nombre de filles inscrites dans le programme technologique. Il a participé à la réunion d'avant départ, mercredi dernier, avec Mme Sanderson, mais il était absent jeudi et vendredi. Jade n'était pas la seule déçue de voir M. Gutter monter dans le bus à sa place hier matin.

– Je me demande si la principale Avery a trouvé qui a fait circuler cette photo de Gutter, ajoute-t-elle en baissant la voix. Tu as une idée de qui pourrait…

Elle ne va pas plus loin, prenant un air entendu.

– Quoi ? Ce n'est pas moi !

– Non, je sais bien, me rassure-t-elle en riant et en piquant dans une fraise. Je pensais à Grace.

– Ce n'est pas son genre.

Grace commet rarement des erreurs, et elle prend encore moins de décisions qui pourraient mettre sa réputation en péril.

Jade met la fraise dans sa bouche et mâche pensivement.

– Je ne sais pas. Elle était vraiment furieuse, en cours, parce qu'il avait donné un contrôle le lendemain d'un QCM. Elle n'arrêtait pas de dire qu'il ne savait pas enseigner. Et la photo est apparue le lendemain.

– Il vaudrait mieux qu'elle ne t'entende pas dire ça à d'autres.

Ma sœur déteste les rumeurs depuis qu'on a dû quitter notre ancien collège.

– D'accord, d'accord. Je pensais juste qu'elle t'en avait parlé. Rien de plus.

– On ne se dit pas tout.

– J'ai toujours cru que vous étiez des sœurs hyper proches, comme à la télé.

– Pas du tout, dis-je en riant, même si je pense que Grace nous croit plus proches qu'on ne l'est réellement. On ne se dispute pas, mais… on ne parle pas vraiment non plus. Seulement du lycée, de notre emploi du temps ou des corvées. Pas des *vrais* trucs importants. On ne fréquente pas les mêmes cercles.

– Mais tu dois quand même en savoir plus sur elle que n'importe qui, non ? insiste-t-elle en se penchant vers moi.

– Il est l'heure de terminer et de rejoindre la salle principale, annonce Mme Sanderson.

Sa question reste avec moi tandis que nous débarrassons la table.

Grace ne me connaît pas mieux que quiconque, alors je doute que l'inverse soit vrai. Elle a peut-être des secrets que je ne découvrirai jamais.

Le soleil doit déjà être assez haut, mais les nuages de pluie gardent la pièce dans l'obscurité, si bien qu'on doit compter sur les lustres en fer forgé, avec leurs ampoules en forme de bougie. Nous ne sommes pas aux mêmes tables qu'hier. Aujourd'hui, je suis assise avec Caleb, le copain de Nicole, et Chloé, qui est dans l'équipe de volley de Grace.

Sur l'estrade, Mme Sanderson parle avec beaucoup trop d'enthousiasme, même pour quelqu'un qui vient de boire une cafetière entière.

– Le deuxième jour de notre séjour se concentre sur le souvenir. On ne peut pas devenir la personne qu'on aspire à être sans prendre un moment pour réfléchir à celle qu'on a été.

Elle nous explique la première activité. Tout le monde doit noter les événements majeurs de sa vie dans son carnet, sur un graphique. Le point le plus haut, dix, représente les meilleurs moments, et le plus bas, moins dix, les pires.

Après quelques délibérations, je place notre rentrée à la Forest Lane Academy au niveau zéro, complètement neutre, parce que ma vie et mon statut n'ont pas beaucoup changé. Ma demande de bourse rejetée obtient un moins six. Le point culminant de ma vie reçoit un sept, et correspond au jour où nous avons adopté Fizzy, à Noël, il y a trois ans.

Je ne sais pas où placer ces dernières années de vide général à la maison, entre papa qui travaille tout le temps et maman toujours partie faire des courses ou aux matchs de Grace. C'est plus calme quand ils ne sont pas à la maison, alors je finis par les mettre quelque part au milieu.

Ensuite, on relie les points et on s'aperçoit sans surprise que tout le monde a eu des hauts et des bas.

– Votre ligne ressemble peut-être à un électrocardiogramme avec des pics et des vallées, mais cela prouve que vous êtes vivants, commente

Mme Sanderson. Traverser des bas afin de découvrir les hauts fait partie de la vie.

J'ajoute un autre point sur mon graphique, un dix, mais ne le nomme pas. Je ne sais pas à quoi il correspondra ni quand il arrivera, mais cette promesse me suffit, pour le moment.

La pluie s'écrase sur les grandes fenêtres, obligeant Mme Sanderson à parler plus fort que d'ordinaire.

– Maintenant, vous allez choisir un de vos points et le développer, dans les moindres détails. Remplissez la page. Je vous encourage à vous disperser. Allez dans votre chambre, à la cafétéria. Vous avez le droit de rester ici, si vous préférez, mais il s'agit d'un moment en tête à tête avec vous-même. Pour vous rappeler les moments les plus importants pour vous.

Je prends l'escalier menant aux dortoirs avec le faible espoir qu'on ait droit à du soleil en fin de séjour. Après tout, le Midwest est réputé pour sa météo imprévisible. Une année, les cours ont été annulés pour cause de verglas, de brouillard et d'inondations, tout ça dans la même semaine.

Je me dirige vers une haute fenêtre rectangulaire agrémentée d'un large rebord intérieur, au bout du couloir. C'est un peu comme si je m'asseyais dehors, mais sans me mouiller.

Quelques élèves vont dans leurs chambres, mais personne d'autre ne s'installe dans le couloir, et au bout de quelques minutes, le bruit des pas s'évanouit. Comme moi, ils savent sans doute exactement ce qu'ils ont besoin d'exprimer.

Mme Sanderson s'attend probablement à ce qu'on écrive une sorte d'entrée de journal, mais j'ai une autre idée. J'ai quelque chose à avouer. Quelque chose que je n'ai jamais abordé dans mes écrits. Quelque chose qui vient droit du cœur.

J'approche mon crayon de la page.

Chère Grace...

Ma tête sait que mes
parents voulaient de moi
même si je suis arrivée
par surprise

Mon cœur se demande
si c'est vrai, ou s'ils
rêvent de la vie facile
qu'ils auraient pu mener.

Ma tête sait que mon amie
devait avoir envie
que je sois là, sinon nous n'aurions
pas survécu toutes ces années.

Mon cœur regarde en arrière
et se demande si je ne me suis pas
menti, si je n'ai pas vu
uniquement ce que je voulais voir.

Ma tête sait que j'ai tout le
temps de me sentir acceptée,
de connaître le véritable amour,
de devenir la personne dont je rêve.

Mais mon cœur sent le temps
qui s'écoule à chaque battement.
Un autre jour à attendre.
Un autre espoir déçu.

CHAPITRE 13

GRACE : 2 MAI

Il faut que je sorte de cette maison. Trop de vie en a été aspirée pour qu'on s'y sente encore chez nous. C'est trop endormi, trop calme, mais avec un peu de chance, ça veut dire que mes parents ont pu se reposer un peu malgré leur chagrin.

Ryan Jacobs n'a répondu à aucun de mes messages. Et Nicole ne m'a pas contactée, à supposer qu'elle ait récupéré l'usage de son téléphone. De toute façon, je n'ai toujours pas accès à mes réseaux sociaux. Et je n'arrête pas d'entendre la peur dans la voix de Jade.

Personne ne vient prendre de mes nouvelles comme le font les amis de mes parents. Ça devrait peut-être me déranger, mais je me fiche de ce que les gens pensent de moi en ce moment.

Maddy et moi avons disparu et personne ne nous a vues. Quelqu'un nous a agressées. Personne ne sait qui, ni comment, ni pourquoi. Ou peut-être qu'ils savent mais qu'ils ont trop peur pour parler.

Soudain, leur silence me semble suspect.

C'est tout ce sur quoi j'ai réussi à me concentrer depuis que je suis rentrée à la maison après ma séance avec le Dr Cramer, hier, mais quand j'ai parlé du message de Ryan à la police, j'ai seulement eu droit à un vague « On va regarder ça ». En revanche, Adrian a été beaucoup plus réactif.

Je consulte mes messages et en trouve un de sa part : Je crois que j'ai quelque chose sur Ryan Jacobs.

Quoi ?

Tu m'as bien dit que Jade avait confirmé qu'il était là quand elle et Tori ont signalé votre absence, non ?

Ouais, elle parlait avec Tori dans le couloir, et il a dit qu'il sortait de la chambre de Clyde. J'omets de préciser que Jade n'avait pas du tout envie de me parler.

Sauf que je partageais la chambre de Clyde, et je suis sûr que j'aurais remarqué si un autre type avait dormi là.

Donc, soit il a menti, soit c'est Jade qui a menti, je tape, tirant la seule conclusion logique.

J'ai un plan pour le découvrir, répond-il aussitôt. Je passe te chercher dans vingt minutes ?

Mes doigts hésitent au-dessus du clavier. Ça fait quatre jours que j'ai quitté l'hôpital, et j'en ai passé deux au lit. Les policiers m'ont demandé de leur communiquer toute information dont je dispose, mais ils ne me rendent pas la pareille. Je me sens prête à sortir d'ici, à *agir*. À me rendre enfin utile. Pourtant, quelque chose me retient.

Hier, le Dr Cramer m'a demandé ce que je ressentirais si mes souvenirs ne revenaient jamais, mais je ne peux pas laisser ma peur m'empêcher d'avancer. Je dois faire ça pour ma sœur.

Quoi que je découvre.

OK, mais ne le dis pas au râteau, je réponds.

Il confirme par un émoji avec une bouche en fermeture Éclair.

D'abord, Ryan arrive en dernier quand Gutter et Sanderson réunissent tous les élèves, ensuite il me traite de « cinglée » et me bloque quand j'essaie de lui envoyer un message, et pour finir, il pourrait avoir menti sur l'endroit où il se trouvait avant d'avoir signalé notre disparition.

Je touche mes points de suture. Je suis la première à admettre que Ryan se comporte souvent comme un abruti – égocentrique et prompt à se moquer de ceux qui paniquent pendant leurs exposés –, mais je ne l'aurais pas catalogué comme quelqu'un de violent. N'empêche qu'il y a quelque chose qui cloche, et quoi qu'Adrian ait en tête pour déterminer quoi, je suis partante.

Quand j'entre dans la cuisine après m'être préparée, mes parents sont trop occupés pour me remarquer. Le plan de travail est recouvert de papiers : des factures d'hôpital et des documents de l'assurance pour moi, d'autres pour les funérailles de Maddy.

– Cheryl a dit qu'elle nous aiderait à écrire la notice nécrologique, annonce ma mère à mon père en relevant ses lunettes de lecture sur sa tête.

Les cernes sous ses yeux sont plus foncés, le stress s'ajoutant au manque de sommeil.

– Et ton frère a appelé. Il ne trouve pas de vol avant plusieurs jours.

– Le funérarium a dit qu'on pouvait organiser la cérémonie la semaine prochaine, si on voulait.

Papa porte un polo bleu marine marqué de l'insigne de son entreprise. Hier soir, il nous a prévenues qu'il passerait au travail ce matin pour signer quelques chèques. Maman a levé les yeux au ciel dans son dos, mais elle semble accepter, du moins pour le moment, qu'il ne peut pas rester à la maison toute la journée.

– Ça ne risque pas d'interférer avec l'hommage que le lycée veut organiser ?

– Je suis sûr qu'ils seront flexibles, répond papa en ouvrant la porte de derrière pour laisser entrer Fizzy, et me remarquant enfin. Pas de grasse matinée, aujourd'hui ?

– Je vais aller petit-déjeuner avec Adrian, dis-je en grattant les oreilles de Fizzy.

– C'est qui, Adrian ? demande-t-il.

– Un garçon de Forest Lane. On va prendre le petit déjeuner avant qu'il aille en cours.

– Tu es sûre que c'est une bonne idée ? s'inquiète maman en mettant la paperasse de côté. On a une réunion avec tes conseillers au lycée ce matin.

Elle cherche manifestement une raison logique pour que je reste à la maison. Elle ne précise pas que nous sommes censées récupérer le contenu du casier de Maddy ainsi que les mots et cartes déposés au secrétariat.

– Pas de problème, il pourra me déposer directement au lycée, comme ça on se retrouvera sur place, dis-je. Ça me prendra moins d'une heure.

Ils veulent ajouter quelque chose. Leur crainte muette se lit dans les coups d'œil qu'ils se jettent.

– Je n'ai vu aucun ami. Je n'ai même pas leurs numéros dans ce vieux téléphone. Adrian a participé au voyage. Il veut m'aider à me souvenir.

– D'accord, acquiesce papa au moment où maman ouvre la bouche pour protester. Tu peux y aller, à condition que tu n'arrives pas en retard à ton rendez-vous.

– Merci, dis-je en m'éloignant.

Leurs murmures me poursuivent jusqu'à la porte d'entrée, devant laquelle je vais attendre Adrian pour que maman puisse se disputer avec papa sans moi.

Il arrive une minute plus tard dans une berline qui a dû entrer en circulation au début des années quatre-vingt-dix. Il m'adresse un signe de la main par la vitre baissée en se garant. Il a l'air plus présentable, sans sa vieille casquette et sans taches de terre sur le visage. Ses cheveux bien peignés mettent en valeur sa nouvelle coupe et son menton.

Je monte dans sa voiture, impressionnée qu'elle soit aussi propre. Je ne m'attendais pas à ça.

– Tu n'avais pas dit que tu avais une voiture de collection ?

– Si, répond-il en posant une main sur son cœur, comme si je l'avais mortellement blessé, avant de prendre une voix grave et théâtrale : Je te présente Goldie.

– Comment tu as trouvé ce nom ?

– Je l'ai achetée à ma grand-mère l'année dernière, et avec une couleur pareille, c'était tout trouvé.

Je pourrais facilement répliquer que la peinture est plus beige que dorée, mais je laisse filer. Mes parents nous ont toujours dit qu'on devait économiser pour avoir notre propre voiture. On était censées faire ça ensemble, Maddy et moi, mais j'avoue que je n'ai jamais été très économe. Je souris avec tristesse en revoyant Maddy se plaindre que j'aurais le droit de conduire plusieurs mois avant elle. Logiquement, j'aurais dû participer un peu plus pour cette voiture. Au lieu de ça, je me suis payé un nouveau sac à main et trop de cafés avec Nicole.

– Alors, où nous emmène Goldie ? je demande.

– Dans un endroit où les rêves de petit déjeuner deviennent réalité, répond Adrian avec un visage parfaitement sérieux.

– Et ensuite tu me diras ce que tu sais sur Ryan Jacobs ?

– Encore mieux. Il te le dira lui-même. Il va nous retrouver là-bas. Enfin, il va me retrouver là-bas. Toi, tu seras un peu une surprise.

Après un court trajet, il se gare derrière le *Grove*, un petit restaurant niché dans un vieux bâtiment du centre-ville.

À l'intérieur, les murs épais et poisseux semblent avoir été repeints tous les deux ans au cours des dernières décennies. Certains clients doivent venir manger ici depuis tout aussi longtemps. On abaisse certainement la moyenne d'âge, Adrian et moi. À l'exception de deux ou trois personnes éparpillées sur les banquettes, tout le monde a les cheveux gris. Toutes les assiettes devant lesquelles nous passons sont, d'abord, énormes, et ensuite remplies à ras bord d'œufs, de bacon, de pancakes et de sauce à la saucisse.

– Ça va ? me demande Adrian alors que nous nous installons sur une banquette, au fond.

– Hmm ? Oui, oui. Pourquoi ?

Adrian m'observe, et l'ombre d'une inquiétude que je vois d'ordinaire dans les yeux de ma mère assombrit les siens.

– Je ne sais pas… tu as l'air différente, répond-il, rougissant aussitôt. C'est normal, avec tout ce que tu traverses…

Je déglutis.

– C'est juste que ça me fait bizarre de sortir, j'explique. C'est la première fois que je vais dans un lieu public depuis… depuis qu'on a appris la nouvelle.

Adrian est la seule personne qui ne semble pas gênée de parler frontalement de Maddy. Je ne veux pas que ça change.

– Tu penses vraiment que Ryan saura quelque chose ? je l'interroge.

Il tend le bras par-dessus la table et pose une main sur la mienne. Ses callosités sont rugueuses, mais son toucher est doux.

– Quelqu'un sait forcément quelque chose. Si tu ne trouves pas de réponses, alors la police le fera. Ça finira par arriver.

Sa voix assurée renforce l'espoir qui se dissipait en moi. Il presse ma main, propageant une chaleur rassurante dans mon bras.

– Tu as raison. Et même si ça semble impossible, je retrouverai peut-être aussi mes souvenirs.

– Bien sûr, dit-il avant de se racler la gorge et de retirer sa main pour ouvrir la carte en plastique. Bon, ne te laisse pas distraire par toutes les options. Les gaufres s'imposent.

– Et si je préfère les pancakes ? je demande en balayant du regard les différents plats.

– Je suis choqué, lance-t-il en plaquant une main sur sa poitrine. Comment peux-tu aimer les pancakes ? C'est tellement grossier.

– Qu'est-ce que tu racontes ? Et comment sont les gaufres, alors ? Polies ?

– Absolument. Les gaufres sont du genre à dire « Oh, je vois que vous avez les mains pleines de beurre et de sirop. Attendez, je vais vous les garder dans mes vingt-cinq poches carrées. »

– Tu es ridicule.

– Pourtant tu souris.

C'est vrai, mais mon sourire disparaît dès que j'en prends conscience, car je ne suis pas sûre d'avoir le droit de sourire. Maddy ne peut plus, elle.

Quand Adrian s'en aperçoit, il referme la carte et demande :

– Tu es sûre que tu es prête à aller au lycée aujourd'hui ?

– Oui, je réponds en déposant fermement ma carte sur la sienne. Ce n'est pas comme si je devais aller en cours. Seulement au secrétariat.

– C'est vrai. Mais… n'oublie pas qu'il n'y a pas de règles quand on est en deuil. Pleure si tu as besoin de pleurer. Ris si tu as envie de rire. Ne te préoccupe pas de ce que pensent les autres.

Je me laisse réconforter par ses paroles, mais juste au moment où je vais lui demander d'où lui vient toute cette sagesse, la serveuse arrive et Adrian passe sa commande puis me regarde en haussant un sourcil, comme pour me demander si je suis prête à relever le défi.

– Un verre d'eau et une gaufre aux fraises, s'il vous plaît, dis-je sans le quitter des yeux.

La serveuse répète notre commande avant de s'éloigner.

– Un choix respectable, commente-t-il.

– Ma décision n'avait rien à voir avec toi.

– Bien sûr que non, concède-t-il, mais il sourit aussi.

Nous restons assis en silence dans le brouhaha du restaurant bondé.

– Je devrais…

– Qu'est-ce que…

On éclate de rire.

– Vas-y, dis-je.

Il boit une grande gorgée d'eau, mais quand il reprend la parole, j'ai l'impression qu'il ne dit pas ce qu'il avait en tête.

– Je repensais à tout ce qui a changé pendant ce séjour. Avant, je pensais que les sœurs Stoll étaient les jumelles dans mon cours d'histoire en troisième.

– On n'est pas jumelles.

– *Maintenant* je le sais. Ce que je veux dire, c'est que je ne m'attendais pas à apprendre à vous connaître toutes les deux aussi bien. Et à présent, je sais à quel point vous êtes uniques.

Il hausse les épaules, sans se rendre compte que ça me fait vraiment bizarre d'entendre ça sans pouvoir me rappeler les moments qui nous ont rapprochés.

– Et toi, qu'est-ce que tu allais demander ? enchaîne-t-il.

– L'inspecteur Howard m'a dit qu'il allait lire les carnets qu'on avait pendant le séjour, mais je n'ai aucune idée de ce qu'il va y trouver. Est-ce qu'on se les lisait à voix haute ?

– Euh...

Adrian semble sur le point de dire quelque chose, mais cette fois, ses mots ne jaillissent pas comme des boules de chewing-gum d'un distributeur. La serveuse revient en un temps record avec deux énormes assiettes débordant de gaufres, les miennes surmontées d'une pile de fraises, celles d'Adrian, de myrtilles. Toutes sont couronnées de volutes de crème fouettée.

– Merci, dit Adrian.

J'attends tandis qu'il me regarde en remuant les sourcils.

– Quoi ? demande-t-il.

– Est-ce qu'on se lisait ce qu'on écrivait dans nos carnets ? je répète.

Il prend son temps, comme s'il avait besoin de toute sa concentration pour manier son couteau.

– Certains le faisaient, oui.

Il prend une bouchée et en fait des tonnes pour montrer à quel point il se régale, avant de pointer un doigt sur mon assiette.

– Tu ne vas même pas goûter ?

Je coupe un morceau de gaufre avec un peu de beurre, une pointe de crème fouettée et un petit bout de fraise. Adrian me regarde comme s'il attendait le tout dernier lancer lors de la finale du championnat de base-ball.

– Hmmm, c'est bon, dis-je.

– Bon ? Seulement bon ? Stoll, tu me tues, là. Ce sont les meilleures gaufres de la ville.

– J'ai dit qu'elles étaient bonnes !

– Tu es encore pire que ce que je croyais. Oh, le voilà.

Adrian fait signe à Ryan, qui balaie la salle du regard, près de la porte. Il hoche la tête en voyant Adrian et se dirige vers notre table, mais il s'arrête quand ses yeux se posent sur moi.

– Tu n'es pas content de me voir ? je demande tandis qu'Adrian se décale pour lui faire de la place.

Ryan a l'air aussi à l'aise que s'il était assis sur une chaise hérissée d'aiguilles.

– Non, c'est juste…

Maintenant qu'il me regarde, il ne peut plus reculer.

– C'est comme de voir un fantôme, lâche-t-il avant de cligner des yeux et de secouer la tête. Désolé, je n'aurais pas dû dire ça.

Un Ryan Jacobs gêné et penaud ? C'est nouveau, ça.

Je me penche vers lui, comme l'inspecteur Howard quand il pense que je lui cache la vérité.

– Je crois que tu sais quelque chose.

– Toi aussi ? répond Ryan en levant les yeux au ciel. D'abord cet inspecteur et ensuite cet article qui est sorti. Je te jure que je ne vous ai rien fait, ni à toi ni à ta sœur.

– Quel article ? l'interroge Adrian.

Ryan prend le verre de ce dernier et boit sans lui demander la permission. Voilà le Ryan dont je me souvenais.

– Ces théories débiles sur les sœurs Stoll, répond-il. Gutter n'est toujours pas revenu au lycée depuis le voyage. Les gens disent qu'il va se faire virer à cause de tout ce qui est paru en ligne. Et si je perds ma bourse pour l'année prochaine à cause de ce site stupide, je jure que…

Il ne va pas plus loin, mais il plie sa fourchette en deux. Adrian la lui retire délicatement des mains et Ryan ne résiste pas, comme s'il ne s'était même pas rendu compte de ce qu'il avait fait. Je n'ai pas consulté ce blog depuis que j'ai lu le post sur M. Gutter. Je devrais peut-être.

– Si tu es innocent, pourquoi est-ce que tu m'as bloquée ?

– Je ne t'ai pas bloquée, assure-t-il, mais alors, il regarde au loin et sa voix s'adoucit. Quoique, je ne sais pas, peut-être que si. J'ai bloqué tellement de numéros. L'autre jour, quelqu'un m'a envoyé un texto en se faisant passer pour Caleb, mais quand je lui ai envoyé un message sur une autre appli, il m'a dit que ce n'était pas lui. En fait, c'était juste quelqu'un qui essayait d'obtenir des infos. Peut-être un journaliste. Je ne sais pas. C'est à ce moment-là que j'ai effacé tous mes comptes sur les réseaux et que j'ai activé le blocage automatique.

– Les gens sont tordus, commente Adrian.

Finalement, c'est peut-être mieux que la police ait gardé mon téléphone.

– Je t'assure, je n'ai rien fait, répète Ryan.

– Alors pourquoi tu as dit à Jade que tu étais dans la chambre de Clyde ? Juste avant que vous signaliez notre disparition ?

– Ouais, renchérit Adrian en dépliant la fourchette et en la posant hors de portée de Ryan. Je dormais dans la même chambre que lui, je t'aurais remarqué.

Ryan se masse le poing avant de répondre.

– Bon d'accord. Je n'étais pas avec Clyde, OK ? Jade et Tori m'ont croisé dans le couloir, et j'avais peur qu'elles me dénoncent, alors je leur ai menti. Personne n'allait me soupçonner d'avoir fait quelque chose de mal si j'étais avec lui.

– Et qu'est-ce que tu avais fait, en vrai ?

Ryan s'appuie contre la banquette, met les mains dans les poches de son sweat à capuche et hausse les épaules.

– Le silence ? Un choix intéressant, dis-je sortant mon téléphone, avant de fouiller dans mon sac pour retrouver la carte de l'inspecteur Howard.

– Qu'est-ce que tu fais ? demande Ryan alors que je commence à composer le numéro.

– Je veux juste voir si tu as été plus coopératif avec la police. Sinon, je vais leur suggérer de demander des informations à… dans quelle université tu vas jouer au foot l'année prochaine ?

– Holà, attends un peu !

Il me prend la carte des mains, mais j'ai déjà entré le numéro dans mon téléphone. Je place un doigt au-dessus du bouton Appel.

– Bon, d'accord, je vais vous le dire. Mais vous devez me promettre que ça restera entre nous, parce que je ne peux pas prendre le risque de perdre cette bourse.

Je pose le téléphone pour lui montrer que je l'écoute. Adrian acquiesce d'un hochement de tête.

– Caleb se sentait vraiment mal après avoir appris que Nicole le trompait, alors il m'a demandé de piocher dans la réserve que j'avais apportée. J'avais quelques bouteilles de vodka avec moi.

– Tu ne craignais pas trop de perdre ta bourse quand tu as fait ça, hein ? je marmonne d'un ton sarcastique.

– Donc tu t'es soûlé avec Caleb jeudi soir ? demande Adrian, revenant à ce qui nous intéresse.

– Au final, je n'ai pas bu une goutte de tout le séjour, je le jure. Mais Caleb, si. Il ne s'est pas mis la tête à l'envers, ni rien, juste de quoi s'anesthésier, vous voyez ? Quand Tori et Jade m'ont vu dans le couloir, j'avais peur qu'elles mouchardent, alors j'ai dit que je sortais de la chambre de Clyde. Je ne savais même pas que vous aviez disparu, à ce moment-là. Je jure que je ne vous ai rien fait.

– Plus tard ce matin-là, c'est toi qui es arrivé en dernier dans la salle principale quand Sanderson et Gutter faisaient l'appel, reprend Adrian. Comment ça se fait ?

– J'étais allé jeter les bouteilles.

– Dehors ? je suppose, me rappelant les questions de l'inspecteur Howard sur les bouteilles cassées retrouvées dans le parc.

– Je savais qu'ils allaient fouiller les chambres quand on serait tous en bas. Je n'avais pas beaucoup de temps, alors, ouais, j'ai ouvert la porte et je les ai balancées aussi loin que possible.

– Ça ne peut pas être une impasse. Il y a forcément des réponses quelque part, dis-je en reprenant mon téléphone.

– Hé ! fait Ryan en essayant de l'attraper. Je t'ai dit ce que tu voulais savoir.

– Je n'appelle pas l'inspecteur. Et avant qu'on te laisse tranquille, sache que tu ne devrais jamais traiter quelqu'un de « cinglé ». Les gens qui souffrent de problèmes mentaux ont droit à autant de respect que n'importe qui.

Ryan se laisse aller contre son siège, l'air confus et surpris, soit parce que je l'ai remis à sa place, soit parce qu'il n'a jamais réfléchi à son langage blessant auparavant.

Je ramène mon attention sur mon téléphone.

– Je regarde ce blog de théories. Peut-être qu'il y a du vrai dans une de ces histoires.

– Euh, je ne pense pas que ce soit une bonne idée, intervient Adrian, l'air nerveux.

– Ouais, confirme Ryan. Gutter n'est toujours pas revenu depuis ce post sur lui. Peut-être que tu…

Trop tard. Je reste bouche bée quand la page apparaît. Le tout dernier post est intitulé : « Sœurs de sang : une querelle à l'issue fatale. »

Quand une femme disparaît, c'est toujours le mari. Ou le petit ami. Ou l'ex. Du moins, c'est le postulat sur lequel se basent la plupart des séries policières. Mais on ne peut nier que la police considère souvent les personnes les plus proches de la victime comme les principaux suspects.

Et qui est plus proche qu'une sœur ?

Les sœurs Stoll ont été vues ensemble, vivantes, jeudi soir. À en croire des sources ayant participé au séjour, il était difficile ce soir-là de ne pas entendre leurs hurlements – une véritable guerre verbale. Bien qu'on ignore la cause de leur dispute, on ne peut que se demander pourquoi la police ne cherche pas un mobile au sein du cercle familial…

Ma vision se trouble. Je ne peux pas en lire plus.

– Il ne faut pas prendre ça au sérieux, affirme Adrian. C'est un rédacteur anonyme. Il n'a aucune crédibilité. Il sort tout ce qui lui passe par la tête.

– Ouais, acquiesce Ryan. Sur un autre post, il dit que je me suis vengé parce que j'étais furieux qu'aucune de vous n'ait voulu sortir avec moi. C'est vraiment n'importe quoi.

Les deux garçons en face de moi ont l'air mal à l'aise, apeurés. Ils me rappellent trop Jade dans la salle d'attente du Dr Cramer. A-t-elle lu ça, elle aussi ? Combien d'autres personnes l'ont lu ? Jusqu'où notre histoire – *cette* histoire, ces *mensonges* – s'est-elle propagée ? Est-ce qu'à travers toute l'Amérique, des gens sont assis chez eux, en train de boire leur café et de se moquer de la police parce qu'elle ne me considère pas comme une suspecte ?

Je m'agrippe au bord de la table jusqu'à ce que mes doigts blanchissent.

– Qu'est-ce que vous me cachez ?

Adrian passe sa main sur son oreille, comme s'il n'était pas habitué à sa coupe courte et s'attendait encore à pouvoir repousser ses cheveux.

– Adrian ?

– Vous vous êtes disputées, c'est vrai, dit-il doucement. Le jour où vous avez disparu.

Je me laisse aller contre mon siège, absorbant ces mots qui n'ont toujours aucun sens.

La dernière fois que je me suis disputée avec Maddy, et dont je me souvienne, c'était en quatrième, quand on voulait porter la même paire de chaussures pour un bal. Je n'arrive pas à imaginer quel aurait pu être le problème pendant le séjour.

– À propos de quoi ? je demande.

– De vieux trucs accumulés, répond Adrian en jouant avec sa paille. Je ne me rappelle pas les détails.

J'ai du mal à concevoir ce que pouvaient être ces *vieux trucs*. Par contre, je veux bien croire qu'ils s'étaient *accumulés*, vu qu'on ne faisait jamais plus que se chamailler quand l'une ou l'autre avait terminé le démêlant sous la douche ou emprunté un chargeur sans le rendre. On pouvait se chercher des poux. Mais une grosse dispute ?

– Peut-être, commence Ryan d'un ton hésitant, comme s'il ne savait pas si sa remarque allait arranger ou empirer les choses, peut-être que si ça concernait de vieilles histoires, quelqu'un d'autre est au courant. Par exemple une de ses amies ?

Une amie de Maddy.

La seule amie de Maddy.

Erica.

CHAPITRE 14

MADDY : 23 AVRIL

Après avoir terminé ma lettre à Grace, je m'essuie les joues et renifle en espérant que, si quelqu'un passe près de mon spot sur le rebord de fenêtre, il pensera que j'ai le nez qui coule à cause du froid. Je ne prends pas la peine de réécrire les mots tachés par mes larmes. De toute manière, Grace ne les lira jamais. J'ai écrit ça pour moi, pour exprimer ce que je ressens. Je n'oserais jamais lui dire ça en face.

M. Gutter monte l'escalier pour rameuter tout le monde dans la salle principale. Une fois sur place, il forme des groupes de cinq. Je suis dans le groupe de Grace, étonnamment. Ce qui est moins étonnant, c'est qu'elle parle déjà à deux personnes quand je m'assieds.

– Numéro quatre ? Numéro quatre ? lance Adrian quand il nous rejoint en agitant quatre doigts sur ses deux mains.

Grace rit avec lui. Mme Sanderson distribue à chaque groupe une petite bougie allumée tandis que M. Gutter baisse les lumières et lance une douce musique instrumentale. Preuve du pouvoir de ce séjour, personne ne fait semblant de commencer une séance de spiritisme.

– Dans vos groupes, vous avez l'opportunité de partager vos pensées, commence Mme Sanderson. Ce peut être l'événement marquant sur lequel vous avez écrit, ou autre chose sur lequel vous avez réfléchi ces derniers jours. Personne n'est *obligé* de le faire, mais je vous y encourage.

J'expire, soulagée. Je ne suis pas obligée de parler, et je ne le ferai pas, surtout avec Grace dans mon groupe. Je crains néanmoins le silence qui s'installe toujours lorsqu'on nous demande de partager quelque chose de personnel avec d'autres gens. Je déteste cette sensation de pression désagréable quand on nous force à nous exprimer alors qu'on n'en a pas envie. Pourtant, cela ne se produit pas, car Adrian prend aussitôt la parole.

– J'ai écrit sur mon grand-père, annonce-t-il en tapotant son carnet, mais sans l'ouvrir. Il était super. Il vivait en ville, et ma mère nous emmenait le voir quand on était mômes. Il sortait toujours une boîte de Tic Tac de sa poche et nous en donnait un chacun, et puis un autre avant de partir, si on s'était bien comportés ou si on n'avait rien détruit de précieux. Je suis sûr qu'on n'a jamais mérité ce deuxième Tic Tac, mais il finissait toujours par le lâcher quand même. C'est lui qui m'a appris à être drôle. À garder un visage impassible. Pendant au moins deux ans, il a réussi à me convaincre que Mordicus de la rue Sésame, vivait dans les poubelles de son voisin. J'étais au collège quand il est mort. J'en ai voulu aux médecins. Je pensais qu'ils auraient pu faire plus. Il y avait… (Il regarde ses mains et s'éclaircit la gorge.) Il y avait d'autres trucs compliqués dans ma famille à cette époque-là. Ça a été… vraiment dur.

Des émotions mêlées passent sur son visage, et ses lèvres se redressent dans un demi-sourire.

– Le collège, c'est l'aisselle poilue, puante et poisseuse de la croissance, conclut-il en se laissant aller dans son siège.

Visiblement, son humour lui évite de devenir trop grave, et ça fonctionne.

– Carrément, lâche soudain Grace.

Je m'attends à ce qu'elle ajoute que le lycée est beaucoup mieux ou qu'elle évoque quelques points forts de sa vie – le dernier match de la saison, ou son élection en tant que représentante des élèves lors de la fête d'automne, l'année dernière –, mais elle n'en fait rien.

– En quatrième, commence-t-elle, il y a eu une fête, le Bal de la Neige.

Il me suffit de cette phrase pour comprendre. Je sais exactement comment va se terminer son histoire. Elle se concentre sur son public, car eux ne savent pas, bien sûr. Grace n'en parle jamais.

Moi non plus.

Le Bal de la Neige était une soirée destinée à collecter des fonds quand l'équipe de basket du collège a atteint les phases finales du championnat pour la première fois de l'histoire de notre secteur. Ils avaient organisé une semaine d'activités qui devait culminer par cette soirée au gymnase. Ils avaient acheté de nouveaux gradins en prévision du grand match. Le père d'un élève, DJ, s'était proposé d'animer gratuitement la soirée pour que tous les bénéfices du bal reviennent directement à l'équipe. On racontait que des recruteurs d'une ligue professionnelle assisteraient au match, bourses en poche. Tout le monde voulait y aller.

La note sinistre dans la voix de Grace m'indique qu'elle ne prend aucun plaisir à partager ça ; elle est plutôt résignée.

– J'étais assise dans les gradins, en train de parler au garçon avec qui je venais de danser. C'était la star de l'équipe de basket, un gars hyper populaire, tout ça. (Elle rit à moitié, peut-être avec nostalgie.) C'était le prince des quatrièmes, ajoute-t-elle d'une voix tremblante. Mateo.

Ce prénom. Je sens peser une pierre sur mes poumons. Je ramène mes genoux contre ma poitrine pour cacher mes mains tremblantes. Mateo, le garçon qui avait toujours un sourire pour tout le monde. Mateo, dont la mère célibataire assistait à chaque remise de prix, tellement fière de son fils unique. Mateo, favori pour obtenir une bourse de la ligue.

Je sais *exactement* comment se termine cette histoire.

Tous les autres attendent que Grace poursuive.

– Mateo s'est levé, reprend-elle, le regard vitreux, comme si elle revoyait la scène. On était à cinq ou six rangées au-dessus du sol. Je ne sais pas ce qui s'est passé, mais soudain, il est tombé. Il y a eu ce bruit fracassant lorsqu'il a dégringolé jusqu'au sol, et tout le monde nous a regardés.

Je me souviens qu'il n'a fallu que quelques secondes pour que la musique s'arrête et que les professeurs courent jusqu'à lui, ratatiné sur le sol du gymnase, la main tordue en arrière, comme une marionnette dont on aurait coupé les fils.

– Je me sentais hyper mal pour lui, continue Grace, mais tout le monde a dit que c'était ma faute.

– Pourquoi ? demande Adrian d'un ton solennel.

– Ils ont dit que je l'avais poussé.

La flamme vacille, ombres et lumière dansent sur le visage de Grace. Cette simple réponse alourdit l'atmosphère, comme la fumée de la bougie. Elle imprègne tout.

Je me souviens des regards et des murmures. Tout le monde voulait savoir ce qui s'était passé, mais tout le monde avait vu quelque chose de différent. Une seule chose était claire : Mateo se trouvait sur les gradins avec Grace, et une seconde plus tard, il était étalé par terre.

– Il y a eu des tas de rumeurs, comme quoi j'avais tenté de l'embrasser et que, quand il m'avait dit que je ne lui plaisais pas, j'avais pété les plombs et l'avais poussé.

Sa voix se fêle, les larmes lui montent aux yeux. Grace ne pleure jamais. Plus maintenant. Mais cette année-là, elle pleurait tout le temps.

– Ça a été la pire année de ma vie, ajoute-t-elle, les larmes coulant sur ses joues. Les gens me harcelaient tous les jours. Ils m'envoyaient des textos horribles, ils me disaient de me suicider.

Je me souviens de ces messages. Chacun me faisait l'effet d'un coup de couteau. J'essayais de les effacer de notre téléphone avant qu'elle ne les lise, mais elle n'était pas dupe. On glissait des mots dans son casier. Personne ne voulait s'asseoir à côté d'elle à la cafétéria. Quelqu'un lui a volé ses vêtements pendant le cours d'EPS et elle a dû passer le reste de la journée en tenue de sport. La direction du collège a prétendu avoir fait tout son possible, mais entre les caméras de sécurité cassées et les élèves refusant d'avouer, elle disait ne pas pouvoir prouver qui avait fait ça.

Grace frémit.

– J'ai dû suivre une thérapie pendant des mois. Les gens ne se rendent pas compte que les rumeurs peuvent détruire une vie. J'ai supplié mes parents de ne pas m'envoyer au lycée avec ces gens. C'est comme ça qu'on s'est retrouvées à Forest Lane.

Elle prend ma main.

– Maddy m'a soutenue. Je ne te l'ai jamais dit, poursuit-elle en me regardant, mais aussi horribles qu'ils aient tous été pendant cette période, je ne me suis jamais sentie aussi aimée, grâce à toi. Tu essayais de me faire rire. Tu me tressais les cheveux. Tu me donnais des mouchoirs en papier. Je n'aurais pas survécu, sans toi.

Je presse sa main, jouant la sœur aidante, comme je l'ai fait en quatrième.

J'ai envie de vomir. Si j'ouvre la bouche, je suis sûre que ça va sortir. Je déglutis, m'efforçant de garder la vérité à l'intérieur.

– Aujourd'hui, reprend-elle, je laisse partir les regrets – tout ce qui a été dit et non dit.

Il ne suffit pas de claquer des doigts pour pardonner à quelqu'un, il ne suffit pas de le décréter. Ce n'est que le premier pas. C'est un long processus.

Grace a fini, mais l'histoire n'est pas terminée. Elle ne leur a pas tout dit, elle a omis une vérité très importante.

Et même si Grace pense pouvoir pardonner facilement à ceux qui l'ont torturée, je sais qu'elle ne me pardonnerait jamais si elle savait la vérité sur cette nuit-là.

À l'heure du dîner, je tremble encore. Je n'étais pas préparée à entendre Grace évoquer son traumatisme. Je n'étais pas préparée à ce qu'elle déterre le mien sans même le savoir. Je voudrais que ces souvenirs disparaissent, réduits en cendres et en suie, comme le papier sur lequel j'ai écrit le prénom de Mateo.

Grace s'est épanouie quand on est arrivées à Forest Lane. Ses notes ont monté en flèche. Son groupe d'amis s'est étoffé. Ses talents d'athlète se sont développés. C'est pour ça que je ne me doutais pas qu'elle ressassait encore son année de quatrième. Entendre la souffrance dans sa voix, aussi brute que quand elle avait treize ans, m'a fendu le cœur.

Après l'accident de Mateo, elle s'endormait tous les soirs en pleurant. Tous les après-midi, en rentrant du collège, je m'asseyais sur la banquette arrière alors qu'elle s'asseyait à l'avant, ombre de celle qu'elle avait été. La direction du collège a tenté de l'aider, j'imagine, mais on ne peut pas forcer les gens à être gentils, surtout à cet âge-là.

– Ça va ? demande Adrian.

Je ne l'avais pas vu approcher.

– Ouais, je mens.

Je suis à table, dans la cafétéria de l'hôtel, pendant que tout le monde fait la queue pour se servir à manger. Si j'avale quoi que ce soit, je vais vomir. J'en suis certaine.

– Je n'ai pas très faim pour le moment, j'explique.

– Moi non plus. Viens.

Il me tend la main. C'est un geste tellement simple. Banal, pour certains. Pour moi, c'est comme une douce tape sur l'épaule me réveillant d'un mauvais rêve. Mes doigts se glissent entre les siens. Une douce chaleur remonte lentement dans ma poitrine, et j'espère qu'elle n'atteindra pas mes joues.

Mais soudain, la honte se réveille, m'assénant cette vérité : je ne mérite pas ça. Je ne mérite pas un moment de bonheur après avoir causé autant de souffrance à ma sœur. Même si elle ignore que je suis coupable.

D'ailleurs, la dernière fois que je me suis autorisée à craquer pour un garçon, ça ne m'a apporté qu'une montagne de regrets.

Adrian presse ma main et sourit. Ses cheveux tombent sur son front mais ne cachent pas l'énergie dans ses yeux. Il ne voit pas le passé qui défile dans mon esprit ; il ne voit que moi.

Je suis trop désespérée pour lutter. J'en ai trop envie – d'une invitation. D'un moment d'inconnu. D'une raison d'espérer.

Je récupère mon carnet et le suis.

Je ne suis pas naïve pour autant. Ça ne veut rien dire. Adrian, un garçon drôle et séduisant, tient ma main dans la sienne. Ça ne veut rien dire. C'est totalement normal. Adrian est sociable, il aime flirter. Il prend sans doute tout le temps la main des filles, ça ne veut rien dire. Pour lui, en tout cas.

C'est dangereux, l'espoir. Je refuse de le laisser échapper à mon contrôle.

Je suis trop occupée à combattre mes doutes pour faire attention à l'endroit où il m'emmène, jusqu'à ce qu'il lâche ma main et s'installe dans un fauteuil moelleux. Ce n'est pas vraiment une pièce, plutôt une alcôve. Une petite arche en bois, ornée des mêmes motifs de lierre gravés que dans l'entrée, la sépare du reste des pièces principales. Il y a quelques plantes en pot près de la grande fenêtre et des bibliothèques murales de chaque côté, ainsi que des fauteuils rouges.

– Ils sont plus confortables qu'ils n'en ont l'air, déclare Adrian en balançant ses jambes par-dessus l'accoudoir.

Je me laisse tomber dans l'autre fauteuil, ignorant le petit nuage de poussière qui s'en élève. On n'entend que le bruit de la pluie tapant légèrement sur la fenêtre, comme si elle voulait qu'on l'invite à entrer.

Mon crayon tombe par terre quand je replie mes jambes sous moi. Adrian le ramasse et me le tend. Son sourire provoque une autre vague de chaleur en moi, et cette fois, je sais que ça se voit sur mes joues. Mais il sourit à tout le monde. Ça ne veut rien dire. C'est totalement anodin.

– C'est ici que je suis venu écrire sur mon grand-père, explique-t-il en se laissant aller contre le dossier de son siège.

– Je suis vraiment désolée que tu aies traversé ça.

– J'ai appris qu'il valait mieux exprimer mes émotions plutôt que d'essayer de les garder à l'intérieur.

– C'est très sage.

J'ai l'impression qu'il me fait un cadeau en me laissant voir son côté sérieux, sans se cacher derrière une blague ou un éclat de rire.

– J'ai remarqué que tu n'avais rien partagé dans le groupe, dit-il.

– Oh.

Il m'a remarquée ? Si on veut. Disons plutôt qu'il a remarqué mon absence de participation, mais c'est déjà ça.

– Je ne pense pas que ce que j'écris intéresserait vraiment les gens.

– Pourquoi ?

J'essaie de rire avec naturel en ramenant mes cheveux derrière mon oreille.

– Vu les grognements et les lamentations chaque fois qu'on étudie de la poésie en cours, j'ai bien compris que les gens détestent ça.

– Tu écris de la poésie ?

– J'essaie. Je ne suis pas très douée.

Du moins, c'est ce que pense la Fondation Dorene Williams.

Adrian se redresse. On pourrait mettre sa photo sous la définition de « charisme ».

– Tu veux bien m'en lire un ? demande-t-il.

– Quoi ?

– Je veux entendre un de tes poèmes.

– Tu... ça m'étonnerait.

Cette fois, je ris pour de vrai. Mais pas lui. Adrian rit tout le temps, mais pas maintenant. Il me regarde, penché vers moi avec un intérêt que je n'ai pas l'habitude de susciter.

– Et comment peux-tu savoir ce dont j'ai envie ? réplique-t-il d'un ton plein de sous-entendus.

Nom d'une pipe. Il est si proche de moi que je pourrais plonger mon regard dans ses yeux marron foncé, dire quelque chose de charmeur et de drôle, fermer délicatement les yeux et me pencher vers lui pour l'embrasser.

Au lieu de ça, je lâche une sorte de rire artificiel haut perché et me mets à suer à grosses gouttes. Je suis certaine qu'il va voir les cercles sous mes aisselles d'ici quelques minutes. Je m'écarte.

– Je suis sérieux. J'ai envie d'en entendre un. S'il te plaît ?

Je m'éclaircis la gorge et lui lis un poème. J'ai la voix qui tremble. Je comprends à peine ce que je dis. Je suis hyperconsciente de sa présence, toute proche. Arrivée à la moitié du texte, je ne me rappelle plus pourquoi j'ai accepté de faire ça. J'ai sans doute cédé pour éviter de me perdre dans son regard.

Quand je finis, la pluie tambourine toujours sur la fenêtre. Le soleil se cache toujours derrière les nuages. Rien n'a changé.

Mais Adrian me regarde. Et ça veut dire beaucoup.

« Regarde », je crie au soleil,
au moment où il sombre au couchant.

« Regarde », je hurle à l'éclair,
qui disparaît tambour battant.

« Regarde », je lance à la lune luisante,
sous sa couverture ennuagée.

« Regardez », je supplie mes parents,
fiers malgré leur tête détournée.

« Regarde » j'implore mon reflet,
mais il me laisse dans l'obscurité.

« Regardez-moi », je murmure dans le silence.

CHAPITRE 15

GRACE : 2 MAI

Les gens vont me dévisager. Chuchoter. Ce sera ça, le pire : les murmures. D'autres rumeurs vont faire surface, et une fois qu'elles auront pris racine, on ne pourra plus les détruire. Quoi qu'il arrive, à partir de maintenant, notre famille sera considérée avec méfiance. Tous auront le sentiment de ne pas connaître « toute l'histoire » et se sentiront floués, oubliant que cela ne les regarde pas.

Mais c'est peut-être égoïste de s'inquiéter de ça alors que tant d'autres gens dont les proches ont disparu recherchent encore des réponses, seuls. Le visage de Maddy passe joliment aux informations, et tout le monde n'a pas le privilège de bénéficier d'une telle attention.

– C'est parti, dis-je alors qu'Adrian tourne au feu vert près du lycée.

Il presse ma main, m'offrant le réconfort dont j'ignorais avoir besoin. Il se gare vers le fond du parking, et nous entrons dans le lycée, fait de traditions et de mortier. Les mots FOREST LANE ACADEMY reluisent toujours, argentés, et soudain, j'ai l'impression de n'être jamais partie, comme si c'était un jeudi matin comme un autre. Le soleil est déjà haut dans le ciel, le compte à rebours est lancé avant les vacances d'été. De nombreux élèves entrent avec leurs amis, et ceux qui sont seuls regardent leur téléphone. Personne ne fait attention à moi.

À l'intérieur, je suis accueillie par l'odeur familière des couloirs pas très propres et de l'eau de toilette trop forte des troisièmes. Ça me fait bizarre de penser que les autres élèves et les enseignants ont continué les cours la semaine dernière. Certains ont été affligés, bien sûr, mais leur vie n'a pas été réduite en miettes comme la mienne.

– Stoll. Hé, Stoll ! dit Adrian en tirant sur ma main. Ça va ? Mme Miller t'appelle.

– Quoi ?

Je regarde par-dessus mon épaule et vois la secrétaire qui me fait signe depuis son bureau.

– Oh. Je ne l'avais pas entendue. Ma mère m'a dit qu'elle m'attendrait au secrétariat.

– Et la mienne m'a dit que j'avais intérêt à ne plus arriver en retard au cours de Mme Stroud, répond Adrian en se frayant un chemin dans le couloir pendant que je m'arrête devant les portes du bureau. La prochaine fois, ce sera gaufres maison ! J'arriverai à te convaincre.

Je m'approche de Mme Miller. Maman est déjà à côté d'elle.

– La voilà, dit la secrétaire en s'éloignant des téléphones et de l'ordinateur. Par ici. Ils vous attendent.

Ils ? Je pensais qu'il n'y aurait que Mme Richardson, la conseillère d'éducation. Pourtant, nous dépassons son bureau et entrons dans une grande salle de conférence. Mme Richardson est assise à une table avec la principale Avery et deux autres membres du personnel dont je ne connais pas le nom.

Ils ont peur qu'on les attaque en justice. C'est évident.

Ils se lèvent tous et se présentent, les plus proches de ma mère lui serrent la main. Cette dernière se tourne vers moi.

– Je vais m'entretenir quelques minutes avec la direction à propos de la... de la cérémonie d'hommage, dit-elle, s'étranglant presque sur ces mots, mais parvenant à garder son calme. Ensuite, tu pourras revenir.

– D'accord.

De toute façon, je ne me sens pas prête à affronter cette conversation. Les élèves continuent d'entrer dans l'établissement. Je vais peut-être réussir à intercepter ceux à qui je dois poser des questions.

De retour dans le couloir, je vois une marée d'élèves que je ne connais pas sortir d'un bus. Des troisièmes et des secondes, probablement. La plupart des terminales viennent en voiture. Ils se déversent dans le bâtiment, discutant avec leurs amis ou distraits par l'écran dans leur main.

Une petite blonde me rentre dedans.

– Oh, désolée, je...

Le visage d'Erica s'illumine quand elle me reconnaît.

– Je ne savais pas que tu allais revenir ! s'exclame-t-elle.

Elle me prend dans ses bras. Je me raidis et lui tapote l'épaule quelques fois avant qu'elle s'écarte.

– Je reviens juste aujourd'hui, moi aussi, explique-t-elle. Je n'arrête pas de repenser à tous nos souvenirs, à toutes ces heures passées chez vous.

Ses yeux s'emplissent de larmes.

Erica était la meilleure amie de Maddy, c'est donc normal qu'elle soit bouleversée. Mais elle saura peut-être pourquoi Maddy s'est disputée avec moi. Elle s'éclaircit la gorge.

– Ma mère m'a dit que je pouvais rester à la maison, parce que j'étais vraiment bouleversée, mais elle a ajouté que si je n'arrivais pas retourner au lycée, alors je ne pourrais pas aller au bal de promo samedi.

Le bal de promo. Ces mots me semblent étrangers. C'est incroyable qu'un bal puisse encore avoir lieu ce week-end, que des filles puissent encore se préoccuper de leur coiffure, de leurs ongles et de leurs robes au lieu d'essayer de survivre à un ouragan de chagrin.

– J'ai essayé de t'envoyer des textos la semaine dernière, poursuit-elle avec un faible sourire. J'ai entendu dire que tu ne finirais pas l'année.

– Je suis venue avec ma mère pour essayer de tout régler. Je ne sais pas ce qui va passer ensuite, dis-je en voyant Mme Miller répondre au téléphone, de retour à son bureau. Et la police ne m'a toujours pas rendu mon téléphone, alors je dois me servir de ce vieil appareil.

Je le sors de ma poche.

– Je comprends, dit-elle d'un air sombre. J'aimerais tellement pouvoir t'aider.

– Peut-être que tu peux. Est-ce que ma sœur t'a déjà dit qu'elle était en colère contre moi pour une raison ou une autre ? Pour un truc qui remonterait à très longtemps ?

– À moi ? Non, elle ne m'a jamais dit… Attends, tu me demandes ça à cause de votre dispute pendant le séjour ?

– Tu es au courant ?

– Oui, répond-elle, son chagrin cédant la place à de la curiosité. Enfin, non. Je veux dire, je n'étais pas là, bien sûr, mais les gens me demandent tout le temps des nouvelles. Mon téléphone n'arrête pas de sonner. Les gens ne parlent que de ça, et de la grosse fête que Nicole va organiser après le bal de promo. Ils meurent d'envie d'en savoir plus.

– Ouais, moi aussi.

– Tu ne sais pas ce qui s'est passé ?

– Je ne me rappelle rien de ce voyage.

Elle écarquille les yeux, mais là où je m'attendais à de la compassion, je ne vois que de la fascination.

– Rien ? Je pensais que tu pourrais mettre les choses au clair. Tu ne te rappelles pas quelqu'un qui s'est comporté différemment ? Bizarrement, ou…

– Jade.

Ce prénom jaillit de ma bouche telle la réponse miraculeuse à une interro surprise.

– Jade s'est comportée bizarrement la dernière fois que je l'ai vue.

– Jade Coleman ? demande-t-elle en faisant la grimace. Ça ne m'étonne pas. Elle est bizarre depuis qu'elle est revenue ici. Je crois qu'elle en veut toujours à la direction à cause de l'année de troisième.

– Pourquoi elle en voudrait au lycée ?

– Je crois qu'ils ont appelé ses parents pour leur dire qu'elle avait un trouble alimentaire, ou un truc comme ça. Je ne connais pas les détails, mais elle a dit que son père avait rejeté la culpabilité sur sa mère et s'était servi de ce coup de téléphone pour obtenir sa garde.

C'est peut-être pour ça qu'elle était chez le psy. Mais peu importe. Ça ne me regarde pas.

– Elle n'a pas évoqué son année de troisième. Ni quoi que ce soit d'autre. Elle m'a clairement fait comprendre qu'elle ne voulait pas me parler.

– Oh, dit-elle doucement, avant de reprendre, comme pour combler le silence : tous les élèves qui étaient du voyage ont propagé des rumeurs un peu dingues.

Elle a déjà sorti son portable et tape quelque chose dessus.

– Mais il y a peut-être une vérité là-dedans. Regarde, je les ai listées.

Elle me tend son téléphone pour me montrer une série de captures d'écran.

Elles se sont perdues dans les bois. Le lycée était au courant et ils cachent la vérité. Le lycée n'en a rien à faire de personne.

Les sœurs Stoll savaient que Nicole trompait son petit copain, Caleb Jones. Elles ont menacé de lui dire la vérité, et Nicole a tenté de les éliminer avant.

Il y a seize ans, une femme a été retrouvée morte sur cette même route, renversée par un chauffard qui a pris la fuite. Depuis, la route est hantée. Ce n'est pas une personne vivante qui a fait ça.

M. Gutter pensait que c'était Grace qui avait fait circuler cette photo scandaleuse. Comme il n'arrivait pas à distinguer les deux sœurs, il les a enlevées toutes les deux.

M. Holtsof n'a jamais été malade. Il a été renvoyé et est allé à l'hôtel pour se venger sur la première personne venue.

Mon cœur se serre lorsque je lis la dernière hypothèse :

J'ai entendu dire que l'une d'elles avait agressé un ado dans leur ancien collège, mais l'affaire a été étouffée, donc quelqu'un a enfin obtenu justice.

– Je n'ai pas fait de mal à Mateo.

Ces mots sont automatiques. Je me suis répété si souvent cette phrase qu'elle est enfouie tout au fond de ma mémoire, impossible à oublier, quelle que soit la force des coups que je prends sur la tête.

– Attends, Mateo ? demande Erica en se penchant par-dessus mon épaule pour regarder ce que je suis en train de lire. C'est le nom de cet ado ? C'est vrai ?

– Elle… c'est… c'est ridicule, je lâche. C'est le genre de trucs qu'on trouve sur ce blog de théories minable.

– Il n'est pas minable, réplique-t-elle en m'arrachant son téléphone des mains. Les blogs criminels ont aidé à déterrer des informations que la police avait négligées dans de nombreuses affaires ces dernières années. C'est la même chose que faire du porte-à-porte pour interroger les gens.

– Pas du tout. Ça gâche la vie des gens en se basant sur des rumeurs. M. Gutter pourrait perdre son emploi définitivement.

Elle ramène ses cheveux en arrière et range son téléphone.

– Il le mérite s'il a fait ça. Il y a tout un groupe qui le défend sur Internet. Ils disent que c'est un super prof et qu'il enseigne ici depuis toujours, comme si ça suffisait à l'innocenter.

– Ouais, et s'il n'a rien fait ? Personne n'a besoin de réponses autant que moi, mais faire courir des rumeurs pour obtenir des clics et tous nous transformer en suspects sans aucune preuve n'avance à rien. La personne qui poste ces trucs est… Attends une seconde. Pourquoi est-ce que les gens t'envoient tous ces messages ?

Mais alors même que je lui pose cette question, la réponse se cristallise sous mes yeux.

– C'est toi qui écris ces articles, c'est ça ?

– D'autres personnes les écrivent. Je me contente de les sélectionner.

– Tu te moques de moi ? Tu te sers de la mort de ma sœur pour avoir des followers ?

– Je fais ça parce que ça me tient à cœur. Les gens sont investis. Je veux coincer la personne qui a commis ce…

– Quitte à m'accuser ? Comment as-tu pu suggérer que je lui avais fait du mal ? Tu sais que j'aimais ma sœur. Je n'aurais jamais *rien* fait pouvant la blesser.

J'ai haussé le ton. Autour de nous, des gens s'arrêtent pour nous regarder. Certains sortent leur téléphone.

– Moi aussi je tiens à elle ! crie Erica à son tour. Elle mérite que tout le monde connaisse la vérité.

– Tu te fiches de ma sœur et de ma famille. Tu veux juste des nouveaux abonnés !

– Attends…

Je m'éloigne brusquement et me dirige d'un pas furieux vers le bureau. J'ai toujours su qu'elle était trop immature et égoïste pour être une bonne amie pour Maddy, mais je ne l'imaginais pas aussi cruelle. Ou alors, elle est si bête qu'elle ne se rend même pas compte qu'elle fait du mal aux gens.

J'espère que la police a d'autres pistes que ces rumeurs pourries qu'elle répand en ligne.

Je veux bien croire que le lycée en sait plus qu'il ne veut bien l'admettre, mais dans ce cas-là, pourquoi la police ne s'en serait-elle pas rendu compte ?

Quant à Nicole… Si on savait qu'elle trompait Caleb, ça aurait pu constituer un mobile pour… quelque chose. Mais je doute que cette fille petite de cinquante kilos soit capable de tuer quelqu'un. En plus, elle n'avait pas l'air troublée quand elle m'a vue au commissariat.

Je sais que je n'avais pas mon téléphone, mais Nicole aurait pu passer à la maison. Elle aurait pu me rendre visite à l'hôpital. Elle aurait pu trouver un moyen d'entrer en contact avec moi. En fait, je n'arrive à trouver aucune raison justifiant son silence depuis que je suis rentrée chez moi.

À moins qu'elle ne cache quelque chose. Je pensais être sa meilleure amie, mais si elle avait des secrets ? Est-ce pour ça qu'elle a besoin d'un avocat ?

– Mademoiselle Stoll ? m'appelle Mme Miller en sortant dans le couloir. Votre mère dit que vous pouvez revenir.

Je la suis jusqu'au bureau où sera décidé le sort de mon diplôme, mais je continue à penser à ma conversation avec Erica. Je n'avais jamais entendu parler de l'histoire de Jade. Est-ce que j'ignore d'autres choses sur elle ?

Peut-être que j'invente des théories encore plus dingues que celle des posts d'Erica.

Dans le bureau, les employés du lycée arborent tous des sourires exagérément cordiaux. Je m'assieds à côté de ma mère et m'efforce d'imaginer que je suis simplement en train d'attendre qu'on prenne la photo de l'équipe pour l'album de l'année.

– Je suis contente que tu te sentes un peu mieux, commence la principale Avery.

Je suppose qu'elle fait référence au fait que je suis sortie de l'hôpital, pas à la souffrance émotionnelle causée par la mort de ma sœur.

– Ta mère et moi avons préparé la cérémonie en l'honneur de ta sœur la semaine prochaine, et j'ai déjà parlé à tous tes professeurs, ajoute-t-elle en désignant un tas de papiers devant elle. Tes résultats de l'année ont été satisfaisants.

– Je vais avoir combien de temps pour rattraper mon travail en retard ?

J'imagine les dizaines de notifications s'empilant dans ma boîte de réception du lycée, prêtes à me submerger dès que l'assistance technique aura réinitialisé mon mot de passe.

– La plupart de tes professeurs sont assez flexibles. Nous savons que tu traverses une période très difficile. Après avoir parlé avec ta mère de tes… de tes difficultés psychologiques, je pense que nous sommes tous d'accord sur le fait que le travail scolaire n'est pas le problème le plus important, étant donné les circonstances.

Elle évite d'évoquer mes problèmes de mémoire, comme si je risquais de m'effondrer, mais je ne relève pas, trop choquée d'entendre la dirigeante d'un établissement scolaire reconnaître qu'il y a des choses plus importantes que les cours. Je savais que la Forest Lane Academy se targuait d'« éduquer la personne dans son intégralité » – c'est la philosophie qui sous-tend le séjour des terminales –, mais je ne m'attendais pas à ce qu'ils appliquent ce concept à moins d'un mois de la remise des diplômes.

– Mais je veux quand même avoir mon diplôme, dis-je, luttant contre la panique.

Je suis déjà l'une des plus âgées de ma classe. Je ne veux pas passer une année de plus ici.

– Et c'est aussi ce que nous voulons, me rassure Mme Richardson. Tes professeurs ont vérifié que tu avais rendu suffisamment de devoirs pour obtenir les crédits nécessaires à la validation du dernier trimestre. De toute manière, de nombreux professeurs profitent des dernières semaines pour réviser les examens plutôt que pour aborder de nouveaux sujets.

Je doute que ce soit vrai en cours d'algèbre, mais je ne l'interromps pas.

– Étant donné les circonstances, tu ne seras pas obligée de passer les examens finaux et ta note sera la moyenne des deux dernières périodes.

Avant que je puisse lui faire confirmer que je n'aurai pas besoin d'abattre une montagne de devoirs alors qu'il me manque une partie de mes souvenirs, que je suis régulièrement en proie à des maux de tête débilitants et que je fais le deuil de ma sœur, une radio se met à crépiter sur la table, appelant la principale Avery. Un ordinateur portable se met à tinter, annonçant l'arrivée d'un mail. Le téléphone de ma mère se met à sonner.

– Il y a du nouveau, explique l'une des administratrices que je ne connais pas.

Elle me jette un rapide coup d'œil avant de faire pivoter son écran pour le montrer à la principale.

Maman regarde son téléphone, bouche bée. Je me penche par-dessus son épaule. C'est un message de papa avec un lien :

« Une personne arrêtée dans le cadre du meurtre à la Forest Lane Academy. »

CHAPITRE 16

MADDY : 24 AVRIL

Adrian a aimé mes poèmes. Cette pensée me fait encore tourner la tête le lendemain matin, dans la salle de bains. Peut-être qu'il les a aimés uniquement parce que c'est *moi* qui les ai écrits, et ce serait encore mieux. Ce n'est pas comme avec mes parents, dont les compliments sonnent creux, forcés. Adrian m'a vue. Il m'a entendue. Et il avait envie de rester avec moi. Je souris si largement qu'un peu de dentifrice tombe sur mon tee-shirt.

Tori apparaît devant le lavabo à côté du mien, portant un pyjama boutonné vert menthe à motifs de chats et de pelotes de laine. Je lui fais un petit signe de la main, brosse à dents dans la bouche, tout en essuyant mon tee-shirt avec une serviette en papier.

Elle me répond par un bâillement.

– Désolée, on a parlé jusqu'à tard hier soir, Grace et moi.

Elle passe une brosse dans ses cheveux pas tout à fait bouclés, ce qui les fait frisotter encore plus.

– Elle, euh… elle m'a parlé de votre session en petit groupe et de Mateo.

J'arrête malgré moi de me brosser les dents.

– Elle n'arrêtait pas de dire à quel point tu l'as soutenue, ajoute-t-elle, le visage plein d'admiration derrière ses énormes lunettes. Je suis contente qu'elle ait eu quelqu'un comme toi à ses côtés.

– Hmm, hmm.

Je me gargarise, puis me plie en deux pour cracher. J'ai beau me rincer longuement la bouche, le goût amer de la culpabilité ne veut pas disparaître. Quand je me redresse, Tori me regarde : elle attend une réponse.

– Merci. Je suis contente qu'elle t'ait aussi.

Je sors de la salle de bains avant qu'elle puisse voir mes mains qui tremblent.

Je ne pourrai jamais échapper à ce que j'ai fait à Mateo. Ça reviendra toujours me hanter. Peu importe que j'aie été gentille avec Grace ensuite. Ça n'efface pas ce que j'ai fait.

Je dois être une personne particulièrement horrible pour regretter d'avoir été gentille, surtout avec ma sœur.

Jade est dans la chambre, penchée sur le lit du bas, en train de fouiller dans un de ses sacs. Mais quand elle se redresse, je m'aperçois que ce n'est pas ma coloc. C'est Nicole.

– Qu'est-ce que tu fais ?

– Oh, euh…

Elle s'écarte du sac d'un bond, comme s'il avait tenté de mordre ses doigts fins. Ses yeux d'un bleu métallique passent de moi aux sacs par terre puis à la porte.

– Grace n'arrive pas à retrouver son lisseur, couine-t-elle d'une voix trop aiguë. Elle se disait que tu en aurais peut-être un dans ton sac.

Elle me contourne pour rejoindre la porte.

– C'est pas mes sacs. C'est ceux de Jade.

– Oh, désolée. Je dirai à Grace que tu n'en as pas.

Elle a retrouvé sa voix normale, mais elle manque trébucher en reculant.

– Attends, dis-je en sortant mon lisseur de mon sac. J'en ai un.

Mais quand j'arrive dans l'embrasure de la porte, Nicole est déjà partie. Je ne vois que ses cheveux blonds, raides comme des baguettes, disparaître au coin du couloir.

– Je ne pense pas que tu auras le temps de te lisser les cheveux, fait remarquer Jade en apparaissant dans la cage d'escalier. Sanderson veut que tout le monde soit en bas dans cinq minutes.

Je pose mon lisseur, vaincue.

– Non, quand je suis arrivée, Nicole était en train de fouiller dans tes affaires. Elle a dit que Grace...

– Quoi ?

Sans attendre mes explications, elle entre dans la chambre en me bousculant et plonge les mains dans son sac, qu'elle commence à vider. Le sol se retrouve jonché de tee-shirts et de chaussettes.

– Elle a dit que Grace voulait m'emprunter mon lisseur, j'explique. Elle s'est trompée de sac.

Jade m'ignore, concentrée sur sa mission. Soudain, elle se redresse, son téléphone à la main. Elle tape quelque chose. Passe le doigt sur l'écran.

– Cette petite...

Elle pousse un grognement et remet tout dans son sac, furieuse, le visage aussi rouge que les mèches dans ses cheveux.

Je m'aplatis contre la commode jusqu'à ce qu'elle ait tiré la fermeture Éclair.

– Je suppose donc qu'elle ne cherchait pas mon lisseur ? je demande.

– Non, répond-elle en se laissant tomber sur son lit, avant de cracher une série de jurons. Elle cherchait mon téléphone. Et elle l'a trouvé.

– Pourquoi ?

– Parce que je...

Elle s'interrompt et grogne à nouveau. Elle prend le temps de se calmer avant de reprendre la parole.

– Je ne sais pas. Elle voulait sûrement me faire une blague. Elle aime ça. C'est elle qui a fait cette photo de Gutter avec le cheval. C'est pour ça que je pensais que Grace était peut-être dans le coup avec elle – elles sont meilleures amies, non ?

– Ouais, elles sont proches.

– Tu penses que Grace pourrait faire un truc pareil ? demande-t-elle sans ciller.

Je prends le temps d'y réfléchir. Je n'aurais jamais soupçonné Nicole d'avoir trafiqué cette photo et ajouté la légende *Je les aime jeunes et fougueuses*, alors peut-être que Grace... ?

– Non, je tranche. Elle n'aurait pas fait ça.

Le visage de Jade se décompose. Je connais assez bien ma sœur pour savoir qu'elle ne mettrait pas son avenir en danger en envoyant une photo pareille, juste à cause d'un contrôle ou je ne sais quoi.

– Pourquoi est-ce que tu t'intéresses autant à la photo de M. Gutter ? je demande.

Jade se fige et pose les yeux sur moi. Ses yeux sombres ne trahissent rien, jusqu'à ce qu'elle éclate de rire.

– En fait je m'en fiche, dit-elle en se levant et en passant son bras sous le mien. Viens, Mme Sanderson nous attend.

Je ne suis pas bête. Je sais qu'elle me cache quelque chose. Erica se comporte parfois comme ça quand elle ne veut pas que je sache ce qu'elle fait avec son petit copain. J'ai toujours entendu dire que les meilleures amies se racontaient tout, mais je suis bien placée pour savoir que non, c'est un mythe pour faire bien à la télé, comme quand ils prennent des acteurs de trente ans pour jouer des lycéens. C'est une représentation faussée de la réalité.

Nous descendons l'escalier bras dessus bras dessous : ça, c'est réel. Ça pourrait même être le début d'une amitié plus solide. Et je n'ai pas l'intention d'en tester les limites en fourrant mon nez dans ses affaires. Jade n'a pas de groupe d'amis auquel se raccrocher ici. D'ailleurs, je ne me rappelle même pas avec qui elle traîne au lycée. Le séjour des terminales change les choses, il me change, et pour une fois, je ne suis pas seule.

En bas, dans la salle principale, le matin est aussi gris que ces deux derniers jours. Le mur de fenêtres semble perpétuellement tacheté de gouttes de pluie.

– Préparez-vous à sortir aujourd'hui ! lance Mme Sanderson, postée devant la porte pour accueillir les élèves.

– Là-dessous ? je demande en désignant les fenêtres lugubres.

– Absolument, répond M. Gutter avec un drôle de petit sourire sous sa barbe.

– La météo n'est pas partie pour s'arranger, mais on ne va pas laisser un peu de pluie nous empêcher de faire toutes nos activités en extérieur ! renchérit Mme Sanderson en se plaçant devant lui.

Il faut vraiment que je lui demande quelle marque de café elle boit pour avoir tout le temps autant d'énergie. Je m'assieds, décidant que mon short de sport et mon tee-shirt feront l'affaire sous la pluie.

– Très bien, tout le monde ! Le thème du jour, c'est AGIR ! lance Mme Sanderson une fois la salle remplie, et elle tape dans ses mains en criant ce dernier mot. Comme certains d'entre vous le savent, même si vous ne devriez pas… (Elle promène un regard noir sur l'assemblée, destiné à tous ceux qui auraient entendu des secrets de la part d'autres terminales)… nous étions aujourd'hui censés faire de la tyrolienne. Cependant, l'assurance de Shady Oaks ne nous couvre pas en cas de pluie.

Je me joins aux grognements accueillant cette annonce. Adrian se cogne la tête sur sa table. Je ris, et il me sourit par-dessus son épaule. D'ordinaire, personne ne s'intéresse à moi. Mais peut-être que, juste cette fois, je peux espérer.

Mme Sanderson lève les deux mains en l'air.

– M. Gutter et moi-même savions que vous seriez déçus, alors nous avons prévu un plan B.

Le prof d'histoire se dirige vers l'avant de la pièce avec un panier à linge rempli de bouteilles de liquide vaisselle et de ce qui ressemble à du shampoing.

– Les collines à l'est du bâtiment sont idéales pour...

Elle marque une pause et sort une grande bâche bleue de sous le liquide vaisselle et de ce qui s'avère en fait être de l'huile pour bébé.

– ... faire du toboggan !

Son annonce théâtrale obtient l'effet escompté : presque tout le monde se met à sautiller et à pousser des cris en se précipitant vers la sortie.

– Allons-y ! dis-je en prenant Jade par le bras.

Quand nous arrivons dehors, les bâches sont déjà déployées et Ryan aide les profs à les enduire d'huile pour bébé. La colline se dresse à côté de l'allée principale par laquelle le car est arrivé. De grosses et lourdes gouttes s'écrasent par terre et me frappent sporadiquement, comme des hoquets.

– Attendez, attendez, attendez ! s'écrie Mme Sanderson en tendant le bras pour retenir quelques garçons prêts à se lancer. Vous avez compris le principe. Pendant ce séjour, on ne s'amuse pas sans apprendre quelque chose sur la vie.

Elle attend que tout le monde l'écoute. Les arbres sombres qui se découpent au loin projettent une ombre menaçante sur le sol, et notre prof capte encore plus notre attention que d'ordinaire.

– Cette semaine, vous avez tous médité sur votre passé. Vous vous êtes ouverts à de nouveaux camarades, mais vous ne pouvez pas en rester là. Pour évoluer en tant que personne, vous devez faire suivre vos paroles d'actions. Parfois, ces actions vous paraîtront un peu pénibles, comme sortir sous la pluie. Vous pourriez même avoir peur de tomber et de vous faire mal, ajoute-t-elle en désignant la bâche glissante à côté d'elle, et sa voix change un bref instant. C'est le moment où j'aimerais vous rappeler la décharge de responsabilité signée par vos parents avant ce voyage. Mais plus sérieusement, il vous arrivera de chuter, dans la vie. Vous serez pris dans des averses. Soit cela vous empêche de vivre, soit vous l'acceptez et vous vous relevez quand vous touchez le fond.

Elle sort alors une bombe de mousse à raser du panier et en asperge la bâche.

– Maintenant, amusez-vous ! lance-t-elle en laissant partir les deux premières personnes.

Clyde et Alyssa se mettent à courir puis se jettent à plat ventre sur la bâche, laissant derrière eux un sillage de bulles et d'écume blanche alors que leurs corps filent dans la pente. Ils finissent leur course dans l'herbe détrempée, à près d'un mètre du toboggan, et ont à peine eu le temps de dégager la zone que le duo suivant prend son élan.

Quelques secondes plus tard, un bruit sourd résonne en bas de la colline, suivi par des *oh* et d'un *aïe*. Caleb et Clyde sont tous les deux à terre, l'un se frottant la tête, l'autre se massant doucement les côtes.

– Est-ce que ça va ? demande Mme Sanderson en dévalant la colline, les bras écartés pour garder l'équilibre. Est-ce que vous connaissez les signes de commotion cérébrale ?

Cette question s'adresse à M. Gutter, qui la rejoint en bas. Elle examine prudemment la tête de Caleb et ses pupilles.

– Où est le kit de premiers secours que l'infirmière Sanchez nous a donné ? s'enquiert-elle.

– Ce genre d'activité ne serait jamais autorisé dans un lycée public, dis-je en riant doucement alors que les deux garçons se relèvent sous les acclamations et les applaudissements. Trop de risques de poursuites judiciaires. Mais en même temps, un lycée public n'autoriserait pas non plus une semaine de vacances, de peur que ça fasse baisser les notes.

Jade ne semble pas m'avoir entendue. Elle regarde Nicole qui attache ses cheveux blonds soyeux en queue-de-cheval avant de dire à Grace qu'elle va aux toilettes. Un sourire sournois transforme le visage de ma camarade de chambre.

– À quoi tu penses ? je demande.

– Oh, aux paroles de Sanderson, répond-elle sans quitter des yeux Nicole qui rentre dans l'hôtel. Tu sais, sur l'importance d'*agir*.

Elle s'approche discrètement du panier à linge, prend une bombe de mousse à raser et la lance en l'air, la rattrapant facilement.

– Qu'est-ce que tu en dis ? me demande-t-elle. Tu es prête à ce qu'on lui joue un tour aussi ?

Je m'attends à ce qu'elle éclate de rire pour montrer qu'elle plaisante, mais son visage reste hyper sérieux. Je me mords la joue. Fort.

La Maddy qui s'est inscrite à ce séjour aurait refusé. D'ailleurs, on ne lui aurait même pas posé la question. On l'aurait oubliée, ou bien on aurait volontairement omis de l'inviter, comme quand Grace est allée à la fête des treize ans d'Alejandra et que je suis restée à la maison à regarder *Maman j'ai raté l'avion* en me demandant comment Kevin pouvait avoir envie de rester tout seul.

Jade me regarde en remuant les sourcils. Une invitation directe à prendre part aux genres de délires que j'ai ratés pendant des années. Elle *veut* que je me joigne à elle. Je suis *désirée*.

– D'accord, dis-je en prenant moi aussi une bombe.

M. Gutter et Mme Sanderson sont trop occupés à surveiller les élèves sur le toboggan pour nous voir retourner en douce à l'hôtel. On court dans le couloir, Jade me murmurant son plan entre deux gloussements. On s'arrête subitement devant la porte des toilettes. Je porte un doigt à mes lèvres, à peine capable de réprimer mon rire assez longtemps pour intimer à Jade de se taire. Elle ouvre la porte et nous entrons sur la pointe des pieds.

Une porte est fermée au milieu de la rangée de cabines. Jade me fait signe d'aller à gauche tandis qu'elle se positionne à droite. On entend bouger les pieds de Nicole de l'autre côté de la paroi, puis elle tire la chasse. Quand je monte sur le siège des toilettes, la tête de Jade dépasse déjà au-dessus de l'autre cloison. Avant que la main de Nicole n'atteigne la poignée… *Pccchiiit* !

On l'asperge. La mousse à raser jaillit de ma bombe et de celle de Jade, recouvrant les longs cheveux de Nicole de bulles blanches et écumeuses.

Nicole se met à hurler, une quantité impressionnante de mousse engloutissant ses petites épaules et recouvrant son visage.

– Cours ! s'écrie Jade.

Je lâche ma bombe et décampe. Nicole pousse un cri de colère et s'agace sur le verrou, sans doute impossible à trouver et encore plus à ouvrir sous toute cette mousse à raser glissante et poisseuse.

– Go, go, go ! je crie en poussant Jade devant moi.

Quand on rejoint le groupe devant la pente, on ne ralentit pas. Je bouscule Grace en me frayant un passage jusqu'à la bâche. Mon corps heurte lourdement le sol, mais je glisse tellement vite que je n'ai pas le temps de sentir la douleur. On glisse, glisse, glisse jusqu'en bas en poussant des cris et des couinements et en riant plus fort que je ne me l'étais jamais autorisé.

Arrivées au bout de la bâche, on continue de glisser dans l'herbe, couvertes d'huile et de mousse. Puis je m'arrête et Jade s'écrase sur mes jambes. On rit tellement que plus aucun son ne s'échappe de nos bouches. J'essaie de me relever, mais je glisse et m'accroche à Jade. Elle glousse et on repart dans un fou rire, nous redressant à grand-peine.

Nicole se tient au sommet de la colline, des traînées blanches sur ses cheveux, son sweat et son cou. Ça me fait pouffer de plus belle, jusqu'à ce que Grace nous regarde en fronçant les sourcils. J'éprouve une brève pointe de culpabilité, mais quand Jade me refait tomber par terre, toujours hilare, elle a déjà disparu.

Je ne m'étais jamais allongée sous la pluie auparavant. Les gouttes rincent mon corps plein de savon. L'eau lave mon visage, me trempe les cheveux. J'ai le souffle court. À cause de notre sprint, de la glissade, du plaisir d'être tellement absorbée dans une blague avec une autre personne que le reste du monde s'efface.

Je suis en train de me demander combien de temps je vais pouvoir profiter de ce moment lorsque Adrian apparaît au-dessus de moi, la pluie détrempant déjà son tee-shirt, le collant à son torse.

– Je crois que tu t'es fait une nouvelle ennemie, dit-il.

– Elle ne peut pas être si furieuse que ça, je réponds en acceptant sa main pour me relever. De toute façon, elle aurait fini recouverte de mousse en descendant… *houlà*.

Je glisse et Adrian me rattrape. Ses mains, incroyablement chaudes sous la pluie froide, agrippent mes coudes.

– Doucement, dit-il en m'aidant à retrouver l'équilibre.

Nos regards se croisent. Ses cheveux mouillés tombent sur son front, ses boucles sont plus définies sous l'eau.

– Merci, je souffle.

Il aide Jade à se relever aussi.

– Elle s'en remettra, lâche-t-elle en essorant ses cheveux pleins de mousse. Un peu de fun n'a jamais tué personne.

Miroir, mon beau miroir
Qui est cette personne que je suis devenue ?

Je ne reconnais pas sa voix.
Je ne reconnais pas son rire.

J'étais enfermée dans une tour
Attendant d'être sauvée

Mais maintenant que je suis libre
Je vois la vie que j'ai ratée.

Je ne suis pas la princesse qu'il faut protéger.
Je suis le dragon qui déploie ses ailes.

Mes chaînes sont brisées et je suis vivante.
Mon histoire pourrait se conclure par un *happy end*.

CHAPITRE 17

GRACE : 2 MAI

Une personne arrêtée dans le cadre du meurtre à la Forest Lane Academy.

Ces mots me hantent. Quand je sortirai de ce commissariat, je saurai qui a tué Maddy.

Mais pour le moment, personne ne nous dit rien.

L'agent Jones nous fait attendre dans le bureau de l'inspecteur Howard. Cette pièce est moins formelle que la salle d'interrogatoire de la dernière fois, plus personnelle. Sans fenêtre, elle semble particulièrement exiguë, meublée d'un bureau encombré avec deux chaises abîmées en face. Une photo est posée sur le bureau, une bannière de l'équipe de base-ball des Chicago Cubs épinglée au mur, au-dessus d'un espace vide. Juste à côté, une horloge cassée reste éternellement bloquée à 7 h 28.

Si l'avocat de Nicole ne lui interdisait pas de me contacter, je suis sûre qu'elle m'enverrait des messages pour me demander si c'est M. Gutter qui a été arrêté. Contrairement à Erica, elle tiendrait à connaître la vérité, pas les rumeurs.

Je ne sais pas si c'est M. Gutter. Je ne sais rien, car personne ne veut rien nous dire.

Je cherche des infos sur Internet. Le communiqué d'origine annonce seulement que des policiers se sont rendus dans une maison au bord du French Lake et ont embarqué l'un des résidents. Aucun nom n'est mentionné. Le reste de l'article se contente de rappeler les détails de l'affaire.

– Qu'est-ce qui leur prend autant de temps ? je demande en passant la tête dans le couloir.

– Je suis sûre qu'on aura bientôt des nouvelles, répond maman.

Sa jambe qui n'arrête pas de bouger la trahit – ça, et la façon dont elle a crié sur un jeune flic quand on est arrivées, avant que l'agent Jones nous conduise dans le bureau de l'inspecteur. Maman est aussi impatiente que moi, mais puisqu'elle essaie de me réconforter, le moins que je puisse faire est de jouer le jeu.

Je me laisse tomber sur ma chaise et rafraîchis la page de résultats.

Maman a déjà jeté les vieux reçus et les bons de réduction périmés qui traînaient dans son sac. Elle sort maintenant un mouchoir en papier de la boîte trônant sur le bureau de l'inspecteur Howard et se met à frotter furieusement la traînée noire qui macule le revêtement en faux cuir. Attendre n'est facile ni pour elle ni pour moi. Elle, elle nettoie. Moi, je fais des recherches. On évite toutes les deux d'évoquer la moindre hypothèse.

Quand la porte s'ouvre, je m'attends à voir un policier, quelqu'un qui nous communiquera les détails absents du communiqué de presse.

Au lieu de ça, papa fait son entrée. Il est au téléphone avec un collègue, semble-t-il. Il étreint maman et m'embrasse sur le front tout en finissant sa discussion.

– Désolé, je suis venu aussi vite que j'ai pu, dit-il à ma mère, après avoir raccroché.

Elle ne répond pas, mais je sais qu'elle range cet épisode dans son tiroir mental étiqueté « Choses À Reprocher Plus Tard au Mari ». Papa ignore son agacement.

– L'agent dans le couloir m'a dit que l'inspecteur Howard n'allait pas tarder.

– Il devrait déjà être là, je réplique.

Comment exiger d'un homme avec une horloge cassée qu'il respecte le temps d'autrui ?

Soudain, la porte s'ouvre et l'inspecteur entre, un ordinateur portable sous le bras.

– Désolé de vous avoir fait attendre, s'excuse-t-il en allant s'asseoir derrière son bureau. La journée a été bien chargée.

– Parce que vous avez arrêté quelqu'un ? je demande.

Sans lui laisser le temps de répondre, maman enchaîne :

– Je croyais que vous deviez nous tenir au courant de tout développement majeur dans cette affaire.

– Cette information n'aurait pas dû être communiquée au public. Je ne sais pas comment la presse locale y a eu accès.

La presse locale *et* celle de French Lake. Les deux villes suivent l'affaire de près.

– Qui c'est ? je demande.

Je ne sais pas quel nom je m'attends à entendre. Un nom que je connais.

L'inspecteur boit une longue gorgée de café.

– Les journalistes sont mal renseignés. Nous sommes allés chercher quelqu'un pour l'interroger, pas pour l'arrêter.

Après toute cette attente, nous ne sommes finalement pas plus avancés qu'hier.

– C'est quand même du nouveau, intervient papa.

L'inspecteur ne répond pas plus qu'il ne s'excuse. Il se contente d'ouvrir son ordinateur et de taper des trucs un peu distraitement.

– Alors, qui c'est ? j'insiste.

M. Gutter n'est toujours pas revenu au lycée.

– Une personne qui vit près du lac. Il a déjà commis un délit impliquant un mineur.

Il ne s'agit donc pas de mon prof d'histoire. Il ne vit pas à une heure du lycée, et s'il avait déjà commis un délit, il n'aurait pas été recruté comme professeur. Mais dans ce cas…

– Un délinquant… vous voulez dire un pédophile ? demande maman, formulant mes craintes d'une voix haut perchée, crispée.

J'agrippe mes bras. Peut-être que ce n'est pas ma blessure à la tête qui a affecté ma mémoire, mais ma psyché qui me protège de souvenirs trop horribles – des mains qui m'attrapent, des bouches qui hurlent…

Je ferme les yeux. Non. Je ne peux pas penser à ça.

L'inspecteur Howard ne répond pas à la question de ma mère.

– Nous menons une enquête rigoureuse et ne négligeons aucune piste, mais la personne en question a un alibi.

Si ce n'était pas ce malade-là, en était-ce un autre ? Avoir perdu mes souvenirs a toujours été… déconcertant. Frustrant. Perturbant. Pour la première fois, c'est aussi terrifiant. L'écho du cri de Maddy. Nos pieds qui courent. Une sueur froide se met à couler sur mon front.

Que nous est-il arrivé ?

– Alors ce n'était pas lui ? demande papa, les poings serrés.

– Comme je vous le disais, nous menons une enquête rigoureuse, répète l'inspecteur.

Je serre mes bras contre ma poitrine et me balance d'avant en arrière.

– Vous nous aviez dit que vous nous tiendriez informés, reprend mon père en faisant les cent pas. Comment se fait-il qu'on n'ait pas été prévenus ?

– Je vous assure que vous serez informés dès qu'il y aura des avancées concrètes.

– Que peut-il y avoir de plus concret que la noyade de ma sœur près de la maison d'un pervers ? je m'emporte. Comment savez-vous qu'il ne ment pas sur son alibi ?

L'inspecteur Howard m'examine attentivement pendant un moment. Il vient de décider quelque chose, mais j'ignore quoi.

– Nous l'avons emmené pour l'interroger, mais son alibi a été confirmé par plusieurs sources fiables.

Il insiste sur ces trois derniers mots. La pièce sombre dans le silence. Il retourne à son ordinateur.

– En fait, j'avais prévu de vous convoquer au commissariat aujourd'hui, poursuit-il en tapant quelque chose. Avant même qu'on ne s'intéresse à cette personne.

Papa arrête de marcher, maman serre plus fort son sac à main contre elle.

– Nous avons reçu le rapport du médecin légiste dévoilant la cause de la mort de votre fille, annonce l'inspecteur Howard en consultant son écran. On a trouvé de l'eau dans ses poumons indiquant qu'elle s'est noyée, comme nous le suspections. Mais il y avait aussi des bleus marqués sur sa poitrine et son bras.

– Marqués ? répète papa.

– Je peux ? demande l'inspecteur, les mains en position pour nous montrer son écran.

Papa déglutit lentement, puis hoche la tête.

L'inspecteur tourne son ordinateur vers nous : la peau de Maddy, terne, pâle, blanche, autour d'un hématome violet foncé. Une empreinte de main. Quatre doigts bien distincts rencontrant un pouce, refermés comme un étau autour de son bras.

Elle a dû avoir mal. Tellement mal. Elle a dû crier. Est-ce que je l'ai entendue ?

– On a dû lui serrer le bras très fort pour laisser une marque aussi sombre, commente l'inspecteur. Notez la taille, cependant. Le pouce et le majeur se rejoignent à peine.

Il désigne l'espace entre les doigts puis se tourne vers moi, même s'il s'adresse à mes parents.

– La personne qui a agrippé le bras de votre fille était petite.

Il pose alors les yeux sur mes mains. Je les joins sur mes genoux.

– Un autre élève ? demande mon père en agrippant le dossier de la chaise de maman.

L'inspecteur ramène son ordinateur vers lui et clique plusieurs fois.

– Comme vous le savez, les autres élèves ne nous ont pas fourni beaucoup de détails quand nous les avons interrogés vendredi. Cependant, nous avons eu le temps de passer en revue les objets collectés sur les lieux du séjour. Est-ce que tu reconnais ceci ?

Il fait de nouveau pivoter son ordinateur pour me montrer un carnet à la couverture marbrée avec *Grace* marqué dessus. Au marqueur noir.

– C'est un des carnets du séjour, dis-je. On écrivait beaucoup dedans.

L'inspecteur Howard penche la tête sur le côté d'un air intrigué.

– Un ami qui a participé au voyage m'en a parlé.

Il pousse son café sur le côté.

– Alors tu n'as aucun… (Il agite les mains en l'air, comme s'il cherchait le bon mot, même si le ton de sa voix m'indique qu'il le connaît déjà)… aucun souvenir personnel de ce carnet ou de son contenu ?

Maman prend la main de papa.

– Non.

Il me regarde comme le Dr Cramer quand elle attend que j'en dise plus.

– Est-il possible que tu ne te rappelles pas cette semaine parce que tu n'en as pas envie ?

– Non, je réponds en serrant les dents. J'essaie de me rappeler.

Est-ce du scepticisme que je détecte ? Ou de la résignation ? Il clique sur une autre image.

– Cette lettre a été trouvée à la dernière page du carnet. Est-ce que ça te dit quelque chose ?

Nous nous penchons pour la lire. Au bout d'une minute, maman étouffe un cri.

Chère Grace,

Pourquoi veux-tu tout le temps être parfaite ? Tu consacres tellement d'énergie à obtenir les meilleures notes, à devenir l'héroïne de l'équipe sur le terrain et à ne jamais rien faire de mal… tout ça pour quoi ?

Si les gens connaissaient la vraie toi, celle que tu essaies tellement de dissimuler, ils seraient déçus. Cette vérité est dure à accepter, pas vrai ? Pense par toi-même pour une fois et arrête de te préoccuper de ce que pensent les autres. Tu n'es ni aussi intelligente ni aussi talentueuse qu'ils le croient. Je le sais. Tu le sais. Pourquoi ne pas l'accepter et passer à autre chose ? Ta vie serait plus facile. Tu pourrais même devenir une meilleure personne.

Tu as des tonnes d'amis, des mecs qui t'envoient tout le temps des messages, des parents qui ont sacrifié plus d'argent et de temps que la loi ne devrait l'autoriser… et tu crois que tu en vaux la peine ? Qui es-tu, vraiment, sans tes notes et sans le volley ? Sais-tu au moins ce que tu veux faire de ta vie ? Reprends-toi !

– Je ne comprends pas, dis-je.

Quelqu'un me détestait suffisamment pour écrire cette lettre et la mettre dans mon carnet ? Qui a pu être aussi cruel ?

– Pourquoi est-ce que vous nous montrez ça ? demande maman.

La souffrance accumulée chaque jour depuis la disparition est gravée sur son visage, ses yeux gonflés commencent déjà à rougir.

L'inspecteur Howard contracte ses mâchoires, comme pour s'endurcir.

– Madame Stoll, étiez-vous consciente de ce conflit ?

– N-non, bredouille ma mère tandis que mon père passe une main tremblante sur son visage.

– Qu'est-ce que vous…

Mais alors, je reconnais l'écriture, et je n'arrive pas à le croire. Ça m'est sincèrement impossible.

– Non, ce n'est pas possible, je murmure.

L'écriture de ma sœur me regarde depuis la page, aussi familière que la mienne.

L'inspecteur clique sur un bouton pour révéler la suite de la lettre.

> *Tu es la sœur aînée. Tu es censée montrer l'exemple. C'est ce que maman dit toujours. Accepte ce que tu es vraiment et réjouis-t'en. Arrête de faire semblant d'être quelqu'un de mieux.*
>
> *Sincèrement,*
> *La fille Stoll que personne ne voit*
> *quand tu es dans les parages.*

Le mot *haine* n'apparaît pas une seule fois dans la lettre, mais c'est le sentiment qui tache le papier comme l'encre avec laquelle elle a écrit ces mots.

La fille Stoll que personne ne voit quand tu es dans les parages.

On a toujours été différentes, même si les gens disaient qu'on se ressemblait – mais de là à éprouver une hostilité aussi violente... Ça ne peut pas être réel. Maddy remplissait ses carnets de poèmes et d'histoires. De fiction. Ça... ça doit être un faux. De l'*ironie* ou de la *satire* ou je ne sais quel autre procédé littéraire. Pas une preuve.

Je repousse l'ordinateur. Un bruit s'échappe de ma gorge, à mi-chemin entre le cri – à cause de la douleur brute et violente qui me transperce – et le rire – devant ma détermination absurde à remettre en cause la haine de Maddy alors qu'elle s'étale ici noir sur blanc.

Tu n'es ni aussi intelligente ni aussi talentueuse qu'ils le croient. Je le sais. Tu le sais.

Cette lettre est réelle.

– Il s'agit là d'émotions intenses, commente l'inspecteur. Nous pensons que ça pourrait être lié à la façon dont votre fille est morte.

Je me couvre les oreilles. Ils pensent… ils pensent que ça veut dire… Je ne veux pas aller au bout de cette pensée.

Ils pensent que je me suis vengée. Que je la détestais. Que je lui ai fait du mal.

– C'est la première fois que je vois cette lettre, dis-je en repoussant ma chaise.

– Pardon, mais comme tu l'as déclaré à de nombreuses reprises, tu souffres d'un traumatisme cérébral et de problèmes de mémoire. Peux-tu être certaine de ne jamais l'avoir vue ?

– Je… Je ne…

– Et pourtant, tu savais que ta sœur s'était noyée. Alors que la cause officielle de sa mort ne m'est parvenue que ce matin.

Maman pâlit.

– Qu'est-ce que vous sous-entendez ? demande-t-elle.

La confusion de mon père cède la place à une prise de conscience horrible. Il recule contre le mur en titubant. L'inspecteur Howard les ignore et se concentre sur moi. Je sais exactement ce qu'il pense.

Cet homme croit que j'ai tué ma sœur.

Et je n'ai pas assez de souvenirs pour lui prouver le contraire.

– Elle était manifestement bouleversée quand elle a écrit ça, dit-il. Tu nous as indiqué où se trouvait son corps. Tu savais comment elle était morte.

– Elle a été retrouvée dans un lac ! C'est évident qu'elle s'est noyée ! je crie, et je m'aperçois que mes mains tirent sur mes cheveux. Si j'en savais plus, pourquoi je ne vous l'aurais pas dit ?

– Calmons-nous une minute, intervient maman, mais l'inspecteur continue d'insister comme si elle n'avait rien dit.

– Ta sœur et toi vous êtes disputées pendant ce séjour.

– Je ne m'en souviens pas.

– Plusieurs élèves l'ont rapporté. Aurait-elle pu tenter de passer à l'acte ? Tu as peut-être essayé de l'arrêter. Peut-être que les choses ont dégénéré pendant la bagarre, ajoute-t-il en désignant ma tête et les points que nul ne peut voir sous mes cheveux, même si nous savons tous qu'ils sont là.

– Non. On n'en serait jamais arrivées là.

Elle ne m'aurait pas frappée comme ça. Je ne l'aurais pas tuée.

Comment serait-ce possible ? On ne se fâchait presque jamais, Maddy et moi.

Le début d'un mal de tête irradie depuis la base de mon crâne jusque derrière mes yeux. Je presse mes paumes sur mes paupières en me balançant d'avant en arrière.

– Alors tu te souviens de votre dispute ?

Je retire mes mains de mon visage. Papa pose fermement les poings sur le bureau et se penche vers l'inspecteur.

– Où voulez-vous en venir ?

L'inspecteur se penche pour me regarder derrière lui.

– Te rappelles-tu t'être disputée avec elle, oui ou non ?

– Non, je réponds en frémissant. Mais on m'a dit que c'était arrivé.

– Que t'a-t-on dit d'autre ? demande-t-il avant d'enchaîner, sans attendre la réponse : Qui a quitté l'hôtel en premier ? Elle ? Est-ce qu'elle était encore bouleversée, comme dans cette lettre, et est-ce que tu l'as suivie ? Qu'est-ce que tu lui as dit ?

Ma gorge s'assèche. Je n'arrive pas à parler.

– On a reçu les résultats du test sanguin effectué sur tes vêtements. Une partie de ce sang est le sien. Sais-tu comment il s'est retrouvé là ?

J'étais avec elle. Ça, je le sais. J'étais avec elle dans l'eau. Mais que faisait-on là-bas ? La douleur bat contre mon crâne et je lui rends les coups avec mes poings. Souviens-toi. Souviens-toi. Souviens-toi.

Papa ouvre brusquement la porte.

– On a eu assez de questions pour aujourd'hui.

L'inspecteur Howard ne me quitte pas des yeux alors qu'il se laisse lentement aller contre le dossier de son fauteuil.

– Je pense simplement que votre fille pourrait en savoir plus qu'elle ne veut bien l'admettre, dit-il d'une voix calme, basse.

Mais ce n'est pas vrai. Je n'y arrive pas. Je veux le lui redire, mais seul un sanglot m'échappe.

– Je crois que nous avons besoin d'un avocat, intervient maman.

– Vous êtes libres de partir à tout moment, répond le policier en agitant la main.

– Vous êtes censé enquêter sur le meurtre de ma fille décédée, lance papa alors qu'une veine que je n'avais jamais vue ressort sur son cou. Pas interroger celle-ci.

– Mon travail, monsieur Stoll, consiste à découvrir la vérité sur ce qui s'est passé cette nuit-là. Or si votre fille ne parvient pas à s'en souvenir, nous ne pouvons nous baser que sur les preuves à notre disposition.

CHAPITRE 18

MADDY : 24 AVRIL

On efface toute preuve de nos glissades avant d'aller nous doucher, puis on passe l'après-midi à l'intérieur, dans la salle principale, où on tue le temps en attendant que nos profs annoncent l'extinction des feux.

J'ai du mal à me concentrer à cause de Nicole qui n'arrête pas de me lancer des regards méfiants. Mon carnet est ouvert sur la sixième version d'un poème que je retravaille sans parvenir à un résultat satisfaisant.

– Je prendrais bien un granité, lâche Ryan Jacobs.

– On pourrait aller s'en acheter un à la station-service, répond Nicole en regardant l'horloge. Elle n'est qu'à environ un kilomètre et demi.

– Comment tu le sais ?

– On a une maison au bord du French Lake, et après une journée de bateau sur le lac, il n'y a rien de mieux que leurs granités.

Elle ramène la tête en arrière et la lumière se reflète sur le petit clou en diamant sur son nez.

Caleb tire la tronche à l'autre bout de la pièce. C'est la première fois depuis le début du voyage qu'il n'est pas collé aux basques de Nicole.

– Dois-je vous rappeler que vous n'êtes pas autorisés à sortir ? intervient Mme Sanderson en se levant pour s'adresser au groupe.

– Hot Stuff nous aurait laissés sortir, lui, marmonne Nicole.

– Oui, mais ce n'est pas M. *Holtsof* qui encadre ce voyage, rétorque M. Gutter en apparaissant derrière elle. C'est nous.

– Mais c'est trop barbant ! gémit Ryan, qui soit n'a pas remarqué que Nicole soufflait, exaspérée par Gutter, lequel lui adresse un regard sévère, soit essaie activement de les distraire. On était censés jouer dehors à Capturer le drapeau ce soir, non ?

La pluie continue d'éclabousser les fenêtres, raison pour laquelle personne ne s'amuse.

Tori est assise derrière Grace et lui fait une tresse. Ça ne devrait pas me déranger. De toute manière, je ne pourrai plus la coiffer l'année prochaine, quand elle sera à Trin' U.

– J'espère qu'on pourra quand même visiter les grottes demain, lance ma sœur avec une voix pleine d'envie, qui dépasse celle de simplement s'amuser.

Plaquant un sourire charmeur sur son visage – celui dont il se sert pour échapper aux conséquences de ses actes, mais qui n'a jamais l'air vraiment sincère –, Ryan se tourne vers Mme Sanderson.

– Allez, on a besoin d'une occupation.

– On a encore les lampes torches dont on devait se servir pour jouer dehors, dit-elle en se dirigeant vers un coin de la pièce, où elle récupère le carton et coupe toutes les lumières.

L'obscurité nous engloutit jusqu'à ce que, *clic*, notre professeur allume une lampe torche et la braque sur le groupe.

– Quelqu'un veut jouer à cache-cache ? propose Nicole en courant chercher une lampe.

Après avoir promis à plusieurs reprises à Mme Sanderson qu'ils resteront à l'intérieur et n'iront dans aucun endroit interdit, Ryan et Nicole recrutent quasiment tout le monde pour jouer avec eux. Caleb boude dans un coin.

– Un, deux, trois ! comptent Ryan et Nicole en chœur.

Nicole réprime des gloussements et Ryan braille comme s'il criait des tactiques sur le terrain. Nous, on se disperse.

Je cours au premier étage, où se trouvent toutes les chambres.

– Trente-quatre, trente-cinq…

Les voix de Nicole et Ryan résonnent dans la cage d'escalier, rivalisant avec l'intensité de la pluie.

C'est un peu bizarre de se cacher dans la chambre de quelqu'un d'autre, mais celle de Grace est juste sur ma gauche. Ça ne la dérangerait pas. J'ouvre la porte en grand. Alors, une lumière me fouette le visage, m'aveuglant. Je lève le bras pour bloquer le faisceau, mais je n'arrive pas à voir qui tient la lampe torche.

– Maddy ?

La lumière s'abaisse. Je reconnais les cheveux rouges et noirs retenus par deux chignons bas.

– Jade ? je souffle, le cœur au bord des lèvres, sous l'effet de la surprise. Qu'est-ce que tu fabriques ici ?

– Soixante-sept, soixante-huit…

Le compte va et vient, porté par des vagues d'intensité variable.

– Je me cache, murmure-t-elle avant de lâcher un oreiller en forme de chat et de plonger dans le placard, de l'autre côté de la pièce. Viens !

Je me glisse à l'intérieur, puis referme la porte. L'obscurité nous enveloppe comme une couverture. On s'accroupit et j'essaie de calmer ma respiration, qui me semble soudain aussi bruyante qu'une soufflerie rugissante.

– Quatre-vingt-dix-neuf, cent ! Prêts ou pas, nous voilà !

Jade ravale un gloussement ; je me mords les lèvres pour retenir un fou rire.

– Chut ! je supplie.

– D'accord, d'accord, chuchote-t-elle en prenant une position plus confortable.

Je ramène mes genoux contre ma poitrine et attends.

Quelqu'un crie dans le noir.

– Trouvé ! retentit la voix de Ryan, dans une autre chambre.

Le tonnerre gronde, faisant trembler les fenêtres du vieux bâtiment.

Quelques minutes passent en silence, et puis soudain :

– C'est qui, Mateo ?

La question de Jade, chuchotée innocemment, hurle dans mes oreilles.

Ça ne va pas recommencer. Mateo. Disparaîtra-t-il un jour ? Je ne parle jamais de lui.

– D'où tu sors ce prénom ?

Son visage est invisible, un trou noir à côté de moi.

– Tu n'arrêtais pas de l'appeler cette nuit dans ton sommeil. Tu avais l'air vraiment bouleversée.

Le silence nous entoure, rompu seulement par le battement du sang dans mes oreilles. Je ne serais pas étonnée que Jade puisse l'entendre aussi. Je ne me souviens pas de mes rêves de la nuit dernière, mais je sais que je me suis endormie en pensant à lui. Jusqu'à hier, ça faisait quatre ans que personne n'avait prononcé son nom.

– Alors, c'est qui ?

Mateo est le secret que je cache. La partie de mon histoire que j'ai tenté à tout prix d'oublier. C'est plutôt approprié qu'on m'interroge sur lui ici, dans un placard obscur. C'est là, dans l'obscurité, que tout a commencé. Et c'est là que j'ai tenté de le garder depuis.

Les paroles de Mme Sanderson me reviennent. Si je veux changer, je dois m'ouvrir. Me remémorer. Agir.

– Mon plus grand regret, je réponds finalement.

Jade attend. Elle ne me voit pas. Je n'ai pas besoin de la regarder dans les yeux. C'est presque comme si elle n'était pas là. Je pourrais aussi bien murmurer dans le vide. Mais si mon silence long de quatre ans n'a pas réussi à effacer ma culpabilité, il est peut-être temps d'avouer la vérité.

– Mateo Ramirez-Hernandez.

À l'époque, la plupart des filles écrivaient le prénom de Casey ou de Chris dans leur agenda, mais moi, je préférais les cheveux bruns de Mateo, ramenés sur le côté, et ses yeux sombres.

– J'avais un énorme crush sur lui depuis l'école primaire. Je pensais qu'il finirait par me remarquer si j'arrivais à dissimuler mon intérêt assez longtemps. Et puis finalement, au collège, pour le bal d'hiver, j'ai cru qu'avec ma nouvelle robe, ma belle coiffure et du maquillage, j'étais assez jolie pour le *forcer* à me remarquer. Alors je l'ai invité à danser.

Je m'en souviens aussi bien que si quelqu'un avait pris une photo de cet instant et l'avait collée dans mon esprit, immortalisant cet exploit tordu, se moquant de moi à tout jamais. J'étais tellement sûre de moi quand je l'ai invité, je rêvais déjà de ses mains s'attardant sur ma taille. Ses yeux plongeraient dans les miens alors que nous nous balancerions au rythme de la musique, et il éprouverait lui aussi ce que j'éprouvais depuis si longtemps.

– Il a dit non ? chuchote Jade.

J'aurais presque pu oublier sa présence. Maintenant que l'histoire est lancée, je ne sais plus si je peux m'arrêter.

– Pire. Il a dit « Attends une seconde » et il a disparu. La chanson suivante a commencé, et il n'est pas revenu.

Je suis restée plantée là, au milieu du gymnase, seule parmi les couples qui dansaient autour de moi. J'ai été assez bête pour penser qu'il était parti se chercher à boire, ou qu'il ne me retrouvait plus. Rien n'aurait pu être pire que la vérité.

– Je suis partie à sa recherche, et je l'ai trouvé. Sur la piste de danse. Avec une autre fille.

– Ne me dis pas…

– Grace.

S'il avait choisi n'importe quelle autre fille ce soir-là, j'aurais été blessée, mais il a choisi Grace. J'ai su tout de suite, sans le moindre doute, qu'il ne nous avait pas confondues. Il m'avait abandonnée pour l'inviter à danser, et elle avait accepté. C'était sur sa taille à elle qu'étaient posées ses mains. Ça m'a anéantie.

Nos robes et nos cheveux étaient peut-être différents, mais nos corps, nos visages étaient presque identiques. Si Mateo l'avait préférée à moi, ce n'était pas pour une raison superficielle, pour son look. C'était à cause de *moi*, de celle que j'étais. Je pouvais changer de look. Je pouvais apprendre à me maquiller, à me boucler les cheveux, mais je ne savais pas comment me changer, *moi*. Parce que je ne savais pas ce qui clochait chez moi.

Pourtant, quelque chose devait vraiment clocher pour qu'un garçon, un garçon gentil, coure dans les bras d'une autre version de moi. Une meilleure version.

Et le plus embarrassant, c'est que toutes ces années plus tard, je ne sais toujours pas pourquoi. Je ne sais pas ce qui ne va pas chez moi, ce qui fait que je n'ai pas plus d'amis. Je ne sais pas pourquoi je n'ai jamais eu de petit copain. Au fil du temps, j'ai décidé de cacher celle que je suis vraiment, comme ça, les autres non plus ne découvriront pas quel est mon problème.

– Comment tu as réagi ? demande Jade avec douceur.

– Je suis allée pleurer sous les gradins. Jusqu'à ce qu'ils viennent s'asseoir au-dessus de moi.

J'ai d'abord reconnu les chaussures de Grace. Les escarpins noirs à talon que je voulais porter, mais que je lui avais laissés puisque j'avais pu choisir ma robe en premier. Grace riait, de ce rire délicat qui charme tout le monde. Et puis j'ai entendu la voix de Mateo.

– Il lui a dit à quel point il la trouvait jolie. Je crois qu'elle lui a posé des questions sur son prochain match de basket.

Je n'en étais pas sûre, trop concentrée sur le bruit de mon cœur qui se brisait, trop occupée à retenir mes larmes.

– Grace avait posé son sac à main à ses pieds, et dedans, il y avait notre téléphone portable. Je ne voulais pas rester au bal, alors j'ai tendu la main pour attraper son sac et envoyer un texto à mes parents, mais au même moment, ils se sont levés… et il a trébuché.

J'imagine la scène au ralenti. Son pied se prenant dans la bandoulière au moment où je tire le sac vers moi. Le cri étouffé de Grace lorsqu'il part en avant et qu'elle tend les bras vers lui. Ensuite, elle a répété à tout le monde qu'elle avait tenté de le rattraper, même si son geste pouvait donner l'impression qu'elle l'avait poussé.

– Il est tombé. Ç'a été rapide, violent. La musique s'est arrêtée. Les lumières se sont rallumées. Les professeurs ont accouru. Quelqu'un a appelé les urgences, et dans tout ce chaos, personne ne m'a remarquée sous les gradins.

Personne ne m'a regardée.

Personne ne me regardait jamais. Ils auraient dû, pourtant.

– Au début, tout le monde était d'accord sur le fait que c'était un accident. Pour les professeurs et les accompagnateurs, Grace n'aurait jamais volontairement fait de mal à quelqu'un. C'était un accident.

Je me suis répété ça un milliard de fois au cours des quatre dernières années, avec différentes inflexions :

C'était un *accident*. Tu n'aurais pas pu l'empêcher.

C'était *un* accident. Ne te punis pas éternellement.

C'*était* un accident. Pourquoi ne peux-tu pas l'accepter ?

C'était un accident... En revanche, ne pas dire la vérité à Grace, c'était un choix.

– Mais les élèves voulaient que quelqu'un paie. Ils jetaient des regards mauvais à Grace pendant les cours et parlaient d'elle à mi-voix dans le couloir, en la pointant du doigt sans même essayer de se cacher. Quelqu'un a même retiré son nom et sa photo de l'album de l'année, et les éditeurs ont assuré n'avoir aucune idée de comment ça avait pu arriver. Des gens laissaient des mots dans son casier disant qu'elle ne valait rien, qu'elle méritait de mourir.

C'est là que nos parents ont décidé de nous inscrire dans un autre établissement, de déménager, de changer nos numéros de téléphone. Même après ça, il a fallu des mois de thérapie pour que Grace puisse surmonter sa honte et son sentiment de culpabilité.

Du moins, je croyais qu'elle les avait surmontés. En réalité, elle lutte toujours contre ce traumatisme.

Alors que c'était ma faute, pas la sienne.

– Waouh, chuchote Jade. C'est affreux. Et tu n'en as jamais parlé à personne ?

Je secoue la tête avant de me rappeler qu'elle ne peut pas me voir, mais elle semble le sentir.

– Pas étonnant, commente-t-elle. À treize ans, je n'aurais pas été assez courageuse pour affronter une horde pareille. C'est carrément exagéré, comme réaction, même si on croit que quelqu'un a été poussé.

Avant que je puisse la corriger, trouver le courage de lui raconter le reste de l'histoire, elle reprend la parole.

– Mais tu devrais en parler à Grace.

– Ce n'est pas envisageable.

– Non, sérieusement. Mon père n'a pas avoué à ma mère qu'il voulait du changement dans leur mariage et ça les a détruits. Quand il a fini par en parler, c'était trop tard pour qu'ils puissent surmonter ça.

Sa voix se met à trembler, ce qui m'étonne chez une fille aussi sûre d'elle, mais elle se reprend si vite que je me demande si je n'ai pas rêvé.

– Ça les a transformés. En mal. Mon père a dit que je souffrais de troubles alimentaires et que c'était la faute de ma mère. Il a dit qu'elle était obsédée par son régime et l'exercice physique et que ça avait déteint sur moi. C'est comme ça qu'il a obtenu ma garde.

Je reste un moment sans savoir quoi dire. Si la lumière avait été allumée, si Jade avait pu me voir, elle ne m'aurait pas confié ça, je le sens, tout comme je n'aurais pas avoué la vérité sur Mateo.

– Je suis vraiment désolée, dis-je finalement. Il n'aurait pas dû mentir sur un sujet pareil. Est-ce qu'ils ne vérifient pas ce genre de choses ?

Elle remue dans le noir.

– Ça n'a pas d'importance. Il a convaincu le juge. Ce qui compte, c'est qu'il aurait pu agir différemment et qu'il ne l'a pas fait, et ça a gâché nos vies.

Je me tourne vers elle.

– Alors c'est sans doute trop tard pour Grace et moi. Elle croit que j'ai été une sainte pendant tout ce temps. J'aurais pu la laisser tranquille, l'ignorer. Mais à la place, j'ai…

– Tu as été une bonne sœur.

– Non. J'ai été la pire des sœurs. La moindre étreinte, le moindre mouchoir en papier, le moindre réconfort – tout n'était que mensonge. J'ai fait en sorte qu'elle me prenne pour une sainte, toujours à ses côtés dans les moments les plus difficiles. Sauf qu'à la base, c'est moi qui avais provoqué sa chute.

– Tu n'essayais pas de te faire passer pour un ange. Tu prenais en compte sa souffrance.

– J'essayais de faire disparaître mon sentiment de culpabilité.

Je ne prends même plus la peine de chuchoter.

– Tu dois quand même lui dire, insiste Jade sur le même ton, la partie de cache-cache oubliée. Ce n'est pas juste qu'elle ne soit pas au courant.

– Ça n'arrangera rien. Si elle l'apprenait…

La porte du placard s'ouvre subitement. Grace se tient au-dessus de nous, sa lampe torche passant de l'une à l'autre.

– De quoi vous parlez ? Si qui apprenait quoi ?

Je me lève d'un bond.

– Rien.

Grace m'examine, sceptique. Je la connais assez bien pour savoir qu'elle essaie d'assembler les pièces du puzzle dans sa tête, et je dois l'arrêter.

– Bon, d'accord, dis-je en laissant tomber mes bras le long de mon corps d'un air théâtral. Si Nicole apprenait que c'est nous qui l'avons aspergée cet après-midi.

Grace éclate de rire avant de poser la main sur sa hanche.

– Il existe une *sérieuse* possibilité qu'elle soit déjà au courant. On ne peut pas dire que vous ayez été particulièrement discrètes.

– Attends, intervient Jade. Où est Nicole ? Elle était censée chercher les autres.

– Elle n'est pas du genre à oublier et pardonner, répond Grace en désignant le couloir.

Jade bouscule ma sœur pour sortir de la chambre, et je lui emboîte le pas. Les joueurs déjà débusqués se tiennent dans l'étroit couloir, et plusieurs personnes sont rassemblées devant notre chambre, poussant des cris de joie et s'esclaffant. Quelque chose est accroché au-dessus de notre porte.

– Excusez-moi, dis-je en me frayant un passage à travers l'attroupement.

Un projectile fend les airs et me touche en pleine poitrine. La lumière du couloir s'allume. Je ramasse le tissu violet tombé à mes pieds.

Un sous-vêtement.

Jade fend la foule en poussant des jurons imagés.

Trois autres paires de sous-vêtements fusent au son des railleries et des huées. Deux soutiens-gorge sont suspendus par les bretelles au-dessus de la porte. Les gens qui ne participent pas restent plantés là en feignant d'être choqués, retenant difficilement leurs rires. Un peu plus loin dans le couloir, Nicole est appuyée nonchalamment contre une embrasure, comme si elle regardait une vieille série qu'elle aurait déjà vue un millier de fois mais qu'elle trouverait toujours amusante.

Jade essaie en vain d'attraper ses affaires en sautant, mais vu sa taille, elle les effleure à peine du bout des doigts, et ses efforts désespérés ont pour seul effet de déclencher l'hilarité générale.

J'attrape une culotte à pois en plein vol et me mets à crier :

– Non mais c'est quoi votre problème ?

Jade, le cou et les joues écarlates, tente encore d'atteindre ses soutiens-gorge lorsque Adrian déboule de l'autre côté du couloir et les récupère en se mettant sur la pointe des pieds. Jade les lui arrache des mains et claque notre porte alors qu'un string noir s'écrase sur le bois derrière elle.

– Gutter dans l'escalier !

Cette annonce se répand dans le couloir et tout le monde plonge dans la chambre la plus proche. Nicole disparaît tel un serpent dans l'herbe. Grace m'aide à rassembler les derniers sous-vêtements avant que notre prof arrive sur le palier. Quand j'entre dans notre chambre, Jade est déjà couchée, tournée vers le mur.

Presque tout le contenu de son sac est éparpillé par terre, alors je remets doucement ses sous-vêtements dans son sac. Ce sera peut-être plus facile pour elle de faire comme si ça n'était jamais arrivé. Je me prépare à me coucher et grimpe dans mon lit.

– Merci, dit Jade alors que le silence et l'obscurité nous entourent de nouveau, et comme je ne réponds pas, elle ajoute : Tu n'es plus la même fille qu'avant. Tu viens de le prouver.

Elle n'ajoute pas que je devrais parler à Grace, mais je l'entends quand même entre ses mots.

Je replie mon oreiller autour de ma tête pour ne plus percevoir que le battement de mon cœur. Jade ne se rend pas compte de ce qu'elle me demande. Sinon, elle ne dirait pas ça. Elle ne voudrait même pas rester dans la même chambre que moi, si elle savait.

Je mets longtemps à m'endormir, comme si souvent au cours des quatre dernières années. Les mêmes pensées tournent en boucle dans ma tête, quand bien même je leur répète d'*arrêter arrêter arrêter*.

Les pieds de Mateo se prenant dans la bandoulière quand je tire le sac vers moi. Le cri étouffé de Grace quand il tombe en avant. Ses bras tendus derrière lui. La musique qui s'arrête. Les profs qui courent. Quelqu'un qui crie. Les adultes ont éloigné les élèves, mais je me rappelle encore la main de Mateo entre leurs pieds. Ses doigts à demi repliés. Immobiles. Comme s'il attendait que quelqu'un lui prenne la main et lui dise que tout irait bien.

Tout a dégénéré tellement vite. Il aurait dû se rattraper à la rambarde, pas passer par-dessus. La rambarde aurait dû supporter son poids, pas s'écraser au sol. Le métal aurait dû être solide, robuste, pas de mauvaise qualité et mal fixé. La chute aurait dû lui briser le bras, pas la nuque.

Il aurait dû se relever et s'en aller.

Il n'aurait pas dû mourir.

je n'ai jamais voulu faire de mal à personne et je n'ai jamais voulu que quelqu'un meure. la souffrance que j'ai causée est comme une lame de rasoir tran**CH**ant la moindre de mes joies, menaçant de percer la surface délicate pour que la vérité s'écoule. elle rôde dans les ombres de la nuit, me regarde en face **CH**aque jour, et je ne peux pas me ca**CH**er. son regard attentif ne me laisse pas dormir. je ne peux pas fermer les yeux sans que ces souvenirs viennent hanter mes rêves, me rappelant la mort que j'ai vue, les vies que j'ai détruites autour de moi. ma culpabilité ne cille pas, ne se fatigue ni ne se lasse jamais, elle guette le moindre moment où j'oserai oublier les dégâts que j'ai causés. la vérité **CHU**cho**T**e à mon oreille, le doux souffle de la mort effleure ma peau à chaque crépuscule et à chaque aube nouvelle. et le murmure croît, s'infiltre dans mes pensées, s'y enfouit si profondément qu'il peut surgir à tout moment de bonheur, s'élever dans un hurlement de douleur et d'angoisse, de chagrin et de destruction. J'ai beau **T**enter de nier l**A** vérité, j'a**I** beau vouloir me convaincre que je **S**uis innocente, je ne mérite pas un instant de paix, car c'est moi qui ai semé la discorde et la mor**T**. la réalité de ce que j'ai fait reste enfouie en m**O**i, mais elle hurle, crie, veut sort**I**r, s'échapper, être sue. je la repousse dans les profondeurs de mes souvenirs, la bloque, nie son existence, et quand la vérité commence à remonter à la surface, je la brûle avec des mensonges.

CHAPITRE 19

GRACE : 2 MAI

Je n'aurais jamais fait de mal à Maddy.

C'était ma sœur et je l'aimais et je ne lui aurais jamais fait de mal.

Quoi qu'elle ait dit ou fait, je ne lui aurais jamais fait de mal.

Mais je n'arrive pas à m'en souvenir.

Malgré ce que j'ai envie de croire, Maddy et moi nous sommes bel et bien disputées ce soir-là, d'après Adrian. Peut-être qu'elle m'a donné cette lettre et que ça m'a tellement blessée que je suis partie. Peut-être qu'elle m'a suivie.

Ou alors, elle était tellement en colère contre moi qu'elle est partie comme une furie et que c'est moi qui l'ai poursuivie. Même si je n'ai jamais voulu lui faire de mal, peut-être que je suis quand même responsable de sa mort.

Je ne cesse de repenser à cette conversation avec l'inspecteur Howard dans la voiture qui nous ramène à la maison. Maman ne dit pas un mot. Elle pense sans doute que je ne vais pas remarquer les larmes qui coulent sur ses joues si elle ne les essuie pas. Je ne sais pas si elle est surprise de découvrir à quel point Maddy me détestait ou si cette lettre a simplement confirmé une vérité qu'elle s'efforçait d'ignorer. Il est possible qu'elle ait observé la distance croissante entre ses filles et pleuré en silence pendant tout ce temps.

J'appuie ma tête contre la vitre. Je ne connaissais peut-être pas ma sœur aussi bien que je le pensais. Elle est entrée dans ma vie alors que je n'avais pas encore un an et on partageait la même chambre depuis notre déménagement, il y a quatre ans, mais je n'ai jamais… je ne savais pas qu'elle pensait ça de moi.

Je n'arrive pas à croire ce que j'ai lu. *Accepte celle que tu es vraiment et réjouis-t'en. Arrête de faire semblant d'être quelqu'un de mieux.* Ça me fait mal parce que j'ai peur que ce soit vrai. Je n'ai rien de spécial. J'ai consacré ma vie au volley-ball, j'ai essayé d'être la meilleure sur le terrain, et en dehors. Mais je n'ai pas été une bonne sœur.

La douleur me vrille le crâne. Je grimace et inspire entre mes dents. La fraîcheur de la vitre me distrait.

Je ne comprends pas ce qui s'est passé. Je ne sais pas comment ma sœur est morte. Mais le pire, c'est peut-être de ne pas savoir pourquoi j'ai survécu. Je ne mérite pas plus qu'elle d'être là, je le mérite peut-être moins, même. Et pourtant, je suis vivante. Mon cœur bat encore. Mes poumons respirent encore. Ma sœur va être enterrée six pieds sous terre dans le sol dur et froid tandis que moi, je continuerai d'avancer.

Ce n'est pas juste. Elle n'aurait pas dû mourir, et maintenant, j'ai l'impression de devoir prouver que je mérite de vivre, que je mérite cet avenir qui s'ouvre à moi, que je deviendrai la personne qu'elle n'a pas pu être.

Je ne sais même plus qui je suis.

Dans le garage, je descends de voiture avant même que ma mère ait coupé le moteur. Je laisse la porte ouverte pour que Fizzy aille l'accueillir et gravis l'escalier quatre à quatre.

Ce matin, quand Adrian m'a dit qu'on s'était disputées, Maddy et moi, ça m'a paru impossible, mais cette lettre était effectivement pleine de « vieux trucs accumulés », comme il l'a formulé. Si Maddy me détestait, ça couvait depuis longtemps. J'en trouverai des preuves ailleurs que dans le carnet du séjour des terminales.

À défaut de savoir qui je suis, je vais découvrir qui elle était, une fois pour toutes.

Je ferme la porte de la chambre et prends le tas de carnets sur l'étagère. Deux d'entre eux ne contiennent que des pages blanches. Un autre ce qui ressemble au début d'une histoire. Un quatrième, rempli au quart, comporte des notes d'espagnol datant de l'année de seconde, mais rien de personnel.

Je les mets de côté et passe la pièce en revue. Elle n'aurait pas laissé son journal intime en évidence. Elle qui ne me confiait jamais ce qu'elle ressentait vraiment n'aurait pas pris le risque que je tombe dessus. Elle l'aurait caché. Quelque part. Quelque part dans cette chambre.

J'essaie d'envisager l'espace du point de vue de Maddy. Nous partageons le placard et la commode. Je plonge les mains dans ses tiroirs mais ne trouve que des vêtements : culottes, soutiens-gorge, maillots de bain, tee-shirts et pyjamas. Pas de journal.

Sous le lit.

Je me fais une queue-de-cheval et prends mon téléphone pour m'éclairer, mais il n'y a pas de carnet là-dessous non plus. Je glisse mes bras entre le matelas et le sommier. Rien. C'est trop évident. Elle ne l'aurait pas caché ici. Je m'allonge par terre, la douleur martelant mes orbites.

Il faut que je sache. Maintenant. Je ne peux plus attendre. Je dois savoir ce qu'elle pensait de moi, ce qu'elle voyait vraiment quand elle me regardait. Il faut que je sache si ces mots sont vrais. Si je suis aussi horrible et décevante qu'elle le disait. Il faut que je sache ce que j'ai fait pour la pousser à écrire ça.

À chaque élancement, je revois la lettre de Maddy, suivie de près par l'expression horrifiée de mes parents. La semaine dernière, l'inquiétude s'accrochait à leurs membres, les tirant vers le bas alors qu'ils me veillaient, à l'hôpital. Puis leur visage s'illuminait d'espoir quand ils pensaient que j'allais me rappeler quelque chose et que Maddy rentrerait à la maison, saine et sauve, avant de s'assombrir sous le coup de la déception causée par mon échec.

Ils pensent que je ne remarque pas le visage de papa, plus creusé, ni ses épaules, voûtées et basses. Ils pensent que je n'entends pas les notes brisées dans la voix de maman, que je ne vois pas ses mains qui tremblent quand elle se plante devant notre photo de famille, dans le couloir. Le regard fixe. Observant cette famille brisée qui ne sera plus jamais la même, les sourires qui ont disparu.

Je pensais qu'apprendre la mort de Maddy serait le pire, le moment le plus dur.

Mais je me trompais.

Rien ne peut rivaliser avec leur expression dans le bureau de l'inspecteur Howard, quand il a laissé entendre que c'était peut-être moi la coupable. Même s'ils lui ont dit qu'il se trompait, ils n'ont pas pu masquer le doute et la peur dans leur regard.

Je ne veux plus jamais qu'ils me regardent comme ça. Et le seul moyen, c'est de découvrir la vérité. J'ai *besoin* de savoir. Plus j'essaie de me rappeler, plus cette semaine se trouble. Mais à défaut de savoir ce qui s'est passé pendant ce séjour, je dois savoir ce qu'elle vivait, *elle*. Il faut que je trouve ses carnets. Il faut que je pense comme elle.

Un éclair de douleur.

Il fend la base de mon crâne puis remonte dans toute ma tête. J'appuie mes paumes contre mes tempes et ferme les yeux en respirant. Si je prends les médicaments du Dr Thelsman maintenant, je vais m'endormir avant d'avoir des réponses.

Inspire. Expire.

Où aurait-elle rangé son journal ?

Inspire. Expire.

Où espérait-elle que je ne regarde jamais ?

Inspire. Expire.

Quand j'ouvre les yeux, ils se posent sur le fond d'un tiroir. Elle ne l'aurait pas caché *dans* la commode, mais par contre… je me relève brusquement et rouvre le tiroir du haut. Là. Oui ! En dessous, en équilibre entre la glissière centrale et la planche du bas, il y a un carnet.

Petit, à la couverture verte, robuste. Toutes les pages sont datées. L'écriture ronde de Maddy remplit presque toutes les lignes. Les pages sont froissées par son stylo allant jusqu'aux coins, utilisant le moindre espace disponible.

Je découvre ma sœur sous un nouveau jour.

En juillet dernier, elle avait prévu d'aller au cinéma avec Erica, mais celle-ci n'est jamais venue. Elle lui a envoyé un texto expliquant qu'elle et son copain avaient décidé d'aller voir un autre film et qu'ils la rejoindraient après. Maddy est donc allée au cinéma toute seule. Et pourtant, elle écrit qu'elle comprend : *C'est normal, Erica a le droit de passer du temps seule avec son copain.*

Elle souffrait, beaucoup, et même si elle ne l'a jamais admis, c'est là, entre les lignes.

En novembre, elle évoque un concert auquel Erica et elle avaient envisagé d'assister. Erica y est allée avec Zoey et ne l'a dit à Maddy qu'ensuite, comme si elle avait oublié qu'elles en avaient parlé. Et Maddy n'a rien dit. Elle a écouté leurs anecdotes, assise à la table du déjeuner, et n'a pleuré que plus tard ce soir-là.

Je ne me rappelle pas l'avoir entendue pleurer. Je n'étais pas au courant de tout ça. Étais-je trop absorbée dans mon propre monde, ou bien était-elle douée pour garder ses secrets ?

J'apparais dans de nombreuses entrées.

Maman a remarqué mon silence dans la voiture aujourd'hui quand Grace racontait que Jackson l'aimait bien et qu'il allait peut-être l'inviter au bal des terminales alors qu'elle n'est qu'en seconde. Elle n'est pas sûre de vouloir y aller. Pourquoi refuserait-elle ? Je n'arrive pas à attirer le regard d'un seul mec de notre année, et elle décline déjà des invitations pour le bal de promo.

À plusieurs reprises, elle se plaint parce que je ne l'ai pas invitée à plein d'endroits. À la plage. Au cinéma. À un match de basket. Quand j'arrive à la fin, le verdict est clair.

Je ne connaissais pas du tout ma sœur.

J'ai toujours cru qu'elle était contente d'être avec Erica, qu'elle n'avait pas envie de sortir avec mes amis et moi, qu'elle n'aimait ni les grosses soirées ni s'asseoir avec les autres élèves dans les gradins pendant les matchs. Mais je me trompais. Ce qu'elle détestait, c'était ce que les autres lui renvoyaient dans ces moments-là : elle se sentait ignorée.

Et moi aussi, je l'ignorais.

Je ne l'invitais plus depuis longtemps, convaincue que c'était ce qu'elle voulait. Je me trompais complètement. Je lui ai causé autant de chagrin que les autres. Peut-être même plus. Et pas parce que je lui faisais des crasses. Je ne l'insultais pas, je ne lui volais pas ses affaires, je ne racontais pas des histoires embarrassantes sur elle au lycée.

Je la laissais se fondre dans le décor. Faire tapisserie. Rôder à la périphérie de la vie des autres sans que ceux-ci l'invitent à les rejoindre.

Mais alors que cette culpabilité s'installe en moi, un autre sentiment surgit.

De la colère.

Qui bataille pour remonter à la surface.

Pourquoi n'a-t-elle rien dit ? Pourquoi n'a-t-elle jamais dit à Erica qu'elle était une amie merdique ? Je ne serais pas restée assise à hocher la tête et sourire comme une marionnette pendant qu'Erica riait et gloussait en parlant du concert auquel on était censées assister *ensemble*. *Moi*, j'aurais dit quelque chose au lieu de m'écraser. Pourquoi pas Maddy ? Comment a-t-elle pu se convaincre que c'était *elle* qui avait un problème ou que parfois, l'amitié fait souffrir ? Elle aurait dû *s'exprimer*. Elle aurait dû me dire qu'elle avait envie de venir avec moi au lieu d'avoir de la peine quand je ne l'invitais pas. Elle n'aurait pas dû laisser sa jalousie nous séparer.

Elle n'aurait pas dû faire de moi la méchante de l'histoire.

Je referme brusquement le carnet et le jette à travers la pièce, où il s'écrase sur mes trophées de volley. Ceux-ci dégringolent et forment une pile par terre, enfouissant le carnet.

Si elle m'avait avoué tout ça pendant le séjour des terminales, je ne me serais pas mise en colère.

Si ?

La douleur éclot de nouveau à l'arrière de ma tête, remonte en direction de mon front.

Je n'aurais pas fait de mal à ma sœur.

Non.

Non.

Mais peut-être que si.

J'essaie en vain de faire disparaître les images qui défilent dans mon esprit.

Le marqueur. Les chaussures. Le cri. Mes doigts refermés sur son poignet froid.

Je compte les pilules que m'a prescrites le médecin et les avale. J'éteins la lumière et mon cerveau. La tête sur l'oreiller – de mon propre lit –, je laisse le sommeil me réconforter.

CHAPITRE 20

MADDY : 25 AVRIL

Le lendemain matin, Jade grommelle au sujet de Nicole en se préparant. Ça fait maintenant deux fois que cette dernière vient fouiller dans ses affaires, d'abord en douce, puis très publiquement.

Jade fourre son bas de survêtement dans son sac. Elle ne décroche pas un mot pendant qu'on s'habille et qu'on descend l'escalier, pas même pour me pousser à laver mon linge sale avec Grace.

De toute manière, ça n'est pas la peine. J'entends sa voix dans ma tête depuis que je suis réveillée. *Ce n'est pas juste qu'elle ne soit pas au courant.* Jade a raison. Je le sais. Mais je garde ce secret depuis si longtemps que je ne sais pas comment le formuler.

Même si j'ai conscience que l'accident de Mateo n'était pas ma faute – un gros *si* qui va et vient par vagues et m'oblige à me rappeler régulièrement que les fabricants des gradins défectueux ont versé des dommages et intérêts à sa famille –, je n'arrive toujours pas à oublier la souffrance et la cruauté que Grace a endurées à cause des autres élèves.

Ce serait différent si elle avait dépassé ça. Si ça ne la préoccupait plus. Mais j'ai entendu la douleur dans sa voix. Les vieilles blessures ne sont pas des égratignures sur la peau, mais un poison qui contamine le sang, circule dans le cerveau, infecte le cœur.

Tout lui avouer ne serait pas l'antidote. Ça ferait flamber ce poison.

Et pourtant, cette voix continue d'ébranler mes certitudes.

Ce n'est pas juste qu'elle ne soit pas au courant.

– Tu as l'air aussi fatiguée que moi, fait remarquer Adrian en s'asseyant à côté de moi alors que tout le monde s'installe pour la première activité de la journée.

Au fond de la salle, Mme Sanderson et M. Gutter feuillettent des documents.

– Je n'ai pas très bien dormi, je réponds en me décalant pour lui faire de la place.

– Ouais, j'ai mis longtemps à m'endormir, moi aussi. Comment les gens peuvent-ils rester plantés à regarder des trucs comme ça sans intervenir ?

Je sais qu'il parle de ce qui est arrivé à Jade, et pourtant je me sens assaillie par une nouvelle vague de culpabilité. Grace était torturée après la mort de Mateo, et je suis restée plantée là à regarder.

– Ouais, ce séjour m'a fait réfléchir à un tas de choses, dis-je.

– Comme quoi ?

– Des trucs que je garde en moi depuis des années. Enfin, un truc en particulier. Un truc que je veux dire, que je dois dire, sauf que je n'ai pas envie d'être celle qui le dira.

Il se laisse aller contre le dossier de sa chaise. Ses cheveux bruns tombent sur son front. Je résiste à l'envie de les ramener en arrière, de passer les doigts entre leurs ondulations. C'est lui qui a entamé la conversation. Ça compte. Mais peut-être pas. Ça ne serait pas la première fois que je m'emballe pour rien.

– En général, ça signifie qu'il s'agit d'une vérité difficile.

– Très difficile, j'admets en hochant la tête d'un air dramatique.

– Sur toi ?

Je fronce le nez.

– J'ai honte rien que d'y penser.

– J'ai remarqué que tu n'aimais pas trop te confier. Pas en détail, en tout cas.

Il a raison. C'est en partie pour ça que j'aime les poèmes. Même si les gens pensent savoir sur quoi j'écris, je ne suis pas obligée de confirmer.

– Je crois que j'aime contrôler ce que les gens savent de moi.

– Alors tu devrais peut-être d'abord écrire ce qui te trotte dans la tête, suggère-t-il d'une voix douce, dénuée de jugement.

Peut-être que je ne suis pas obligée de me cacher tout le temps dans le noir. Il pointe du doigt mon carnet, ouvert sur une page déjà remplie.

– Laisse sortir tout ça, ajoute-t-il.

– Si seulement ça suffisait. J'ai déjà écrit là-dessus.

Écrire une lettre à Grace sans avoir l'intention de la lui faire lire est complètement différent.

– Alors c'est le fait de parler, le problème ?

– Absolument.

Une tentative de poème me nargue sur mon carnet ouvert. Je pourrais écrire quelque chose de nouveau à dire à Grace.

– Est-ce que ça t'aiderait de m'imaginer en slip et bonnet de bain orange ?

Je ris, secrètement émerveillée qu'il se souvienne de ce moment, en troisième.

– Non, pas cette fois.

– Ah. Alors tu préférerais que quelqu'un prenne le contrôle de ta voix et fasse sortir les mots à ta place ?

– Ce serait super, dis-je en plaisantant. Est-ce que j'ai le droit de quitter la pièce pendant ce temps ?

– Seulement si tu en as envie.

Avant que mon cerveau ne comprenne ce qu'il est en train de faire et que mon cœur se remette à battre, il prend mon carnet et se dirige vers l'avant de la pièce.

– Salut tout le monde, lance-t-il. Je sais que je ne suis pas du genre à être sérieux tout le temps…

– Jamais, même ! lance quelqu'un.

Adrian pointe le doigt sur cette personne et lui fait un clin d'œil, comme un comédien de stand-up.

– Bon, d'accord, j'avoue. Mais je voulais partager quelque chose de sérieux avec vous aujourd'hui.

Oh non.

– Ce n'est pas moi qui ai écrit ces mots, reprend-il en feuilletant le carnet, *mon* carnet. Mais quand je les ai entendus, j'ai su qu'ils avaient vocation à être partagés.

Il baisse la tête et lève la main comme pour nous donner le temps d'applaudir, alors qu'on est toujours assis là sans bouger. Correction : tout le monde est assis en silence. Moi, je suis à deux doigts de vomir.

Arrête arrête arrête. Mon cerveau hurle, mais j'ai la gorge crispée, les jambes figées. Ce n'est pas possible. Non. Ce n'est pas ce que je voulais dire. Soudain, j'ai la tête qui tourne.

– Et oui, je sais que vous n'aimez pas trop la poésie quand on nous oblige à en lire en cours, poursuit-il, mais je peux vous assurer que ça, vous allez aimer.

Il lève mon carnet en l'air comme un trophée, et plusieurs personnes l'acclament et applaudissent. Il baisse le bras, attend que le silence se fasse, s'éclaircit la gorge puis commence à lire :

– Voilà qui je suis/J'ai accepté ce que j'ai tant voulu nier…

Mon cerveau n'enregistre pas le reste du poème, *mon* poème, *mes* mots se déversant de sa bouche et que tout le monde entend. Le sang qui bat à mes oreilles étouffe tout le reste.

Je me lève furtivement. Des étoiles noires dansent devant mes yeux. Il faut que je sorte de cette pièce. Que je m'éloigne de l'estrade. D'Adrian. Je ne sais pas si quelqu'un me voit partir. Je ne vois rien d'autre que la sortie.

J'ai tellement honte que je pourrais mourir.

voilà qui je suis
j'ai accepté ce que j'ai tant voulu nier
je serai toujours différente
c'est facile de le voir
même si on se ressemble
seule une attire tous les regards
on ne pourra pas me convaincre que
je suis digne d'amour
je connais la vérité :
j'étais une erreur
et je ne concevrai jamais que
je peux être aimée autant
je suis de seconde zone car née en second
au fond de moi je ne croirai jamais que
quelqu'un pourrait quand même me désirer
si je montre ma véritable identité

CHAPITRE 21

GRACE : 3 MAI

Le Dr Cramer est assise dans le fauteuil en face de moi. Elle veut savoir comment je surmonte la mort de ma sœur, mais parler de ça me semble dérisoire alors qu'on ne sait toujours pas comment elle est morte. Je coince un coussin sous mon bras, ne sachant trop si j'ai envie de le serrer contre moi ou de le frapper.

– Vous ne pourriez pas m'hypnotiser, ou quelque chose comme ça ?

– Comme à la télé ? demande-t-elle en souriant, apparemment étonnée que je n'aie pas posé la question plus tôt.

– Il faut que je me souvienne de ce qui s'est passé. Ça prend trop de temps.

– Pourquoi es-tu aussi pressée, d'un seul coup ?

Je lui avoue l'accusation de l'inspecteur Howard et les secrets que j'ai trouvés hier dans le journal de Maddy.

– C'est elle qui faisait semblant que tout allait bien. Elle aurait pu m'en parler, me laisser une chance d'arranger les choses. Maintenant, je ne peux plus rien faire.

Dr Cramer hoche la tête pendant que je parle, pour me signifier qu'elle entend réellement ce que je dis. Je crois qu'on appelle ça de « l'écoute active ». D'après ma prof d'anglais, c'est ce qu'on devrait faire pendant les exposés de nos camarades.

– Et pourquoi a-t-elle gardé le silence, d'après toi ? demande-t-elle.

– Je ne sais pas. Et je ne le saurai jamais, maintenant qu'elle n'est plus là.

Cette fois-ci, la psychiatre ne hoche pas la tête. Elle se contente d'attendre, et je comprends que ma réponse ne lui suffit pas.

– Sans doute qu'elle avait peur. Elle ne voulait pas que les gens pensent qu'elle n'était pas heureuse, dis-je en enfonçant mon poing dans le coussin. Elle aurait quand même pu dire quelque chose. Elle aurait pu dire qu'elle me détestait. En quoi ça aurait été pire que ça ?

– Excellente question. Qu'aurait-elle eu à perdre ?

Je sais ce qu'elle sous-entend. Oui, Maddy aurait pu perdre quelque chose avec moi, parce que j'aurais été agacée. Je *suis* encore agacée. Mais si elle m'avait dit qu'elle me détestait, je ne l'aurais pas tuée pour autant.

– Elle n'aurait pas perdu la vie ! je crie.

Pour l'inspecteur Howard, ma colère est un mobile. Il croit que je l'ai tuée. Et il n'est pas le seul. Je suis sûre que des milliers de gens ont lu le post d'Erica à présent. Le site déborde sans doute de commentaires d'internautes persuadés que je suis coupable. Nul besoin de preuves ni de faits quand on peut répandre un ragot bien juteux.

Je sais que l'effet de meute étouffe la vérité. Il m'a dévorée quand j'étais au collège et il revient s'en prendre à moi. Sauf que cette fois, mes parents ne pourront pas le faire disparaître par un simple changement d'établissement. Je ne pourrai pas effacer le passé avec des bonnes notes et mes stats au volley. Cette fois, je devrai vivre à jamais avec les rumeurs.

Cette fois, on pourrait m'envoyer en prison pour le meurtre de ma sœur.

Le Dr Cramer dit quelque chose, mais je n'entends pas.

Je cligne des yeux.

Ses lèvres bougent, mais je ne capte rien.

– Quoi ?

– As-tu trouvé quelque chose dans ce journal pouvant suggérer que ta sœur aurait pu se faire du mal ?

– Comment ça ? Se scarifier, ce genre de trucs ?

– C'est assez fréquent chez les jeunes filles, explique-t-elle en hochant la tête. Une personne se sentant aussi seule et isolée que ce journal le suggère pourrait avoir des idées noires, penser à la mort ou au suicide.

– Non, dis-je d'une voix forte, ferme.

– Cela ne signifierait pas que quelque chose clochait chez elle, qu'elle était faible ou brisée, précise-t-elle.

– Je sais, dis-je, plus calmement. Au contraire, avoir survécu à de telles pensées montrerait sa force. Mais…

Je ratisse mon cerveau, me rappelant le moindre mot, la moindre ligne que j'ai lue, m'assurant que je ne me trompe pas avant de finir ma phrase.

– Ça ne lui a jamais traversé l'esprit.

C'est étrange : j'ai beau avoir l'impression de ne pas la connaître, je sais que je dis vrai.

La psychiatre croise les jambes.

– Nous allons essayer une autre approche. Au lieu de nous concentrer sur le passé, nous allons rediriger notre attention sur le présent. Comment est-ce que tu fais face ?

J'ai l'impression que c'est une interro surprise et que je n'ai pas révisé.

– Je fais de mon mieux. J'essaie d'être normale.

– « Normale » est un mot intéressant. Qu'est-ce que ça signifie, pour toi ?

Je pose le coussin sur mes genoux.

– Faire les mêmes choses qu'avant, je dirais.

– Quoi par exemple ?

Autrefois, j'aurais répondu jouer au volley, mais je n'ai plus touché un ballon, ni sur le terrain ni dans ma propre allée. Le lycée ne domine plus mes journées. Avant, je passais du temps avec mes amis, mais ils ont tous disparu.

– Plus rien de ce que je faisais avant pour m'amuser n'a d'importance pour moi. Ça ne compte plus, parce que tout a changé.

– Tu n'as pas seulement perdu ta sœur, tu as perdu une partie de toi, énonce-t-elle lentement.

– Je me suis perdue entièrement.

Ces mots sonnent creux ; ils vont s'envoler si je respire trop fort.

La psychiatre penche la tête sur le côté d'un air satisfait.

– On ne peut pas contrôler les autres, et on ne peut pas les changer. Même si tu avais su ce que pensait ta sœur, tu n'aurais pas pu changer l'opinion qu'elle avait de toi. En revanche, tu *peux* changer la façon dont tu te vois à présent. Tu peux accepter qui tu es, ou changer. Telles sont tes deux options.

Deux options seulement. Accepter qui je suis ou changer. Ça semble à la fois simple et extrêmement compliqué.

Ces vingt-quatre dernières heures, je n'ai réussi à me concentrer que sur l'accusation de l'inspecteur Howard, avec quelques bouffées de colère chaque fois que je repensais aux théories d'Erica. Le moment est venu de ramener mon attention sur moi. Ça fait une semaine que je n'arrive à penser qu'à Maddy.

Non, ce n'est pas entièrement vrai. Par moments, la réalité s'est effacée et je me suis sentie libre de vivre, de me détendre. La seule personne qui a réussi à me distraire de tout ça, c'est Adrian. J'arrive si facilement à visualiser son sourire, ses yeux sombres plissés, ou à entendre le son de son rire, toujours à deux doigts de fuser. De nombreux garçons ont tenté d'attirer mon attention par le passé, mais aucun d'eux n'a réussi à capter mon intérêt pendant aussi longtemps. Adrian est le seul qui m'a fait rire simplement en étant lui-même.

N'empêche que je n'arrive pas à oublier le regard insistant de l'inspecteur Howard, les soupçons injectés dans chacune de ses questions. Comme s'il savait des choses que j'ignore sur la disparition de Maddy, des choses qui m'échappent.

– Cette semaine, je veux que tu trouves *quelque chose* à faire pour te reconnecter à toi-même, reprend le Dr Cramer. Quelque chose qui te ressemble, à *toi*. Peut-être pas à l'ancienne toi, mais en tout cas, quelque chose qui te permettra de te sentir plus... complète. Peu importe quoi. Tout comme tu t'emploies à connaître ta sœur, je veux que tu t'appliques à te connaître toi.

Je retiens un soupir.

– Combien de temps ça va me prendre ? De me redécouvrir ?

– Ça dépend. Mais manifestement, tu dois tirer certaines choses au clair avant que la police ne s'en charge.

Je hoche la tête. Si je veux savoir ce qui est arrivé à ma sœur, il faut que je commence par chercher en moi-même. Je dois me reconnecter avec celle que je suis pour pouvoir me reconnecter à mes souvenirs.

Je ne laisserai pas l'inspecteur Howard découvrir la vérité avant moi.

CHAPITRE 22

MADDY : 25 AVRIL

Je ne reprends ma respiration qu'une fois dans le couloir, inspirant de grandes bouffées d'air frais. Je n'en reviens pas qu'Adrian ait fait ça. J'ai travaillé sur ce poème pendant des heures. J'ai déversé ma souffrance sur la page. Il était *à moi*. Je n'écris pas pour les autres. Je lui faisais confiance et il…

– Maddy ?

Au son de mon prénom, je fais volte-face comme une voiture lancée à pleine vitesse après avoir heurté un obstacle.

– Est-ce que tu es malade ? demande doucement M. Gutter en retenant la porte de la salle principale.

– Non, j'étais…

– Dans ce cas, permets-moi de te rappeler que nous avons parlé le premier jour des règles de bonne conduite lorsqu'un camarade partage quelque chose avec le reste du groupe, dit-il en me faisant signe de revenir dans la salle.

– Je ne sortais p…

– Je sais que tu ne vois peut-être pas les choses comme ça, mais Adrian a pris un risque en choisissant de parler devant tout le monde, et nous devons lui témoigner du respect.

– Je…

– Reviens. Ici. Tout de suite. Mme Sanderson présente la prochaine activité.

Il me fait rentrer. Je me mords la joue pour ne pas protester. *C'est moi* qui me fais engueuler parce que Adrian lit *mon* poème !

Mon carnet m'attend sur mon siège. Je ne sais pas si j'ai envie de le serrer contre moi ou de le balancer à travers la pièce.

– Est-ce que tout va bien ? demande Grace en se penchant en arrière, en équilibre sur sa chaise, à la table d'à côté.

– Ouais, dis-je en foudroyant M. Gutter du regard. Il fallait que j'aille aux toilettes.

Je ne veux surtout pas que ma sœur comprenne que c'est moi qui ai écrit ce poème. Je sais exactement comment elle réagirait. Elle croirait que je lui fais des reproches. Elle dresserait un mur entre nous et ne me laisserait plus entrer. Elle peut faire ça pendant des jours avec nos parents quand ils l'accusent de ne pas avoir nettoyé la cuisine alors que c'est ma faute si l'évier est sale.

Si elle se rend compte que c'est moi qui ai écrit ça, tout ce qu'elle entendra, c'est que je la tiens pour responsable de mes problèmes.

Elle me tapote le bras. On n'est tellement pas habitués aux gestes d'affection, dans notre famille, que je m'attends aussitôt à ce qu'elle m'annonce une mauvaise nouvelle.

– Tu n'es pas obligée de me dire ce qui se passe, mais je suis là pour toi, j'espère que tu le sais, dit-elle. Tu étais là pour moi quand j'en avais le plus besoin. Je veux te rendre la pareille.

Sa sincérité me fait mal. Je réprime toute tentation de lui avouer la vérité. Elle ne me réconforterait pas si elle savait, pour Mateo.

Je ne peux pas m'effondrer. Je sais comment faire. Je pratique depuis des années. D'abord, sourire. Puis la regarder droit dans les yeux, sans ciller. Me convaincre de ce que je dis pour que ça devienne la vérité.

– Je vais bien. Vraiment.

Grace repose les pieds de sa chaise à plat et ramène son attention sur Mme Sanderson.

– Préparez-vous à vous lever et à bouger. Vous commencerez du côté gauche de la pièce et vous dirigerez vers la droite.

Adrian cherche mon regard, mais je reste concentrée sur la prof.

– Vous devrez collaborer pour emmener votre équipe entière de l'autre côté de la pièce.

– C'est quoi le piège ? demande Nicole.

– Le sol est de la lave, répond Mme Sanderson avec un petit sourire en coin.

– C'est parti ! s'écrie Ryan, et la salle entre en éruption alors que tout le monde se met en rang sur la gauche.

M. Gutter retire quelques chaises du terrain de jeu tandis que Mme Sanderson nous met en groupes.

– Maddy, Chloé, Tori, Clyde, Ryan, et…

Pas Adrian. Pas Adrian. Pas Adrian.

– Adrian, lâche-t-elle avant de passer aux autres terminales.

– Pas de souci, lance Adrian en s'approchant. Je suis un pro de la lave. Quand j'avais six ans, je n'ai pas touché le sol de ma maison pendant trois jours.

Je serre les dents. Je n'ai pas l'intention de le regarder. Je vais l'ignorer. Il n'existe pas.

– Très bien ! s'écrie Mme Sanderson. Nous sommes prêts à commencer !

Ryan saute sur la table la plus proche et balance une chaise derrière lui pour que Tori le suive.

– Stoll ? m'interpelle Adrian en se décalant pour laisser tous les autres passer avant lui.

Je l'ignore. Il fait bouffer ses cheveux.

– Stoll ? Hé ho !

Il n'existe pas. Mes épaules se tendent. *Il n'existe pas.* Je me tords les mains. *Il n'existe…*

– Pourquoi tu as fait ça ? je murmure agressivement.

– Quoi ?

– Tu sais quoi. Me voler mon poème et le lire devant tout le monde.

Il lève les mains en l'air en signe de reddition.

– Je pensais que c'était ce que tu voulais.

– Qu'est-ce qui a pu te faire croire que je voulais que tu lises mes écrits personnels devant une pièce pleine de gens ?

– Hé, l'équipe ! lance Ryan. Je suis à court de meubles. Faites passer !

Adrian monte sur une chaise, puis sur la table.

– Tu as dit que tu avais quelque chose à dire mais que tu détestais parler devant les gens, explique-t-il en me tendant la main pour m'aider. Alors j'ai pensé...

– Non, tu n'as pas pensé, je le coupe en grimpant d'un pas assuré sur la table, ignorant sa main tendue. Tu n'as pas pensé, sinon tu n'aurais pas fait un truc pareil.

– Des chaises, les amis ! insiste Ryan.

J'attrape le dossier d'une chaise et la balance vers Adrian.

– Doucement, lâche-t-il en passant la chaise à Clyde sans même y jeter un coup d'œil. Je ne voulais pas te faire de peine. Je pensais pouvoir être cette voix pour toi. Que tes mots pourraient être entendus si je détournais l'attention...

– Ça, je veux bien le croire. Toutes les excuses sont bonnes pour attirer l'attention sur toi. Je te reconnais bien là.

Je tends les jambes pour passer sur la table que Clyde vient de libérer.

Adrian recule comme si je l'avais giflé. Il m'imite pour rejoindre ma table, mais quand il reprend la parole, ses mots sont lents et mesurés.

– Je n'essayais pas d'attirer l'attention. Tu as dit que tu voulais un porte-parole. Je voulais t'*aider*.

– Je n'ai jamais dit que je voulais partager quelque chose avec tout le groupe, je siffle, baissant le ton. Je parlais de ma *sœur*. D'une seule personne ! Et je ne t'ai pas demandé de le faire à ma place. Je *plaisantais*. Tu ne vois pas quand quelqu'un plaisante ?

Clyde passe sur une autre chaise avec Chloé et j'en profite pour m'éloigner d'un bond d'Adrian.

Sans attendre que je rejoigne l'étape suivante, il saute sur ma chaise, m'obligeant à reculer. Seule la pointe de ses pieds tient sur l'assise ; moi, je suis à deux doigts de tomber. Il me prend par les épaules et me tire vers lui. On se retrouve poitrine contre poitrine – haletant légèrement, la chaleur de notre souffle entre nous – et je ne peux regarder nulle part ailleurs que dans ses yeux marron. Si je n'étais pas aussi furieuse, je voudrais que tous nos camarades de classe disparaissent pour qu'il puisse m'embrasser, et peut-être qu'il pense la même chose, car ses yeux descendent brièvement sur mes lèvres avant de remonter.

– Je sais être moi-même, dit-il. Tu devrais essayer plus souvent.

Je recouvre l'équilibre et repousse ses mains.

– Désolée si je ne suis pas les conseils en authenticité du type qui fait toujours le show, qui joue le mec heureux et joyeux pour empêcher les gens de trop s'approcher.

Il aboie de rire, sèchement.

– Regarde-toi dans une glace. C'est toi qui joues un rôle tous les jours. Je le vois. Tu doutes de toi alors que tu devrais avoir confiance. Tu ne crois pas en toi alors que tu es capable de beaucoup plus que tu ne le penses.

Il saute deux chaises plus loin, me laissant monter sur celle d'après et lui passer celle qui reste.

– Ne ramène pas le problème sur moi, je proteste, refusant d'aller sur la même chaise que lui.

– Pourtant il est question de toi, insiste-t-il, et sa voix devient plus douce alors qu'il me tend la main. Tu dis dans tes poèmes que tu te sens perdue, abandonnée par Grace. Tu crois que tu ne mérites ni le temps ni l'attention des gens. Mais je t'assure que si. J'ai voulu les aider à voir la vraie toi.

Je prends sa main, le rejoins. Je suis trop furieuse pour céder.

– C'était *mes* mots, dis-je, et ma voix se brise. C'est *moi* qui aurais dû les lire.

– Mais tu ne l'aurais pas fait, si ?

– Allez, allez ! nous presse Ryan depuis l'autre côté de la pièce.

Le reste de notre équipe a déjà traversé.

– Je suppose qu'on ne le saura jamais.

Je bondis, l'abandonnant derrière moi.

– Ce n'est pas une réponse.

– Tu ne mérites pas de réponse.

Je saute enfin sur le sol.

Soudain, une chaise s'écrase bruyamment au milieu de la pièce. Tous les joueurs, en sécurité du côté droit de la pièce ou toujours dans la lave, s'arrêtent pour chercher la source de ce vacarme. Jade est tombée sur les fesses, entre Grace, devant elle, et Nicole, derrière.

Nicole a beau plaquer une main sur sa bouche, tout le monde l'entend rire. Jade marmonne quelque chose dans sa barbe. Je m'attends presque à ce qu'elle se jette sur Nicole, mais au lieu de ça, elle foudroie Grace du regard. Puis elle se lève d'un bond et sort comme une furie. Tout est arrivé si vite que Mme Sanderson n'a rien remarqué.

Quand Adrian atterrit à côté de moi, je me déplace vers l'autre côté du groupe. Quelques minutes plus tard, le dernier élève rejoint la terre ferme et Mme Sanderson monte sur une table au milieu de la pièce.

– Nous approchons de la fin du séjour, et aujourd'hui est l'une des journées les plus importantes. Les actes comptent, mais ils ne valent rien sans motivation sincère. Tant d'actions sont inspirées par d'anciennes blessures, des souffrances que nous n'arrivons pas à laisser derrière nous. Mais on ne peut pas s'appesantir sur le passé. Vos coéquipiers seraient restés coincés, sans pierres de gué, si ce qui se trouvait derrière n'avait pas été repassé devant. Dans la vie, il faut continuer d'avancer, et parfois, on doit se servir de notre passé pour y arriver. Tant qu'on ne pardonne pas et qu'on ne va pas de l'avant, ces vieilles blessures continueront de nous retenir.

Le regard d'Adrian me transperce. Du moins, j'imagine que c'est la cause de la chaleur qui me monte aux joues. Je refuse de lever les yeux vers lui, donc je ne peux pas en être sûre.

– Nous devons nous interroger et déterminer à qui nous refusons notre pardon, poursuit la prof. Est-ce une personne proche de nous ? Une personne qui l'était autrefois ? Parfois, c'est à nous-même que nous devons réellement pardonner, ou bien c'est nous qui devons demander pardon à quelqu'un.

Je ricane et mes voisins me décochent un regard. Mme Sanderson est convaincue de ce qu'elle dit. Elle croit qu'on peut – qu'on devrait, même – accorder notre pardon à quelqu'un qui nous le demande, et même s'il ne demande rien.

Mais on ne peut pas laisser s'échapper la douleur qu'on nous a causée comme un ballon de baudruche qu'on relâche dans les airs. En tout cas, moi je ne peux pas... Je ne pardonnerai pas à Adrian ce qu'il m'a fait. Je ne me pardonnerai pas ce que j'ai fait à Grace. Et rien ne pourrait la convaincre de me pardonner si elle apprenait la vérité.

Mme Sanderson s'imagine peut-être qu'on va gober ses perles de sagesse sans se poser de questions, mais je préférerais encore sauter dans un cratère plein de véritable lave.

Après le déjeuner, je retourne sur le rebord de la fenêtre du couloir, à l'étage, pour feuilleter un album photo des séjours précédents. Les mèches tigrées et les barrettes papillon typiques des années deux mille sont assez comiques pour me distraire un moment. La fin de l'album est plus récente. Les derniers clichés datent de cette année : les terminales en haut de la montagne, d'autres sur un lit, puis des photos vivement éclairées par un flash dans le noir.

Sur l'une d'elles, je reconnais Erica et Zoey. Joue contre joue, le visage luisant à la lueur du flash. Zoey a passé un bras autour des épaules d'Erica et tient un marqueur dans sa main. Un mur domine en arrière-plan, la paroi d'une grotte avec des prénoms écrits partout, y compris *Erica et Zoey BFF.*

Il y a quatre jours, cette photo m'aurait donné envie de balancer l'album à travers la pièce. Tant de choses ont changé en si peu de temps.

Mais je ne peux pas me contenter de ça.

Je suis assise là à m'efforcer d'ignorer une vérité toute simple : je dois parler à Grace. Chaque jour de ce voyage m'a conduite jusque-là. Je n'ai pas été sincère avec elle. J'ai laissé tous nos mauvais souvenirs s'envenimer et pourrir, m'empoisonner. J'ai tenté de la justifier, de l'ignorer, de la nier, mais la vérité pèse sur moi comme un tas de rochers, et je ne pourrai pas bouger tant que je ne l'aurai pas délogée.

Les paroles de Mme Sanderson me reviennent : *Tant qu'on ne pardonne pas et qu'on ne va pas de l'avant, ces vieilles blessures continueront de nous retenir.*

Je n'ai pas envie d'affronter ces vieilles blessures ni d'admettre ce que j'ai fait, mais je ne peux pas non plus rester assise ici pour toujours. J'avais besoin d'un moment de solitude pour étouffer ma rage et y voir plus clair. C'est chose faite.

Je ne peux pas continuer à attendre que quelqu'un change ma vie à ma place.

Abandonnant l'album photo sur le rebord de la fenêtre, je m'approche de la chambre de Grace et tape doucement sur la porte ouverte. Tori est allongée sur son lit, son crayon filant sur une page remplie de croquis de chats dans toutes les positions : roulés en boule, sautant d'une hauteur vertigineuse, s'éloignant, la queue dressée en l'air.

– Tu n'as pas vu Grace ?

Elle remonte ses grosses lunettes sur son nez.

– Non. Elle était en haut tout à l'heure.

– Oui, mais plus maintenant ?

– Eh non.

– Merci.

Je jette un coup d'œil par les autres portes ouvertes, au cas où elle serait en train de discuter dans la chambre de quelqu'un d'autre. Je m'arrête devant une porte fermée sur ma droite.

La chambre d'Adrian.

Grace n'est pas la seule personne à qui j'ai besoin de parler. Si je veux que ma sœur me pardonne, ne pas pardonner à Adrian serait hypocrite. Les secrets et la rancœur n'améliorent pas les relations.

J'hésite à frapper. Dès que je le revois déclamer ces mots – mes mots – devant tout le monde, la panique revient. Imaginer mes mots dévoilés ainsi me donne envie de hurler. J'ai dû rassembler tout mon courage pour partager ce poème avec Adrian. Si j'avais voulu le partager avec d'autres gens, j'aurais postulé à d'autres bourses. Au moins, j'aurais été jugée par des inconnus plutôt que par des camarades de classe.

Non, si je dis maintenant à Adrian que je lui pardonne, ça ne viendra pas du cœur. Je ne suis pas prête à…

– Houlà ! s'exclame Clyde en ouvrant subitement la porte, avant de reculer d'un bond sous l'effet de la surprise.

Il plaque une main sur sa poitrine et prend de profondes inspirations.

– Désolée. Je cherche Adrian. Enfin, je le cherchais, et finalement non et… est-ce que ça va ? Tu as besoin de ton inhalateur ?

– Ça va, répond-il, la respiration sifflante. Adrian a pris son carnet. (Il lève un doigt, inspire et expire profondément.) Et il est descendu.

– Merci.

– Pas de problème.

Tant pis. Je ne suis pas prête pour lui, pour *ça*. Je descends rapidement les marches, à la recherche de Grace, et manque foncer dans M. Gutter.

– Oh, désolée.

– Je montais prévenir tout le monde que notre prochaine session débutera dans cinq minutes, dans la salle de réunion.

Cinq minutes ? Une conversation avec Grace durerait bien plus longtemps que ça. Je décide de la repousser à plus tard, après le dîner… lorsque j'entends son rire s'élever dans un coin. Au lieu de me diriger vers la salle principale, je tourne à droite, en direction de la petite alcôve aux fauteuils rouges où je me suis assise avec Adrian.

Et là, avec son sourire radieux et son rire contagieux, son assurance et son charme, je vois Grace assise en face d'Adrian.

Elle désigne quelque chose dans le carnet posé sur les genoux d'Adrian, murmurant de telle sorte qu'il doit se pencher vers elle pour l'entendre.

Mais à mes yeux, elle pourrait aussi bien se tenir au milieu d'un gymnase mal décoré avec les mains d'Adrian sur ses hanches et les siennes autour de son cou. Peu importe qu'on ne soit plus en quatrième. D'un seul sourire, elle peut ravir tous les regards, y compris des seuls yeux qui se sont jamais posés sur moi.

Je ne le lui pardonnerai jamais.

La vérité est une rose
Délicate par sa forme
Séduisante par son odeur
Et éclatante de beauté

Elle pousse sur une tige
Forte et vraie
Jusqu'à être prête
à se faire ramasser

Elle résiste au soleil brûlant
Aux hivers glacés
À la brise cinglante
Attendant d'être cueillie

Mais les épines de la réalité
Me piquent la main
Le sang coule
Me tache de rouge

La vérité est une rose
Attendant d'être cueillie
Mais mes doigts ne peuvent échapper
À la douleur de la réalité

CHAPITRE 23

GRACE : 4 MAI

Mes pensées sont une prison dont je ne peux m'échapper.

Maddy.

L'affaire.

La déception de mes parents.

Les soupçons de l'inspecteur Howard.

Quatre murs m'empêchant de suivre les directives du Dr Cramer : apprendre à me connaître. J'ai voulu me convaincre que mes amis m'évitent parce qu'ils n'ont pas mon numéro et parce que je ne peux pas accéder à mes réseaux sociaux, mais j'étais dans le déni. Ils pensent que je suis une meurtrière, que j'ai fait du mal à Maddy. C'est la seule explication, et j'aurais dû m'en apercevoir plus tôt.

Je reste éveillée la majeure partie de la nuit, tourmentée par un marqueur, des chaussures courant dans un couloir sombre, un cri. Le résultat, c'est que je dors presque toute la journée, jusqu'à ce qu'Adrian vienne me chercher en voiture.

Il prend les petites rues du quartier jusqu'à une allée qui ne m'est que vaguement familière, même si j'ai déjà dû l'emprunter. J'ai vérifié plusieurs fois que ça ne le dérangeait pas de rater le bal de promo pour traîner avec moi. Il a répondu qu'il avait prévu mieux qu'un repas trop cher et une piste de danse empestant la sueur.

Il se gare devant une aire de jeux. Le rétroviseur latéral de Goldie reflète ma confusion.

– Je ne savais pas qu'il y avait des jeux ici, fais-je remarquer.

– Ils ont été construits il y a quelques années.

– J'ai pourtant dû passer devant en courant. Je devrais m'en souvenir.

Non ? Dernièrement, j'ai l'impression de marcher dans les chaussures de quelqu'un d'autre, de vivre la vie de quelqu'un d'autre. Je n'arrive même pas à distinguer ce qui relève de mes problèmes de mémoire et ce qui correspond simplement au vide de ma nouvelle existence sans ma sœur.

– Laisse-toi du temps, me rassure Adrian avec un sourire compatissant. Ma grand-mère nous emmène souvent ici pour que mes frères et sœur puissent jouer.

Le toboggan arbore des couleurs vives, pas encore ternies par le soleil. Les balançoires se dressent entre une structure réservée aux petits et une plus grande, pour les plus aventureux. Tout est vide, tranquille. Les parents ont ramené leurs enfants chez eux pour les faire dîner ou les coucher.

– Mamie Patty nous emmenait au parc, nous aussi, dis-je. On faisait toujours de la balançoire, ma sœur et moi, et on jouait à celle qui sautait le plus loin.

– Et qui gagnait habituellement ?

– On était plus ou moins à égalité, jusqu'à ce qu'elle se casse le bras en sautant quand on avait six ans.

– Aïe, souffle Adrian.

Un début de mal de tête me chatouille l'arrière du crâne. Je ferme les yeux, essayant de le repousser. Je ne veux pas que quelque chose gâche ce moment.

Nous grimpons sur la plus grande structure. De là-haut, on aperçoit le petit ruisseau qui sinue lentement le long du parc, semblant savoir que le temps le forcera à avancer, qu'il le veuille ou non. Le soleil plonge derrière les arbres. Je m'assieds au bord et Adrian se laisse tomber près de moi. Nos jambes pendent dans le vide, à côté d'une barre métallique descendant jusqu'au sol.

– Tu as l'air trop sérieuse pour une aire de jeux, commente-t-il.

Je soupire malgré moi. J'ai consulté le blog d'Erica avant de partir, et même si elle n'a rien posté depuis notre confrontation au lycée, il y a trop de sources de frustration pour que je puisse les ignorer.

– Je ne peux pas m'empêcher de penser qu'il manque quelque chose dans toute cette histoire. Il faut que je sache pourquoi on s'est disputées pendant le séjour.

Il faut que je sache que je ne lui ai pas fait de mal.

– Je croyais qu'on n'était pas censés parler de ça aujourd'hui.

La méthode recommandée par le Dr Cramer – apprendre à me connaître pour me reconnecter à mes souvenirs – me paraît soudain d'une lenteur exaspérante.

– Mais ça nous apprendrait forcément quelque chose.

– Nicole organise une fête post-bal de promo chez elle, demain soir, avant le jour où les terminales sèchent les cours. Je ne pensais pas y aller, vu qu'on ne participe pas au bal, mais on peut, si tu veux. Ça te permettrait de parler à tout le monde.

Il dit « tout le monde », mais je sais que ce n'est pas vrai. Il veut dire « tous ceux qui sont toujours invités aux grosses fêtes ». Après avoir lu le carnet de Maddy, je sais à quel point c'est blessant pour les autres.

D'ailleurs, maintenant que j'y pense, *je* n'ai pas été invitée. Quel genre d'amie est Nicole ? Soit elle croit aux rumeurs selon lesquelles j'ai tué Maddy, soit elle obéit à son avocat qui veut qu'elle garde ses distances avec moi pour préserver sa réputation. Dans tous les cas, elle piétine quatre années d'amitié au moment où j'ai le plus besoin d'elle.

Très bien. Je sais où la voir *sans* ses avocats.

– Oui, c'est une bonne idée.

Je n'ai pas très envie d'aller à une fête, étant donné les épreuves émotionnelles que je traverse actuellement, mais si ça me permet d'obtenir des réponses pour Maddy, ça en vaut la peine.

– Peut-être que Tori sait quelque chose, reprend Adrian en sortant son téléphone. Souvent, les camarades de chambre se rapprochent de façon surprenante pendant ce séjour. J'ai son numéro. On était dans le même groupe pour un projet en anglais.

C'est seulement lorsqu'il ajoute cette explication que j'identifie la pointe de curiosité – de jalousie ? – qui s'est réveillée en moi quand il a dit qu'il avait son numéro. Il fait défiler les contacts sur son téléphone, mais soudain, il s'arrête, l'air pensif.

– Tu es sûre que tu veux déterrer tous les souvenirs de cette semaine-là ? Peut-être que ces trous de mémoire sont une chance.

Je balance mes jambes d'avant en arrière avec une énergie anxieuse. Si je veux continuer à me sentir moi-même avec Adrian, je dois être honnête avec lui.

– Je pensais la même chose. Jusqu'à ce que la police commence à me suspecter.

Il lui faut une demi-seconde pour se reprendre.

– Ouais, je comprends que ça te motive.

Il incline son téléphone pour que je puisse entrer le numéro de Tori dans mon répertoire.

– Hé, dit-il en cognant alors son genou contre le mien. C'est impossible que tu lui aies fait du mal.

Je remets mon portable dans ma poche.

– Comment tu le sais ?

– Parce que je te connais. Tu ne t'en souviens peut-être pas, mais on s'est beaucoup rapprochés pendant le séjour. Et si ces policiers te connaissaient aussi, ils sauraient que tu ne lui as rien fait.

Pas intentionnellement.

– J'envie ton assurance, je soupire.

– Ouais, comme la plupart des gens, dit-il essuyant de la poussière imaginaire sur ses épaules. À part ma psy. Pour elle, ce n'est qu'un masque.

– Tu vois une psy ?

– Tu as l'air étonnée. Je dois me sentir flatté ou insulté ?

– Désolée, c'est juste que je ne me doutais pas que tu avais des difficultés. Tu te présentes toujours comme Monsieur Sens de l'Humour, Charme et Assurance.

– Hmm, Monsieur Charme ? répète-t-il lentement, comme s'il goûtait ce mot. Il faudra que je mette ça sur mon CV. Je ne suis pas obligé de suivre une thérapie. On me l'a proposé et j'ai accepté. Mais je doute que tu aies envie d'entendre parler de ça.

Il fait pivoter ses jambes et s'élance dans le toboggan. Il m'attend en bas. Je l'imite et arrive les jambes écartées de chaque côté de lui.

– Si, dis-je, et je me surprends à poser la tête contre son dos.

J'ai envie de mieux le connaître. J'ai envie de savoir qu'on peut traverser une période sombre et s'en sortir. Je lui ai livré une part de moi-même, et je veux qu'il ait suffisamment confiance en moi pour me raconter ses problèmes.

– Ma mère était enceinte, commence-t-il en frottant son pouce sur mon genou. J'étais en sixième, et mes frères et ma sœur étaient, je ne sais pas, en CM1, CE1 et maternelle. Mes parents ont toujours évoqué librement la grossesse. Ils ne gardaient pas le secret pendant des mois, comme le font certains couples. Ma mère nous a expliqué que le bébé avait un début de cœur une semaine après avoir appris qu'elle était enceinte, et puis elle a nous a dit quand il a eu des ongles. Ce genre de choses. Le soir, elle s'allongeait sur le canapé et, chacun notre tour, on braquait une lampe torche sur son ventre pour voir le bébé bouger.

J'entends sa voix calme et forte, une oreille pressée contre son dos. Je n'ai pas connu ce genre d'expérience. Les cours d'éducation sexuelle en ligne que propose le lycée laissent vraiment à désirer, en dehors des informations techniques. Je me rappelle qu'un jour, Maddy et moi plaisantions avec maman sur le fait qu'elle était tombée enceinte si vite après avoir eu un bébé, et elle a répondu : « N'oubliez pas : l'allaitement n'est pas toujours un moyen de contraception efficace. » On s'est senties hyper gênées et on n'a plus jamais abordé le sujet. En écoutant Adrian, je regrette qu'on soit toujours mal à l'aise, dans ma famille.

– Un soir, alors qu'elle était à presque six mois de grossesse, poursuit-il d'une voix plus basse, je faisais bouger le faisceau de la lampe torche, mais le bébé ne bougeait pas. Ma mère a essayé de se masser un peu le ventre. De boire du jus de fruits et de s'allonger. Tous les trucs qui provoquent habituellement un peu de mouvement. Mais il ne s'est rien passé. Quand elle est allée faire une échographie, ils n'ont pas trouvé de battements de cœur.

– Oh, Adrian. Je suis vraiment désolée.

Je grimace, me détestant aussitôt. Ces mots deviennent tellement insignifiants, à force. Mais je ne sais pas quoi dire d'autre. Je passe les bras autour de son torse et ses mains trouvent les miennes.

– Ils ont dû déclencher le travail. On a tous pu le prendre dans nos bras. Mes parents l'ont appelé Brayden, et même s'il n'était pas vivant, il avait quand même ces petites mains…

Il me relâche pour examiner sa paume ouverte, comme s'il y voyait encore le petit corps de son frère.

– Pour mes dix-huit ans, je me suis fait faire ça, ajoute-t-il en soulevant le côté gauche de son tee-shirt.

Je m'écarte pour mieux voir le tatouage qui remonte sur ses côtes : BRAYDEN DREW CLEMENT. Et, en plus petit, une seule date, celle de sa naissance et de sa mort.

Encore une vie achevée trop tôt.

Adrian aimait son frère et l'a perdu, tout comme j'aimais Maddy et l'ai perdue. Notre chagrin n'est pas identique. Aucun chagrin ne se ressemble. Mais la souffrance et le deuil ne font pas de distinctions.

– Ça a été une période vraiment difficile pour nous tous, reprend-il en baissant son tee-shirt. Mais surtout pour ma mère. Les hormones du post-partum, le chagrin. Elle était déprimée, et sa dépression nous a tous affectés. Elle en était consciente, mais elle ne savait pas comment s'en sortir. Alors elle nous a tous emmenés en thérapie.

– Est-ce que ça vous a aidés ? je demande en reposant ma tête contre son dos.

Il resserre mes bras autour de lui, se laissant aller dans ce moment d'intimité comme si c'était la chose la plus naturelle au monde.

– Ça n'a effacé ni notre tristesse ni notre confusion, mais c'était réconfortant de savoir que j'avais une personne à qui me confier sans craindre d'être un fardeau pour elle. Mes parents avaient perdu leur bébé. Je ne voulais pas en rajouter.

Il exprime précisément ce que je vis. Je suis censée m'estimer heureuse d'être en vie, sauf que maintenant, je suis fille unique, avec des parents en deuil qui doivent apprendre à vivre avec cette perte.

Il change de position pour que je puisse voir son profil.

– En fait, ma psy m'a beaucoup aidé. Je peux être agaçant, parfois, tu sais ?

– Je pensais qu'on appelait ça être drôle, dis-je en riant.

– Je suis drôle. Simplement, je reconnais que je suis aussi agaçant, parfois, même quand je suis drôle, explique-t-il, une pointe d'amusement réapparaissant dans sa voix, brisant la tension et nous rapprochant encore. Tu ferais mieux d'en profiter tant que je l'admets.

– D'accord, c'est noté.

Le silence se fait. Ses yeux descendent sur mes joues pour se poser sur mon sourire, sur mes lèvres.

– Tu disais donc que tu étais parfois agaçant, dis-je doucement.

– Exact.

Il hésite, mais je continue de sourire, contente de fixer ses yeux marron, réconfortée par la chaleur de sa main dans la mienne.

– Il se trouve que faire rire les gens est le seul moyen que j'ai trouvé pour surmonter mon chagrin. Ça a commencé avec ma famille et ensuite, je n'ai plus réussi à m'arrêter.

– Tu as appris tout ça en thérapie ? je demande, me surprenant à me pencher vers lui.

– Oui.

Il incline la tête et se rapproche un peu plus, parlant si doucement que c'est à peine un murmure.

– Ma psy a rapidement abordé le sujet. Tu as déjà essayé de faire rire ta psy ? Laisse-moi te dire que le résultat n'est pas agréable.

Il est si proche que son souffle danse sur ma joue. Je ferme les yeux.

– Je garderai ça en tête, je chuchote.

Ses lèvres touchent les miennes et nous sourions tous les deux en nous abandonnant à ce baiser léger, enchanteur, plein de compréhension et de réconfort. De traumatisme et de chagrin. De joie nouvelle et de rire. C'est ça, tout oublier et être vraiment heureux et…

Et il s'écarte.

– Euh, désolé.

Il rit nerveusement et se lève. Je glisse sur les quelques centimètres qui me séparent du bas du toboggan. Il me prend la main.

– Ce n'est peut-être pas le meilleur moment.

Il m'aide à me relever et j'essaie de me forcer à rire, mais je me sens surtout rougir.

– Parce qu'une mère et ses enfants risqueraient de nous voir ?

– Ouais, il y a ça, aussi, répond-il en balayant du regard le terrain de jeux tout en se grattant l'arrière de la tête. Non, je voulais dire que ce n'était peut-être pas le bon moment, étant donné les circonstances. Les gens se comportent différemment quand ils sont en deuil. C'est pour ça que j'ai suggéré qu'on aille manger des gaufres « en amis ». Je ne voulais pas profiter de toi.

Je croyais que l'excuse de l'amitié témoignait de ses problèmes notoires d'engagement. Il prend mes deux mains dans les siennes.

– Je tiens sincèrement à toi, et je serai là pour toi, mais si ça devient... quelque chose, je veux que ce soit quelque chose d'important, et si pour ça, je dois attendre que tu sois dans le bon état d'esprit, alors je le ferai.

Il ne détourne pas les yeux, ne sourit pas, n'essaie pas de me faire rire, et c'est peut-être la combinaison de ces trois éléments qui me convainc qu'il dit la vérité. Ça, ce qu'il y a entre nous, c'est différent. Ni lui ni moi ne pourrions nier à quel point ce baiser semblait naturel. En fait, je me sens étrangement rassurée par sa retenue. Il sait que je traverse une période compliquée et ne veut pas se conduire en sale type.

Il est tel que je l'imaginais.

– Je crois que je veux la même chose, je réponds.

– Alors on peut se contenter de ça et attendre pour le reste ? demande-t-il en secouant mes mains.

– Oui, je réponds en souriant.

Il me regarde encore, mes yeux et mes lèvres, et je sens que ça monte. L'attirance. L'intimité. Pourquoi un garçon qui me respecte en tant que personne est-il aussi incroyablement attirant ?

– Au fait, j'ai quelque chose à te dire, lance-t-il, faisant éclater l'intensité entre nous. Mais d'abord, est-ce que tu as faim ?

Je grogne et lève les yeux au ciel.

– Les gaufres étaient bonnes, OK ? Pas la peine d'y revenir.

– J'arriverai à te faire dire que ces gaufres sont *phénoménales*, mais ce n'est pas ce que j'avais en tête. Viens.

Il me prend par la main et nous retournons à sa voiture. Je suis heureuse que les choses soient aussi naturelles entre nous, et de cette promesse, de l'espoir qu'il me soutienne pendant toute cette épreuve et m'attende de l'autre côté.

– Je crois que c'est l'heure du pique-nique, annonce-t-il en sortant ses clés.

– Vraiment ?

Respectueux et romantique. Drôle et sérieux. Adrian dépasse tout ce dont j'aurais pu rêver.

– Je vais récupérer la nourriture sur le siège arrière, si tu veux sortir une couverture du coffre.

Il appuie sur un bouton et, tandis que le coffre s'ouvre, sa tête disparaît dans la voiture.

Son coffre est jonché d'objets disparates. Une lampe torche. Une chaussure. Un sac de sport. Plusieurs sachets de biscuits aux fruits qui ont dû glisser d'un paquet. Et, en effet, une couverture.

Sa voix étouffée me parvient depuis l'habitacle, luttant pour se faire entendre par-dessus le crissement de plusieurs sacs en plastique.

– J'espère que tu ne t'attends pas à un repas trois étoiles, mais je te promets que j'ai apporté l'essentiel.

J'attrape la couverture et puis me fige. Là, au beau milieu de son coffre en bazar – sous la couverture, près d'une bouteille d'eau vide et d'un reçu froissé – se trouve un carnet.

Il s'est sans doute ouvert quand Adrian a pris un virage, ou quelque chose comme ça. La page de gauche est couverte de gribouillages – un cactus et un soleil –, mais en haut de la page de droite, je vois le prénom de ma sœur.

– C'est quoi, ça ? je demande en m'en saisissant.

Je connais déjà la réponse.

Adrian me rejoint, portant deux sacs jaunes du supermarché discount.

– … chips goût barbecue, biscuits au cheddar, et… Quoi ?

Son visage se décompose, mais j'ai déjà lu la moitié de la page.

Maddy,

Je suis plus doué pour faire des blagues que pour être sérieux en face à face. Je travaille là-dessus, alors en attendant, je me suis dit que je pourrais essayer de t'écrire. Tu es drôle et courageuse. Tu es passionnée par tes poèmes, et ce que j'adore, c'est qu'ils me donnent un aperçu de ce qui se passe dans ta tête. Je n'ai jamais eu autant envie de connaître quelqu'un que j'ai envie de te connaître, toi.

– Ce n'est pas…

Adrian tente de récupérer le carnet, mais je me détourne pour finir de lire, le couteau de la trahison s'enfonçant un peu plus profondément dans mon cœur à chaque mot.

J'ai merdé, mais je n'ai jamais voulu te faire de la peine. Je suis désolé. Je tiens plus à toi que tu ne l'imagines et j'espère que tu me pardonneras, mais je suis conscient que ça prendra peut-être du temps.

Adrian

Je refuse de pleurer. Pas pour lui. Pas maintenant.

– Est-ce que tu comptais m'en parler un jour ? je demande.

– Je…

Il reste planté bêtement à côté de la voiture, ses bras lestés par les sacs de course. Alors que j'essaie de surmonter la mort de ma sœur tout en étant accusée de l'avoir tuée, il… Il quoi ? Il est sorti avec elle pendant le séjour des terminales ?

– Je pensais que tu voulais quelque chose qui compte, je crache. J'imagine que mes pertes de mémoire sont bien pratiques pour me cacher la vérité, pas vrai ?

– Non ! s'exclame-t-il. Pas du tout.

– Peu importe, dis-je en remettant le carnet et la couverture dans le coffre avant de m'éloigner, furieuse.

– Attends !

J'entends le froissement des sacs, mais je ne le regarde pas les lancer dans le coffre, que j'entends claquer.

– Je vais t'expliquer !

Je résiste à l'envie de lui faire un doigt d'honneur par-dessus mon épaule et pars en courant, traversant des jardins pour rentrer plus vite chez moi, sachant qu'il ne pourra pas me suivre en voiture.

J'ai été stupide de croire que quelqu'un pouvait avoir envie de me fréquenter en ce moment. Il est pire que Nicole et les autres. Leur distance me fait l'effet d'une trahison, mais c'est mieux que de se servir de moi, de se rapprocher de moi uniquement pour cacher la vérité.

Maddy meurt et maintenant il me drague ? C'est malsain. Je suis quoi, moi ? Un lot de consolation, ma sœur n'étant plus une option ? J'ai envie de lui cracher mon venin au visage, de lui dire tellement de choses ! Cette conversation imaginaire se déroule dans ma tête, nourrissant ma colère comme le gaz d'une cuisinière.

Quel genre de type reporte son intérêt sur la sœur d'une fille morte depuis même pas une semaine ? Et ne faut-il pas être complètement stupide pour tomber dans le panneau ? J'ai envie de hurler !

Mon téléphone vibre dans ma poche, mais je l'ignore. Je ne veux pas de ses excuses. Le vent se lève et je dois rentrer chez moi si je ne veux pas me retrouver à errer dans le noir. Je ne reconnais pas le nom de ces rues, mais je sais qu'en continuant dans cette direction, j'arriverai bientôt dans un endroit familier.

Et c'est tout ce que je désire. Un endroit familier. Un endroit où je ne suis ni une meurtrière présumée, ni une sœur en deuil, ni la fille qui reste, ni une lycéenne solitaire. Je veux retrouver ma vie d'avant. Une vie facile, avec un emploi du temps rempli d'entraînements et de devoirs et d'amis. Rien ne m'a préparée à tout ça, et les médicaments du Dr Thelsman et les séances avec le Dr Cramer n'y changeront rien. Ce n'est pas assez pour surmonter ça. Rien n'est assez.

Si c'est ça, la *normalité* que la psy voulait que je retrouve, j'ai eu ma dose. Tout est différent. Ma vie n'est plus comme avant, elle n'est plus ce qu'elle est *censée* être. Je devrais être en train de me préparer pour rejoindre le campus et m'entraîner avec l'équipe pour la rentrée. De faire mes bagages en prévision de mon installation au dortoir et de chercher un mini frigo au meilleur prix.

Tous les autres ont eu le temps de pleurer Maddy, mais moi, je suis coincée dans ce simulacre de vie à pleurer tout le reste, tout ce qui aurait dû être et ne sera jamais. Et je ne veux pas mourir comme elle, mais je ne veux pas non plus vivre sans elle. Je ne veux pas vivre en étant moi-même. Je ne sais toujours pas qui je suis.

Quand j'arrive dans ma rue, le soleil s'est couché. Les lampadaires sont allumés, la température a chuté. J'entre dans la maison par le garage, mais papa et maman ne doivent pas m'avoir entendue, parce qu'ils continuent de parler.

– Le bureau du Dr Cramer est fermé jusqu'à lundi, me parvient la voix de papa.

– Que fait-on d'ici là ? Elle n'est pas...

– Je sais, l'interrompt mon père. On appellera le Dr Thelsman demain matin. Et un avocat.

– Robert.

– Juste au cas où.

Fizzy déboule au coin du couloir, annonçant ma présence. Quand j'entre dans la cuisine, la bouche de ma mère s'ouvre en grand et celle de mon père se referme brusquement.

Ils ne l'admettront jamais devant moi, mais manifestement, ils me croient suffisamment coupable pour avoir besoin d'une défense juridique. J'imagine que je devrais leur être reconnaissante de me chercher un avocat avant que la police nous y oblige.

– On essayait de se préparer un peu, explique ma mère en désignant le calendrier étalé sur la table à côté d'autres papiers. On voulait apporter quelques affaires de ta sœur au lycée, pour la cérémonie d'hommage. Tu peux aller chercher dans votre chambre ce qu'elle aurait voulu qu'on expose ?

Je me fige avant de me tourner vers le garde-manger et d'en ouvrir la porte.

– Comment je pourrais savoir ce qu'elle aurait voulu ? Et pourquoi il n'y a jamais rien de bon à manger là-dedans ?

Je claque la porte et me dirige vers le frigo.

– Est-ce que tout va bien ? demande-t-elle.

Non, maman, je suis soupçonnée d'avoir tué ma sœur, et maintenant, vous voulez que j'aille choisir des objets pour une petite exposition afin que tout le monde puisse faire comme si elle avait compté pour eux ?

– Pourquoi ça n'irait pas ?

Ce n'est pas le moment. Pas en plus de tout le reste. Je sors mon téléphone, efface les messages d'Adrian sans les lire, puis le remets dans ma poche.

– Ta mère te demande simplement de l'aide, intervient papa. On a tous subi énormément de stress, et on a besoin que tout le monde y mette du sien.

– J'essaie d'y mettre du mien ! Désolée d'avoir des maux de tête qui m'obligent à rester allongée plusieurs heures chaque jour. Crois-moi, si je pouvais en faire plus, je le ferai.

– Qu'est-ce qui te prend ? demande ma mère.

– Comment ça, qu'est-ce qui me prend ? Je pose une seule question, et on m'accuse de ne pas aider.

Maman souffle bruyamment.

– Ton père et moi avons été très patients avec toi cette semaine. On a collaboré avec le lycée, on t'a conduite à tes rendez-vous médicaux, on a communiqué avec la police. Tout ce qu'on demande, c'est un peu de patience en retour.

– Désolée d'avoir été un tel fardeau, je réplique en levant les yeux au ciel.

– Tu sais, si c'est pour te comporter comme ça, il vaut peut-être mieux que tu ne sortes pas voir des amis pendant un moment. Tu devrais peut-être rester à la maison et te reposer.

– Alors quoi, je suis privée de sortie maintenant ?

– Ça ne te ressemble pas, lâche mon père.

– Et qu'est-ce que tu en sais ?

Une première larme tombe sur ma joue tandis que des cris silencieux m'écorchent la gorge.

– Je te demande pardon ?! s'égosille ma mère.

Papa pose une main sur son épaule et prend le relais.

– Je sais que tu traverses une période difficile, mais ce n'est pas…

Ses paroles me font penser à Adrian. Tout le monde *sait* que c'est dur. Tout le monde *sait* ce que c'est.

– Tu ne sais rien. Tu ne la connaissais pas. Aucun de nous ne la connaissait ! je m'écrie en pointant un doigt sur mon père. Comment tu aurais pu la connaître ? Tu travailles tout le temps ! Et pour quoi ? Pour que je puisse jouer au volley ?

Ils me regardent tous les deux comme si je les avais giflés.

– Vous commettez la même erreur. Je ne suis plus la même qu'avant. Je ne suis plus la fille que vous aviez…

– Calme-toi… dit papa d'une voix trop forte.

– Vous ne m'écoutez pas ! Vous ne me connaissez même pas ! Vous…

– Tout ça n'a aucun sens ! s'écrie maman.

– Je sais ce que vous pensez que je suis ! Je le vois dans vos yeux. Ce n'est plus pareil. Vous les croyez – les flics. Vous croyez que je l'ai tuée !

– Arrête, Maddy !

Ce prénom m'emporte comme une avalanche, me coupant le souffle aussi vite que la neige et la glace effacent des hectares de forêt et de vie. Elle *n'a plus le droit* de se tromper ; je me fiche qu'elle soit stressée. Je la foudroie du regard, les épaules redressées, le cou tendu.

Les larmes lui montent aux yeux. Elle se détourne et grimpe l'escalier en courant jusqu'à sa chambre dont elle referme la porte sans prendre la peine de la claquer, même si le résultat est le même.

Elle n'a pas besoin de le dire. Je sais ce qu'elle pense.

Elle n'a pas besoin de mots pour me dire que Maddy ne lui aurait jamais parlé sur ce ton. Maddy aurait ri et souri gentiment. Maddy se serait comportée en fille obéissante.

Du moins en apparence.

Maman n'a pas connu la fille qui se battait contre elle-même dans son journal, qui gardait le silence pour que personne ne soupçonne ce qu'elle ressentait vraiment, qui brillait juste assez pour que les gens continuent de regarder exactement ce qu'elle voulait qu'ils regardent. Maman n'a pas connu la fille dont Adrian est apparemment tombé amoureux.

Papa et moi restons silencieux alors que je le supplie intérieurement de me hurler dessus, de continuer la dispute. Tout ce dont j'ai besoin, c'est d'une raison – même mauvaise – de crier. Seul le souffle de la colère pourra me ranimer.

Mais il s'effondre sur une chaise, la tête entre les mains. En voyant ses épaules bouger, je comprends qu'il pleure. Doucement. Finalement.

Il ne s'interrompt pas pour me regarder monter l'escalier, seule.

CHAPITRE 24

MADDY : 25 AVRIL

Dans la petite alcôve, Grace et Adrian sont illuminés comme par un projecteur. Le doux rire de ma sœur flotte à travers la pièce telle une sirène m'alertant d'un danger que je ne veux pas découvrir.

Je ne savais pas que j'étais encore entière avant ce moment, mais ma poitrine se cristallise. Figée. Dure. Immobile. Soudain, la vérité me heurte de plein fouet : les taquineries joueuses de Grace avec lui pendant la randonnée, sa façon de le regarder maintenant. Il lui plaît. Pour une fois qu'un garçon me témoigne de l'intérêt, elle ne peut pas le laisser tranquille.

Elle est le soleil, attirant tout le monde dans son orbite, sa chaleur, sa lumière.

Cette prise de conscience – qu'elle sera toujours une meilleure version de moi, qu'elle obtiendra toujours tout ce que je désire, que mes espoirs de changement étaient naïfs, stupides et vains – me fend en deux. J'entends presque le craquement, comme quand on verse de l'eau chaude sur des glaçons dans un verre.

Un étrange silence s'installe dans la pièce, comme s'ils l'avaient entendu aussi. Ils relèvent les yeux et me dévisagent.

Je me mords la lèvre et fais volte-face.

– Maddy ! lance Adrian, mais c'est la main de Grace qui m'agrippe le bras, m'arrête.

– Maddy, attends.

– Pourquoi ?

Toutes ces années à être ignorée et oubliée s'enflamment comme une allumette. J'en ai marre de rester dans l'ombre.

– Pourquoi faut-il toujours que tu fasses ça ? je crie.

– Que je fasse quoi ? Adrian m'a dit que tu étais en colère contre lui…

– Tu quoi ? je hurle pratiquement en me tournant vers Adrian.

– Je ne lui ai pas dit pourquoi, se justifie-t-il en s'avançant d'un pas.

– On ne faisait que discuter, ajoute Grace.

– Tu ne peux pas faire « que » quelque chose sans que tout le monde tombe amoureux de toi, je crache.

– Qu'est-ce que tu racontes ?

– Maman et papa. Les profs. Les entraîneurs. Les amis. Tout le monde ! Tu ne sais pas exister sans te débrouiller pour que tout le monde t'aime, soit ébloui par toi.

– C'est pas vrai. Je…

Mon rire l'interrompt.

– Tu as raison. Ce que j'ai pu être idiote de penser pendant toutes ces années que tu *voulais* que les gens te regardent. En réalité, tu t'en fiches royalement, parce qu'il faudrait déjà que tu fasses attention à quelqu'un d'autre qu'à toi.

Sa mâchoire se contracte, mais elle parvient à gronder :

– Je voulais t'*aider*.

– Tout le monde veut m'aider, soudain. J'ai dit que j'allais *bien*.

Le tremblement de ma voix me trahit.

– Je n'ai rien fait de mal, reprend Grace.

On y est. Sa stratégie d'évitement typique.

– Bien sûr que non, je réplique en la regardant droit dans les yeux, sans sourire cette fois-ci, car je ne peux plus mentir, ni à elle, ni à moi. Tu ne fais jamais rien de mal, et que personne n'ose suggérer le contraire !

Adrian s'éclaircit la gorge.

– On n'était pas…

– Toi, n'en rajoute pas, dis-je pile au moment où ma sœur se retourne brusquement et lance : « Reste en dehors de ça. »

Il referme la bouche et s'assoit. Grace s'en prend à moi :

– Ne sois pas aussi susceptible. Je te connais, Maddy, et tu…

– Tu ne me connais pas. Ça fait des années que tu ne me connais plus.

Ces mots ont jailli de la petite pièce sombre où je les tenais sous clé. Je ne peux pas les retirer. Je ne peux même pas essayer de les cacher et d'autres arrivent encore.

– Tu ne sais pas à quel point c'est dur de voir nos différences tous les jours. Ce que ça fait de voir papa et maman se précipiter à tes matchs tous les week-ends. Ou de dîner seule à la maison pendant que papa bosse pour payer ton inscription au club et que maman te conduit à l'entraînement. Tu ne sais pas ce que ça fait de rester toute seule tous les week-ends pendant que tu sors avec ta clique d'amis.

– Je t'ai invitée à m'accompagner, mais tu étais toujours occupée à faire du baby-sitting, répond-elle, sur la défensive.

– Non, j'ai fait en sorte d'être occupée parce que je préfère rester avec un enfant de quatre ans qui apprécie ma compagnie plutôt que coller aux basques de ma sœur et découvrir de nouvelles façons d'être ignorée.

– Personne ne t'ignorait…

Son regard passe par-dessus mon épaule lorsqu'elle entend des bruits de pas dans l'escalier, l'écho de bavardages.

– Est-ce qu'on peut aller parler de ça ailleurs ? demande-t-elle.

– On est très bien ici.

Je sens la présence de nos camarades de classe derrière moi, confirmée par le visage de Grace, qui perd toutes ses couleurs.

– Et si, on m'ignorait. Tu es trop aveuglée par l'attention de tes amis pour t'en apercevoir. Ils ne me parlent pas. Ils ne parlent qu'à toi alors que je suis juste à côté de toi. Ils ne me regardent même pas.

– Maddy, s'il te plaît, me supplie-t-elle en regardant derrière moi au lieu de me regarder, moi.

– Et maintenant, tu vas partir à Trin' U et me laisser à la maison. J'en ai marre d'être oubliée. Tu te rappelles la fois où tout le monde est allé chez Nicole après le ciné ?

– Tu étais malade alors tu as appelé maman pour qu'elle vienne te chercher.

– Non. Je n'étais pas malade, Grace. Je suis juste allée aux toilettes, tout le monde s'est réparti dans les voitures et personne n'a pensé à me garder une place.

– Je ne savais pas… marmonne ma sœur en regardant ses pieds.

– Ce n'est pas une excuse. Tu aurais dû savoir. Regarde-moi ! je crie.

Ça n'a rien de la supplique que j'avais toujours imaginée. C'est un ordre, et elle obéit.

– Si tu avais vraiment tenu à moi, tu aurais regardé autour de toi et tu m'aurais remarquée, mais tu étais trop occupée avec tes amis, tout comme ils étaient trop occupés avec toi.

– Tu as des amis, murmure-t-elle. Tu as Erica.

– Tu ne peux pas comprendre. Je n'ai personne, Grace. Pas même toi.

Je lui tourne le dos et me retrouve face à nos camarades qui engorgent le couloir et continuent de se déverser de la cage d'escalier. Ils ont le bon sens de me laisser passer.

J'avance devant tous ces yeux braqués sur moi, tête haute.

Tout le monde me voit, désormais.

Je monte l'escalier d'un pas furieux et imagine tout le monde en train de me fixer, mais je ne me sens pas gênée. En fait, ma colère et mon chagrin se détachent à chaque pas, comme de la boue séchée tombant de mes chaussures. Au moment où j'atteins le sommet de l'escalier, je me suis transformée.

Je n'ai jamais été aussi honnête de ma vie. Ni avec Grace ni avec personne. L'excitation vrombit en moi. Je me sens légère, j'ai l'impression que je pourrais m'envoler si j'essayais vraiment.

Tout le monde me dévisageait, et ça m'était égal.

Tout le monde m'écoutait, et j'ai crié encore plus fort.

Qui suis-je devenue ?

Je ne connais pas cette fille, mais je l'aime déjà.

C'est sûrement ce que ressent Fizzy quand on oublie de fermer la porte et qu'elle file dehors. Une liberté totale.

– Ahhh ! je lance, guillerette, en entrant d'un pas sautillant dans la chambre.

Je manque foncer dans Jade qui s'apprêtait à sortir, la tête à moitié cachée dans le sweat qu'elle est en train d'enfiler.

– Je l'ai fait. Je l'ai vraiment fait, bon sang !

– Quoi donc ? demande-t-elle quand sa tête émerge.

– J'ai dit à Grace ce que j'ai ressenti ces quatre dernières années.

– Tu lui as tout dit ?

Elle semble dubitative.

Je fais une pirouette puis me laisse tomber à la renverse sur son lit.

– J'ai été moi-même. Pour une fois. Je ne me suis pas censurée. D'ailleurs, je suis étonnée que tu ne m'aies pas entendue, vu le volume de la discussion.

Je ris. Je n'arrive plus à m'arrêter.

– Comment elle l'a pris ?

Mon rire s'éteint, et je reste allongée un moment en silence.

– Elle… je ne sais pas. Elle a essayé d'esquiver, je crois.

– Mais tu ne l'as pas laissée faire.

– Non. J'ai tout mis sur le tapis.

– Je ne me doutais pas que tu avais toute cette colère accumulée en toi, dit-elle en fouillant dans son sac.

– Honnêtement, moi non plus.

L'énergie palpitant dans mes veines, plus grisante que toutes les aventures ou activités programmées dans le cadre du séjour, commence à s'estomper, et mon corps me semble lourd. Je m'assieds.

– Tu penses que je suis allée trop loin ? Je me sens un peu mal pour elle.

– Elle l'a bien cherché, réplique Jade d'une voix où perce le mépris. Est-ce qu'elle se sentait mal quand elle allait à des fêtes sans toi ? Ou quand tu n'as pas eu ta bourse ? Ou quand tu restais chez toi toute seule ?

– Attends, qu'est-ce que tu… comment tu es au courant, pour la bourse ?

Jade se fige. Seulement un instant.

– Tu l'as dit l'autre jour.

Elle sort ça sur le même ton que la fois où je suis entrée dans la chambre, le premier jour, et l'ai surprise avec son téléphone – comme si j'étais incroyablement stupide.

– Quand M. Gutter t'a interrogée sur le volley, précise-t-elle.

– Non, dis-je en secouant la tête. Non, je n'ai pas parlé de la bourse. Grace n'est pas au courant. Personne n'est au courant. À part…

Tout se met en place, comme les trois dernières pièces d'un puzzle. *Clic, clic, clic.*

– Ça fait quatre ans que je dors dans la même chambre que Grace. Elle ne m'a jamais dit que je parlais dans mon sommeil, pas une seule fois.

– Et alors ? réplique Jade en riant froidement, calmement, naturellement, comme si elle attendait qu'un public imaginaire s'esclaffe en chœur avec elle.

– Je n'ai pas parlé de Mateo en dormant, dis-je en récupérant mon carnet dans la commode. Tu l'as lu.

Je prononce ces mots lentement, et chacun d'entre eux ravive ma colère.

Je l'ouvre à l'une des premières pages, sur le graphique avec les hauts et les bas de ma vie, l'électrocardiogramme. Je pointe le doigt sur le moins six.

– Tu as lu mon carnet. Il n'y a que comme ça que tu as pu être au courant pour la bourse, et pour Mateo.

Je me prépare à encaisser sa réponse. Elle va me dire la vérité. Je l'ai prise en flagrant délit de mensonge. L'amitié que je croyais avoir construite avec elle est cassée, elle va être obligée d'avouer sa trahison.

– Je ne sais pas pourquoi tu te mets dans un état pareil, réplique-t-elle d'une voix douce, sans une pointe de colère, comme si elle tentait de m'aider. Je sais que ça a dû être dur pour toi de te disputer avec Grace, mais honnêtement, tu n'es pas obligée de projeter ta colère dysfonctionnelle sur moi.

– C'était ça, le but, pas vrai ? Que je me dispute avec elle. Tu m'y as poussée pendant tout ce temps.

– Je t'ai seulement encouragée à être honnête avec elle.

Encore une fois, elle parle avec une voix de sainte, comme si elle était sincèrement perplexe de devoir m'expliquer ça.

– Je ne t'ai forcée à rien du tout, ajoute-t-elle.

– Toutes ces questions sur elle… quand tu m'as demandé si c'était elle qui avait fait ce montage de Gutter… quand tu voulais que je lui parle de Mateo. Tu voulais que je lui fasse du mal.

– Un petit conseil : évite d'accuser les gens. C'est dangereux. Ça a tendance à les mettre en colère.

Et sur ce, elle s'éloigne.

– Je te faisais confiance !

Elle pivote dans l'embrasure de la porte. Sous ses cheveux rouges qui encadrent son visage, sa couleur naturelle, le noir, s'accorde avec ses yeux. Quand elle reprend la parole, c'est d'une voix pleine de pitié et de sincérité.

– J'ai appris il y a très longtemps à ne faire confiance à personne, surtout pas à de soi-disant amis. Il est temps que tu apprennes la leçon, toi aussi.

Elle referme la porte derrière elle.

Je la rouvre brusquement – du moins j'essaie. À peine ma main agrippe-t-elle la poignée que celle-ci tombe par terre. Je recule en titubant, déséquilibrée.

J'enfonce les doigts dans le trou, mais ça ne sert à rien. La porte ne s'ouvre pas.

Je suis enfermée.

Jade m'a enfermée.

J'essaie de remettre la poignée en place, mais les minuscules vis tombent par terre dans un petit tintement, et l'un d'eux roule sous la porte.

– Jade ! je crie en tapant du poing sur la porte. Jade ! Laisse-moi sortir d'ici. À l'aide ! Je suis enfermée !

Je sais que j'ai l'air ridicule, mais je m'en fiche. Je veux sortir d'ici et l'étrangler.

Je m'arrête pour plaquer une oreille contre la porte. Le couloir est silencieux. M. Gutter a fait descendre tout le monde pour la dernière session de la soirée. Il n'y a personne à l'étage, littéralement personne pour m'entendre hurler.

Et c'est ce que je fais. Je pousse un cri de frustration déchirant, venu du plus profond de moi. Jade m'a manipulée pendant tout le séjour.

J'essaie de remettre la vis en place et de la tourner avec mon ongle, mais ça ne suffit pas. Jade a dû se servir d'un outil. Je cherche un tournevis ou une lime à ongles, n'importe quoi. Je n'hésite qu'une seconde avant de regarder dans son sac. Elle a perdu le droit à son intimité quand elle m'a enfermée ici.

Rien.

– À l'aide ! je crie de nouveau, mes poings martelant la porte.

Mais personne ne vient. Tout le monde est en bas, et personne n'a remarqué mon absence. Ou, si quelqu'un s'en est aperçu – Grace ou Adrian –, il s'en fiche. J'ai repoussé les seules personnes dont j'étais proche.

Il n'y a pas d'horloge dans la chambre, je ne sais donc pas combien de temps s'est écoulé quand, assise sur le sol froid, j'entends des pas résonner dans le couloir. Je me lève d'un bond et tambourine sur la porte.

– Ého ! Il y a quelqu'un ? Hého !

La poignée extérieure tourne et la porte s'ouvre en grand. Tori, avec ses lunettes qui lui dévorent la moitié du visage, se tient dans l'embrasure de la porte.

– Maddy ? s'étonne-t-elle alors que je la serre dans mes bras.

– Merci !

– Tu étais là pendant tout ce temps ?

– Oui, je...

– Tu sais où est Grace ?

– Grace ? Que... Non.

– Elle n'était pas en bas, alors je suis venue la chercher. Et je t'ai entendue taper.

Elle se dirige vers la chambre qu'elle partage avec ma sœur. Elle ne jette qu'un coup d'œil à l'intérieur avant de suggérer qu'on aille voir aux toilettes, mais je remarque alors un bout de papier plié par terre.

Il a été arraché à un carnet. Mon carnet ? Je le déplie. C'est mon écriture.

Mais... c'est impossible. Ça n'a aucun sens. Je relis la page, essayant de comprendre.

C'est bien mon écriture.

Et mon nom tout en bas.

Pourtant, je n'ai pas écrit ça.

– C'est pour Grace, dit Tori en regardant par-dessus mon épaule.

Je plie le papier en deux avant qu'elle puisse lire plus que la première ligne.

Je ne veux pas qu'elle voie les mensonges qui recouvrent la page. Car il s'agit bien de ça : de mensonges éhontés. Je ne suis pas assez bête pour les gober, d'autant plus que je sais que je n'ai jamais écrit ça. Mais Tori pourrait se faire avoir.

Et Grace aussi.

Je pousse un juron, faisant sursauter Tori.

– Qu'est-ce qu'il y a ? Qu'est-ce qui ne va pas ?

J'en ai ma claque de ces petits jeux stupides. Je dois y mettre un terme, car il n'est pas question que je paie les conséquences de ces mensonges.

– Je sais où est allée ma sœur. Je vais aller la chercher, mais il faut que tu me couvres.

– Comment ça ? Où est-ce que tu vas ?

Je pars déjà en courant dans le couloir, fourrant le mot dans ma poche et descendant l'escalier quatre à quatre.

Je n'ai pas écrit cette lettre à Grace, mais je sais qui l'a fait.

Ça me
transperce
le dos comme
une lame
dentelée
plantée en
plein coeur.
Toute cette
douleur
s'insinue dans
mes tendons
et me brûle
les muscles.

Tu as manié ton poignard et tu l'as enfoncé en
me serrant toi tel un scorpion sur sa proie.

Tes mots
sont gravés
en moi.
Mais le pire
c'est de savoir
la cruauté
dans ton
coeur
mauvais.
Je ne
vois pas
d'autre
raison à
la prof
ond
eur
de ta
tra
hi
so
n

CHAPITRE 25

GRACE : 5 MAI

L'atmosphère reste tendue à la maison le lendemain, s'ajoutant à – ou causant – une nouvelle vague de migraine. Dès que je lève la tête de l'oreiller, la douleur lancinante derrière mes yeux devient insupportable. Au moins, ça me distrait chaque fois que je me rappelle la trahison d'Adrian. J'ai passé la journée au lit pour qu'on me laisse tranquille. Mes parents sont venus prendre de mes nouvelles à quelques reprises, mais je suppose qu'ils sont aussi soulagés de me voir « endormie » que je le suis quand ils referment la porte.

Un texto de Tori me convainc de décoller mon visage de l'oreiller.

Hosmer Street, c'est ça ?

Adrian a fini par renoncer à m'envoyer des messages, mais je n'ai pas oublié le conseil qu'il m'a donné au parc. Certains invités à la fête de Nicole, et plus particulièrement Tori, savent peut-être quelque chose qui pourrait m'innocenter. J'ai son numéro, alors j'en ai profité. Si ce n'est pas le cas d'Adrian, peut-être que quelqu'un d'autre sera honnête avec moi.

Mes parents ne m'autoriseront jamais à aller à une fête, mais j'ai déjà résolu ce problème. Dès qu'ils seront allés se coucher, en prenant Fizzy avec eux, je sortirai par la porte de derrière. Ils ne m'entendront pas.

Ouais, près du panneau stop, je réponds à Tori. Je lui ai donné rendez-vous au bout de ma rue. Je serai rentrée avant même que mes parents ne s'aperçoivent de mon départ. J'ai les nerfs à vif. Pas parce que je vais faire le mur ou aller à cette fête, mais à la perspective de découvrir la vérité.

Dehors, le soleil n'est pas couché, mais il commence à se faire tard. Mes parents devraient monter d'ici dix à quinze minutes.

Une portière claque dans la rue. Puis une autre. Ça ne peut pas être Tori, il est trop tôt, et puis elle n'est pas censée venir me chercher ici.

Je regarde par la fenêtre. L'agent Jones remonte notre allée derrière l'inspecteur Howard.

Oh non. Non, non, non ! Ils ont dû trouver les preuves dont ils avaient besoin pour m'arrêter. Il n'y a aucune autre raison à leur venue.

Il faut que je fiche le camp d'ici. *Tout de suite.*

S'ils pensent que j'ai tué Maddy, il n'y a qu'une façon de leur prouver qu'ils ont tort. Il faut que je découvre ce qui s'est réellement passé cette nuit-là. Quelqu'un à cette fête doit savoir pourquoi on s'est disputées, ou ce qu'on faisait dehors, *n'importe quoi.* Sinon, aucun avocat ne pourra me sauver.

Je prends mon téléphone et sors en quatrième vitesse de ma chambre, mais je m'arrête en haut de l'escalier. Ils ont déjà remonté la moitié de l'allée.

Le rez-de-chaussée est bloqué. Option suivante.

La sonnette retentit. Fizzy aboie. Je fonce dans la chambre de mes parents, le cœur au bord des lèvres.

Le balcon.

Il y a un balcon dans leur chambre. Je n'en ai jamais escaladé la rambarde et je ne suis jamais descendue en me laissant glisser sur le pilier, mais je n'ai plus le choix.

J'entends maman ouvrir la porte d'entrée, mais la conversation est noyée sous les aboiements de Fizzy, lesquels sont à leur tour étouffés lorsque je sors sur le balcon, qui donne sur l'arrière de la maison. Je m'agrippe à la rambarde et l'enjambe. Le sol me semble beaucoup plus bas maintenant que j'ai les jambes dans le vide, mais ma peur d'être arrêtée l'emporte sur celle de tomber.

Je serre les jambes autour du poteau qui soutient le balcon, à quelques centimètres sur ma gauche, et commence à descendre. Ça pourrait bien être la pire idée de ma vie. J'ai les mains moites. Mes claquettes ne me permettent d'exercer aucune traction. Presque immédiatement, l'arrière de mon genou racle le bois et des échardes s'enfoncent comme des aiguilles dans ma peau.

C'était vraiment une idée pourrie. Si je tombe, non seulement je ne pourrai pas échapper à l'inspecteur Howard, mais en plus j'aurai une jambe cassée. Ou pire. Et je ne pourrais pas supporter pire, en ce moment.

Je suis presque à mi-hauteur quand, par la fenêtre de la cuisine, j'aperçois le profil d'un policier. S'il fait un pas sur la droite, il me verra.

Et merde.

Je saute. Une douleur vive me transperce la cheville. Grimaçant à chaque pas, je traverse en claudiquant le jardin des voisins et émerge sur Russell Street.

J'ai réussi. Marche normalement. Ils sont sans doute toujours dans la cuisine, pas encore en haut.

Je sors mon téléphone et tape un message à Tori, qui doit être en route.

Changement de programme. Il y a une aire de jeux dans mon quartier où tu peux venir me chercher. Je t'enverrai la localisation quand j'y serai.

Je coupe à travers les mêmes jardins qu'hier puis, arrivée au parc, j'envoie la localisation. Tori répond par un pouce levé. Les quelques minutes que je passe cachée derrière un arbre me semblent durer une heure. Je m'attends sans cesse à voir débarquer la voiture de l'inspecteur Howard à la place de celle de Tori. Pourquoi venir chez moi si ce n'est pour m'arrêter ? S'il avait simplement voulu nous faire un rapport sur les avancées de l'enquête, il nous aurait appelés.

Le terrain de jeux est vide, comme quand Adrian m'a amenée ici. Non, je ne veux pas penser à ça. À lui. J'ai été tellement bête de croire ce qu'il me disait.

Une voiture se gare lentement sur le parking. Tous les muscles de mon corps se tendent. Ses phares sont trop vifs. Je n'arrive pas à voir qui est derrière le volant. Je manque pousser un cri quand mon téléphone se met à vibrer dans ma poche. Je suis là, dit le message de Tori.

Je sors de ma cachette et tente de ne pas montrer que j'ai couru en arrivant à sa voiture. J'aurais dû aller aux toilettes avant de m'enfuir. Tout ce stress, c'est trop pour ma vessie.

– Désolée pour les poils de chat, s'excuse Tori en se hâtant de passer une brosse adhésive sur le siège. On a dû aller chez le vétérinaire tout à l'heure.

– C'est pas grave, dis-je, plus essoufflée que je ne l'espérais, en m'asseyant pratiquement sur sa main dans ma hâte à refermer la portière. On peut y aller.

Tori démarre.

– Alors, tu, euh, tu as eu un changement de programme ? demande-t-elle d'un air soupçonneux.

C'est effectivement bizarre de demander à quelqu'un de venir vous chercher dans un parc et de surgir de derrière un arbre.

– Ouais. Mes parents sont vraiment surprotecteurs depuis, tu sais... tout ça. Ils ne voulaient pas que je sorte ce soir.

Elle serait peut-être moins disposée à me conduire à la fête si elle savait que je fuis la police venue m'arrêter pour le meurtre de ma sœur.

Elle s'humecte les lèvres et tapote nerveusement le volant. Je ne la connais pas bien, mais du peu que je sais d'elle, elle n'est pas du genre à faire le mur pour aller à une fête. Moi non plus, d'ailleurs. Du moins, avant.

Mon téléphone se met à sonner.

– Mes parents.

Tori me lance un coup d'œil anxieux.

– Peut-être qu'ils se font du souci pour toi, suggère-t-elle doucement.

Mon téléphone continue de sonner et de vibrer dans ma main. Je sais qu'ils ne comprendront pas pourquoi je suis partie, mais c'est trop cruel de disparaître sans un mot. Ils ont déjà perdu Maddy. Je ne veux pas qu'ils se demandent s'ils m'ont perdue aussi.

Je fais glisser mon doigt sur l'écran, et ma mère se met à hurler avant même que mon téléphone atteigne mon oreille.

– Où es-tu ?

– Je vais bien, maman ! Je dois faire quelque chose.

– Il faut que tu rentres…

– Je te promets que je rentrerai plus tard. Je vais bien ! je crie par-dessus ce qu'elle est de train de hurler, et puis je raccroche.

L'inquiéter comme ça me fait horreur. Papa aussi. J'espère qu'il est seulement en colère, pas effrayé. Après tout ce qu'ils ont traversé, je ne supporterais pas qu'ils aient peur pour moi.

La voiture me semble trop silencieuse sans ma mère qui crie au téléphone. Si j'apprends ce qui est arrivé à Maddy et évite d'être arrêtée, je vais quand même passer un sale quart d'heure en rentrant chez moi.

Il faut que cette sortie en vaille la peine.

– Tu peux choisir une station de radio, propose Tori, rompant le silence. Je, euh, je n'écoute pas vraiment de musique, alors ça m'est égal.

– Tu n'écoutes pas de… laisse tomber, dis-je en tendant la main vers l'autoradio.

Je savais que Tori Syblonski était bizarre, mais de là à ne pas écouter de musique !

– Je voulais aller à la fête avec toi pour qu'on puisse discuter, je reprends.

– Je suis contente que tu m'aies envoyé ce message hier soir. Je voulais te contacter, mais je ne savais pas comment m'y prendre.

– C'est vrai ? je demande en regardant par-dessus mon épaule.

Pas de phares. Pas d'autres voitures.

– Je voulais te présenter mes condoléances et te demander si tu avais besoin de quoi que ce soit.

– Oh, merci, dis-je en tirant sur ma jupe. J'espérais que tu pourrais m'en dire plus sur ce qui s'est passé pendant le séjour des terminales. En particulier sur ma dispute avec ma sœur. Est-ce que tu sais quel était le motif ?

– Alors c'est vrai ? Tu ne te rappelles rien de cette semaine ?

Elle quitte la route du regard pour me jeter quelques rapides coups d'œil. Je me fiche de savoir où elle a entendu cette rumeur.

– Oui, c'est vrai.

Elle hésite, ses mains agrippant le volant à 10 h 10 précises.

– Je, euh, j'ai quelque chose à te dire, et ce n'est pas facile, mais je suis contente d'avoir la possibilité de le faire en personne.

Elle marque une pause. Je n'ai aucune idée de ce qui m'attend. Qu'est-ce que Tori Syblonski peut bien cacher ?

Elle quitte la route principale, ralentit en s'engageant dans une rue bordée de champs de maïs, sans ligne médiane. Il n'y a pas d'autres véhicules.

– Je sais pourquoi tu es sortie cette nuit-là, lâche-t-elle à toute vitesse. Il y avait un mot dans notre chambre, et je n'ai pas pu le lire, mais toi si, et juste après, tu as couru dehors. Je savais que ta sœur et toi aviez quitté l'hôtel, mais j'avais promis de n'en parler à personne. J'ai tenu cette promesse.

Son menton se met à trembler et sa voix se fêle.

– Je pensais vous rendre service, mais j'aurais dû avertir quelqu'un quand j'ai vu que vous ne reveniez pas. Je n'imaginais pas qu'il se passerait quelque chose. Je ne savais pas ce qui…

Elle pleure tellement qu'elle n'arrive plus à parler.

Maddy et moi sommes toutes les deux sorties en douce, et Tori nous a aidées en gardant le secret.

– Je suis désolée, reprend-elle en s'efforçant de reprendre son souffle. Si j'avais dit quelque chose plus tôt, peut-être…

Elle n'arrive pas à finir sa phrase.

On sait toutes les deux que Maddy aurait peut-être survécu.

Cependant, ce n'est pas le secret de Tori qui a tué Maddy. J'ai besoin de savoir qui l'a fait. J'ai besoin de savoir que ce n'était pas moi.

– On est encore loin ? je demande. On devrait bientôt arriver, non ?

Je scrute le paysage sombre par la vitre. On roule depuis un moment, et aucune de ces routes ne m'est familière. Plus vite on y sera, plus vite je découvrirai la vérité.

– On a encore trente minutes de route, répond-elle calmement en reniflant.

– Quoi ? je demande en tournant brusquement la tête vers elle. Je croyais que c'était chez Nicole.

– Oui. Dans sa maison au bord du lac. À French Lake.

French Lake.

Je me laisse aller contre mon siège. J'ai la tête qui tourne.

On va à French Lake. Là où j'ai été retrouvée, sur le bas-côté de la route. Là où le corps de Maddy a été retrouvé, sur ce banc de sable.

– Tu trembles, fait remarquer Tori.

Je prends quelques inspirations frémissantes et coince mes mains entre mes jambes. Je peux y arriver.

Je ne me rappelle pas exactement ce qui s'est passé là-bas, mais je sais que ça a été la pire nuit de ma vie. Je sais que j'ai été blessée assez grièvement pour être hospitalisée. Je sais que j'ai tenu le corps inconscient de ma sœur. Je sais que Maddy y est morte.

Je vais retourner à French Lake ce soir.

À moins que je ne demande à Tori de me ramener chez moi.

Où m'attendent l'inspecteur Howard et l'agent Jones.

Je peux y arriver. Je peux retourner au lac si ça me permet de prouver mon innocence. Si ça me permet de fournir des réponses à mes parents, si ça nous permet d'enterrer ma sœur en connaissant la vérité, je peux y arriver.

– Qu'est-ce que tu sais d'autre sur ce mot ?

– Pas grand-chose, en fait. J'ai seulement pu y jeter un bref coup d'œil.

– Qui d'autre était au courant ?

– Personne. Mais…

– Mais quoi ?

Tori parle lentement, comme si elle essayait de se rappeler les détails.

– Quand Mme Sanderson s'est rendu compte que vous aviez disparu, elle est allée voir dans vos chambres. Mais au lieu de retourner dans sa chambre, Jade m'a suivie et s'est mise à fouiller dans la nôtre. Elle disait qu'elle cherchait un papier qu'elle pensait avoir oublié ici. Sur le coup, je n'ai pas tiqué, mais je ne me souviens pas qu'elle soit venue dans notre chambre avant ça. Tu crois que c'était ce mot qu'elle cherchait ?

Jade. La camarade de chambre de Maddy. Elle était terrifiée quand elle m'a vue en face d'elle dans la salle d'attente du Dr Cramer.

– Peut-être.

Carrément. Jade sait quelque chose.

Quand nous arrivons chez Nicole, Tori se gare, coupe le moteur et se tourne vers moi.

– Je suis désolée, répète-t-elle.

– Je sais.

Mais je n'ai pas fui la police pour écouter des excuses. Il me faut des aveux.

Je ne suis pas du tout surprise que la maison de Nicole soit aussi immense. Elle pourrait avaler deux maisons comme la mienne au petit déjeuner et avoir encore faim. Une grande véranda domine la façade sur toute sa longueur, mais le garage pour quatre voitures n'est pas moins impressionnant. La peinture blanche reluit dans la lumière qui se déverse des grandes fenêtres.

– Allons chercher Jade, dis-je.

De la musique passe à plein volume et des gens dansent sous la véranda. Il y a presque tous les terminales, et même des élèves plus jeunes qui ont réussi à s'incruster. Les regards s'attardent un peu trop longtemps sur moi. Je passe la porte d'entrée et coince une mèche bouclée derrière mon oreille. Je ne suis pas coiffée comme quand je sors d'ordinaire, car j'ai perdu la main.

À l'intérieur, la musique est encore plus forte. Des personnes que je n'ai pas vues depuis deux semaines – depuis avant le séjour – dérivent devant moi. Je connais leurs noms et leurs visages, mais il pourrait aussi bien s'agir d'inconnus.

Un gars saute par-dessus le canapé et réapparaît avec la chaussure de quelqu'un. Un couple s'embrasse contre un mur. Je n'arrive pas à croire qu'avant, j'allais à ce genre de fêtes tous les week-ends. J'ai l'impression de m'être trompée de salle de classe, au lycée. Tout le monde est à l'aise, sûr de soi, mais moi, je ne suis pas à ma place.

– Hé, lance Adrian, sortant de nulle part. J'espérais te voir, mais je n'étais pas sûr que tu viendrais.

– Je ne suis pas venue pour toi, je réplique en me mettant sur la pointe des pieds, espérant apercevoir les cheveux rouges et noirs de Jade.

– Je veux vraiment te parler de ce qui s'est passé.

– De quoi, au juste ? Du fait que tu as essayé de sortir avec ma sœur ? Ou du fait que tu m'as menti à ce sujet ?

Je n'en reviens pas de lui avoir accordé ma confiance. Mais ce n'est pas moi qui devrais avoir honte. C'est lui. Et c'est ça qui m'énerve le plus.

Cependant, je n'en saurai pas plus sur ce que veut me dire Adrian, puisque à ce moment-là, Erica, l'amie de Maddy, m'aperçoit depuis le salon. Elle vide son gobelet en plastique rouge, la tête rejetée en arrière, avant de le passer à Zoey. Puis elle fond sur moi d'un pas déterminé. Elle manque se casser la figure en fonçant dans une chaise de cuisine, mais elle ne semble même pas s'en rendre compte.

– Je suis tellement contente que tu sois venue !

Elle pleure presque en me serrant dans ses bras. Je m'écarte, détachant ses bras de mes épaules.

– Je suis *vraiment* désolée d'avoir écrit ces posts. Tu avais totalement raison de me tomber dessus.

– Je n'ai pas vraiment le temps de parler de ça maintenant, dis-je en regardant par-dessus son épaule.

Un peu d'alcool (enfin, beaucoup, apparemment) et voilà qu'elle dévisage Adrian comme si elle le voyait pour la première fois.

– Avec qui tu es venue ?

Elle essaie de remuer les sourcils d'un air suggestif mais ne parvient qu'à loucher.

– Je ne suis pas avec lui, dis-je impatiemment.

J'ai une mission à accomplir.

– Tiens, bois quelque chose.

Elle prend un gobelet sur le comptoir et le fourre entre mes mains, mais Adrian tente de l'intercepter.

– Ça… ça ne te ressemble pas, s'explique-t-il. Et puis ça risque de ne pas faire bon ménage avec tes médicaments.

– Comment tu sais que je prends des médicaments ?

– Tu me l'as dit, tu ne te rappelles pas ?

Non. Je ne me rappelle pas. Pourtant, c'était après l'accident, pas avant, donc je devrais m'en souvenir. Si ce n'est pas le cas, qu'est-ce que mon cerveau a oublié d'autre ? Quels souvenirs ont basculé dans le vide sans que je m'en aperçoive ?

– On ferait mieux de te ramener chez toi, suggère Adrian.

– Je n'irai nulle part, je crie par-dessus la musique, mais soudain, un éclair de douleur aveuglant me vrille le crâne.

Je ferme les yeux et presse ma paume contre ma tempe.

– Est-ce que ça va ? demande Adrian en se penchant vers moi, et je sens son souffle chaud contre mon oreille. Qu'est-ce qu'il y a ?

– Laisse-moi tranquille.

– Allez, insiste-t-il en réessayant de prendre le verre dans ma main. Laisse-moi te ramener chez toi.

Je m'écarte de lui et me tourne vers Erica.

– Il faut que je trouve Jade. Est-ce que tu l'as vue ?

Erica fait la grimace et secoue la tête. Ryan Jacobs passe derrière elle. Je lui attrape le bras.

– Est-ce que tu as vu Jade ?

– Hein ?

Ses yeux mettent quelques secondes à faire le point, puis il prend Adrian dans ses bras et s'appuie contre lui.

– Bon retour à la vie ! me lance-t-il en levant un gobelet vers le ciel. À Maddy !

Tous les gens présents dans la pièce répètent cette exclamation et vident leurs verres pour trinquer à la mémoire de ma sœur.

Soudain, il fait trop chaud. Il y a trop de monde. Autour de moi, les visages commencent à se brouiller. Il faut que je sorte d'ici. Que je m'échappe. Que je respire de l'air frais. Je repose le gobelet sur le comptoir et me dirige en titubant vers la porte.

– Attends, lance Adrian. Stoll !

Mais Erica glisse et tombe sur lui, si bien qu'il doit la rattraper. Le rire incontrôlable de l'amie de ma sœur me suit sur la terrasse de derrière.

Nicole doit avoir un sous-sol donnant sur le jardin, car la terrasse a deux étages. Une pergola entourée de guirlandes scintillantes luit doucement. On entend aussi la musique, mais moins fort.

Par-dessus la rambarde, je vois que la fête bat son plein. Un brasero illumine le jardin. Derrière la fumée, je distingue le French Lake. La surface de l'eau miroite sous la lune. Quelque part là-bas, Maddy est morte. J'ai attrapé son poignet. J'ai tenu son corps dans l'eau. Je…

Je me retourne brusquement. Elle est là.

Deux teintes de cheveux pour aller avec sa double personnalité. D'épais traits noirs soulignent ses yeux marron foncé, qui s'écarquillent en croisant les miens.

– Toi, dis-je.

Jade saute d'une table en verre, renversant les gobelets vides devant elle. Elle fonce vers l'escalier menant au jardin, mais je lui barre le passage.

Elle fait alors volte-face pour rentrer dans la maison, mais Tori et Adrian apparaissent dans l'embrasure de la porte, bloquant la seule issue possible.

– Tu sais quelque chose sur ce qui s'est passé ce soir-là, je lance.

– Non, pas du tout, répond-elle d'une voix basse, toujours aussi terrorisée. Je le jure.

Elle s'éloigne à reculons, se dirigeant vers le coin de la terrasse.

– Tu es allée chercher un papier dans la chambre de Tori. C'était le mot qui nous a poussées à sortir, ma sœur et moi.

– Non, je...

– Tu es venue dans ma chambre pour le chercher, confirme Tori avec une assurance inhabituelle, tout en se décalant sur la gauche jusqu'à ce qu'on forme tous les trois un demi-cercle autour de la fille qui possède les réponses dont j'ai besoin.

Les yeux sombres de Jade sont aussi ronds que la lune. Ils sautent de part et d'autre, s'attardant sur les issues bloquées.

– Je ne lui ai rien fait, lance-t-elle d'une voix perçante.

– Doucement, intervient Adrian en s'avançant avec calme, les bras tendus devant lui, comme pour apaiser un animal en cage. Pourquoi pensez-vous que Jade est impliquée dans ce qui s'est passé cette nuit-là ?

– Parce qu'elle a enfermé Maddy dans sa chambre, répond Tori.

– Quoi ? Non, ce n'est pas vrai ! proteste Jade, l'air aussi surprise que moi.

– J'ai dû la faire sortir quand je suis allée chercher Grace, poursuit Tori. Ensuite, Maddy a trouvé un mot qu'elle a lu, et elle a filé dehors pour retrouver Grace. Le lendemain matin, Jade est venue dans ma chambre et elle cherchait ce mot.

– Je te jure que je n'ai enfermé personne nulle part, affirme Jade lentement, d'un ton insistant, en me regardant droit dans les yeux. Je n'étais même pas au courant.

Aussi bizarre que ça puisse paraître, je la crois. Quelque chose de sincère dans sa voix me dit qu'elle est honnête. Au moins sur ce point.

– Et ce mot, alors ?

– C'est à elle qu'il faut poser la question ! s'écrie Jade en désignant quelqu'un entre Adrian et Tori.

En minijupe, gobelet rouge à la main et cheveux aussi brillants que son sourire, Nicole vient de sortir sur la terrasse.

– Elle nous a joué des tours toute la semaine, continue Jade, et si sa voix se fêle, son doigt reste pointé sur ma meilleure amie, étrangement immobile. Je parie que c'est elle qui a verrouillé la porte. Je l'ai entendue parler d'un mot. Je voulais vous retrouver toutes les deux, alors j'ai suivi Tori dans sa chambre. Je voulais aider. Mais elle... C'est elle que vous devriez interroger.

Le sourire de Nicole s'évapore juste au moment où son gobelet lui glisse des mains. Il s'écrase par terre, et son contenu éclabousse ses jambes. Elle ne fait aucun geste pour nettoyer les dégâts, se contentant de nous dévisager tous les quatre, paralysée.

CHAPITRE 26

MADDY : 25 AVRIL

– Maddy, attends !

La voix de Tori me poursuit, mais je l'ignore et saute les trois dernières marches.

Il faut que j'aille chercher Grace. Je ne sais pas pourquoi, mais quelqu'un l'a menée en bateau afin de la faire sortir de l'hôtel, et cette personne veut me faire porter le chapeau.

Je marque une pause. Quelqu'un fait un discours dans la salle principale. M. Gutter apparaît dans l'embrasure de la porte, mais il ne regarde pas dans ma direction. Je me cache dans le couloir.

Les pas du prof se rapprochent. Je me plaque contre le mur, ne bougeant pas un seul muscle. S'il me voit ici, il m'accusera une fois de plus de manquer de respect à mes camarades et m'obligera à rejoindre les autres. Alors, le seul moyen de retrouver Grace sera de lui avouer où elle est, ce qui le poussera à m'interroger sur ce qu'elle fait là-bas. M. Gutter – mon juge, jury et bourreau – ne doutera pas une seule seconde de ma culpabilité. Il pensera que c'est moi qui ai écrit ce message.

Je le relis ; chaque mot rajoute une goutte de colère dans mon sang.

Grace,

Erica m'a dit qu'il y avait une rumeur sur toi sur le mur de la grotte. Je me sentais gênée pour toi, mais après ce qui s'est passé aujourd'hui, je suis contente que tout le monde la voie demain. Tu mérites ce qui t'arrive.

Maddy

Vu qu'on s'est disputées tout à l'heure, ça paraîtra tout à fait plausible que j'aie écrit ce mot. La contrefaçon est presque parfaite. Je doute que quiconque remarque les *S* trop inclinés ou la boucle des Y trop mince. Je ne peux pas en vouloir à ma sœur d'avoir cru que ça venait de moi.

Erica ne m'a jamais révélé les secrets du séjour des terminales, et elle ne m'a jamais parlé d'aucune rumeur. Tout dans ce mot est un mensonge.

Mais Grace déteste les rumeurs. Celle prétendant qu'elle avait poussé Mateo a détruit sa vie. Elle ne prendrait jamais le risque que ça se reproduise. Elle doit déjà être dehors, en route pour les grottes, et je vais la retrouver.

L'écho des pas de M. Gutter s'éloigne dans l'escalier. J'expire lentement, mais mes mains moites tremblent encore. Avec un peu de chance, Tori tiendra sa promesse et me couvrira. Il faut que je retrouve Grace avant que les profs ne s'aperçoivent de son absence. Ce mot avait pour but de l'envoyer dehors et de rejeter la faute sur moi. Il va encore détériorer ma relation avec ma sœur et Mme Sanderson va péter un câble si elle nous surprend dehors sans surveillance. Dans le noir. Avec un orage qui approche.

Une seule personne s'est montrée assez fourbe et manipulatrice pour orchestrer un truc pareil : Jade.

La voie est libre. M. Gutter est parti. Le vent tente de m'arracher les portes des mains. La pluie ne tombe plus, mais des nuages noirs recouvrent le moindre vestige de soleil couchant, enveloppant la soirée dans l'obscurité. Au loin, des branches d'arbres frémissantes semblent agiter vers moi un doigt réprobateur, me grondant de sortir en douce. Je serre mes bras contre moi. J'ignore où se trouvent les grottes. Je sais seulement que les visiter est la tradition finale avant le départ, qui aura lieu demain.

Je ne distingue pas le lac à la base de la montagne, et encore moins ma sœur ; je ne vois rien au-delà des halos de lumière en provenance du bâtiment. L'herbe boueuse fait un bruit de succion alors que je dévale la colline. Je manque glisser à deux reprises avant d'arriver en bas.

– Grace ! je crie, les mains en coupe autour de ma bouche.

Pour toute réponse, le vent change de direction. Une rafale soulève mes cheveux, emporte mon appel au loin. Un éclair projette une lueur sinistre sur les arbres sombres entourant la clairière. Ils se balancent dans l'orage qui gagne en puissance, me conseillent de rentrer. Le tonnerre gronde au loin, me hurle de retourner à l'hôtel.

Jade voulait que je me dispute avec Grace, et je ne veux pas lui faire ce plaisir. Je suis la ligne des arbres, hésitant à pénétrer dans les bois. Il n'y a aucun sentier à suivre, et sans signe de ma sœur, je pourrais y errer pendant des heures.

Rien. Pas de réponse. Pas de mouvement. Rien que le vent.

Le ciel s'ouvre dans un grondement qui me secoue les os. Des seaux de pluie m'obligent à baisser la tête pour regarder où je mets les pieds. Mes chaussures s'enfoncent dans de la boue qui aspire mon pied. Je le libère, mais je suis trempée en quelques secondes. Le vent hurle. La foudre explose à nouveau.

– Gra… Ahhh !

Une branche morte s'écrase devant moi. Je fais un bond en arrière, mais elle a touché ma jambe, et je sens l'écorchure qui me pique au niveau du tibia, même si je ne la vois pas. Mon cœur bat presque aussi fort que le tonnerre qui déchire la nuit.

Je n'arriverai jamais à retrouver Grace dans ce chaos. D'ailleurs, elle n'a peut-être même pas lu ce mot. Jade voulait peut-être simplement que je me retrouve ici, coincée sous l'orage. Auquel cas je ferais mieux de retourner à l'hôtel avant que…

Un rayon de lumière. Ce n'est pas un éclair. Un faible faisceau électrique va et vient de l'autre côté de la clairière.

Grace.

Même à trente mètres et dans le noir, je reconnais sa silhouette et sa démarche familières. Elle se dirige vers un gros tuyau au bout d'un fossé de drainage. L'entrée des grottes.

Je repense à la photo d'Erica et Zoey et à la paroi derrière elles. Ce n'était pas de la pierre comme dans une grotte naturelle. Elle était lisse et claire, comme le béton d'un tuyau. Je me mets à courir en appelant Grace. La pluie tombe à verse, rapide, impressionnante. Mes cheveux me fouettent le visage, et je les ai à peine repoussés que le vent me les renvoie dans la figure.

– Grace ! je l'appelle, haletante.

Elle braque sa lampe torche sur moi.

– Ce mot est un mensonge ! je crie par-dessus le rugissement du vent et de la pluie. Erica ne m'a jamais parlé d'aucune rumeur sur toi ni d'aucune inscription sur ce mur.

– Quoi ? crie-t-elle.

– Ce mot est un mensonge ! je répète en sortant le papier de ma poche. L'eau le frappe comme une mitraillette jusqu'à ce qu'il soit détrempé, flétri dans ma main.

– Pourquoi tu as écrit ça alors ?

– C'est pas moi. C'est Jade, je crois.

Grace me tourne le dos et entre dans le tuyau.

– Qu'est-ce que tu fais ? je crie en la suivant.

À l'intérieur, le vent se tait. J'attache mes cheveux pour dégager mon visage. Les parois qui s'incurvent autour de nous étouffent le bruit de la pluie. Le tunnel est suffisamment grand pour qu'on ait à peine besoin de se baisser. De l'eau glacée coule en ruisseau maigrelet au milieu, trempant mes chaussures déjà humides, recouvrant mes orteils. Tout ce qui n'est pas dans le cercle de la lampe de Grace est noir comme un four. Elle avance d'un pas décidé.

– Je te dis que c'est un mensonge, je répète. Reviens à l'hôtel.

– Ou alors, c'est la vérité et tu veux que je me tape la honte demain, réplique-t-elle, lançant ces mots comme des grenades par-dessus son épaule. Je suppose que me hurler dessus devant tout le monde ne t'a pas suffi.

– Je te dis la vérité. Je n'ai pas écrit ce mot. C'est Jade.

– C'est Jade qui m'a indiqué où se situaient les grottes.

– Grace, attends.

Je tire sur son bras pour la forcer à s'arrêter. Elle me repousse.

– Tu m'as clairement fait comprendre cet après-midi que tu détestais être ma sœur. Et tu ne t'es pas contentée de me le dire, il a fallu que tu le cries devant tout le monde. Est-ce que tu imagines ce que j'ai ressenti ?

Je voulais être entendue, mais mon but n'était pas de l'embarrasser. J'aurais pu lui dire tout ça différemment, dans un autre endroit.

– Je refuse qu'on m'humilie encore une fois, reprend-elle, les yeux flamboyant d'une colère dont je n'avais plus été témoin depuis notre enfance. Qu'est-ce qui est écrit sur ce mur ? Sois honnête, parce que de toute manière, je vais le découvrir et le barrer.

Elle agite un marqueur dans sa main.

– Je ne te mens pas.

– Bien sûr. Parce que tu ne me mens jamais.

Elle continue de s'enfoncer dans le tunnel, ses claquettes frappant le sol en béton dans un bruit de pistolet à bouchon. Je patauge dans l'eau pour la rattraper, m'éloignant toujours plus de l'entrée du tunnel.

– Ce n'est pas la peine de me suivre, lance-t-elle. Jade m'a dit la vérité sur toi.

– Qu'est-ce qu'elle t'a dit ?

Je n'en reviens pas d'avoir fait confiance à cette fille, de m'être ouverte à elle. Elle n'a quand même pas… Si ?

Grace m'ignore et continue d'avancer dans l'obscurité.

– Qu'est-ce qu'elle t'a dit ?

Je connais la réponse, et c'est pour ça que je la méprise. Elle n'a pas arrêté de me mettre la pression pour que j'avoue à Grace que j'ai fait trébucher Mateo. Elle n'a pas attendu que je craque. Elle le lui a dit elle-même.

– Arrête, dis-je en attrapant la lampe torche de Grace.

Je sais ce que je dois faire. J'ai caché trop longtemps ce que j'ai fait à Mateo, ce que j'ai fait à ma sœur. Il est temps de tout révéler.

– J'aurais dû te dire la vérité. C'était stupide de ma part de te cacher ça, mais ensuite, j'avais trop peur de ta réaction. C'était un accident. Je suis d…

– Un accident ? me coupe-t-elle, les yeux exorbités, en essayant de récupérer sa lampe. Ouais, bien sûr. Comment as-tu *accidentellement*… ?

– Est-ce que tu peux me laisser parler sans me renvoyer tout ce que je dis dans la figure ? je crie en tenant sa lampe hors de portée.

Le grondement du tonnerre résonne dans le tunnel.

– J'essaie de m'excuser. Évidemment, tu ne sais pas ce que c'est, vu que tu ne commets jamais d'erreurs, mais tu n'es pas parfaite, Grace.

– Je n'ai jamais dit que j'étais parfaite.

– Non, mais tu passes tout ton temps à essayer de l'être. Tu détestes admettre que tu as tort.

– Non, c'est faux.

– Alors fais-le. Admets que tu avais tort de flirter avec Adrian.

– Qu'est-ce que tu racontes ?

Je sais que je change de sujet, mais c'est plus fort que moi. J'ai besoin qu'elle l'admette. Qu'elle admette qu'elle n'est pas aussi parfaite et innocente qu'elle voudrait le faire croire, que je ne suis pas la seule qui ait des raisons de s'excuser.

– Toi. Adrian. Assis tout proches dans cette petite alcôve isolée, en train de rire et de sourire.

Elle recule d'un pas et se cogne contre la paroi du tunnel. Elle secoue la tête et se met à rire. À *rire*. Et puis elle finit par se reprendre.

– Adrian t'aime bien. Il aurait fallu être aveugle pour ne pas s'en rendre compte dès le premier jour. Quand j'ai vu que tu étais furieuse ce matin et qu'il était tout triste, pas besoin d'être détective pour comprendre. Je lui ai posé la question, et il était justement en train de t'écrire des *excuses*. Je l'aidais.

– Mais tu souriais et… et tu riais… et… et tu étais *toi*.

– J'ai peut-être ri à une blague, mais je te promets que je ne flirtais pas avec lui, et même si je l'avais dragué, je peux te promettre qu'il n'aimerait toujours que *toi*.

– Oh.

Je baisse la lampe torche, la laissant pendre le long de mon corps. Adrian essayait de s'excuser, même après que je m'étais emportée contre lui. Et Grace n'essayait pas de me le piquer. J'ai seulement vu ce que je m'attendais à voir : Grace prenant Adrian dans son filet.

– Eh ouais, dit-elle en m'arrachant la lampe de la main.

– Je… Je ne savais pas, je réponds d'une toute petite voix.

– Eh bien maintenant, tu sais, réplique-t-elle en repoussant les cheveux humides collés sur son front, d'un ton toujours un peu mordant. Alors, comment tu as pu *accidentellement* me mentir sur ta bourse ?

– Quoi ?

– Jade m'a tout dit. Tu ne l'as pas obtenue. Pourquoi tu ne m'as pas dit la vérité ?

Voilà donc le secret que lui a révélé Jade. Pas Mateo. J'ai raconté tellement de mensonges que je ne m'y retrouve même plus.

– Hé ho ! s'impatiente Grace en agitant le faisceau de la lampe sur mon visage. Pourquoi tu ne m'as pas dit que tu n'avais pas eu la bourse ?

– Parce que… parce que j'avais honte.

J'en ai assez de mentir, à elle comme à moi. Je m'appuie contre le mur, laissant mon dos s'incurver, sortant les pieds de l'eau.

– J'arrivais à peine à me regarder dans une glace, alors admettre devant quelqu'un d'autre qu'ils m'avaient rejetée…

Vu la manière dont je me suis conduite aujourd'hui, je ne serais pas étonnée qu'elle lève les yeux au ciel et parte en courant dans les grottes sans moi. Ou même qu'elle m'enfonce d'abord. Mais au lieu de ça, elle soupire et s'appuie contre le mur, à côté de moi.

– Ils ne t'ont pas rejetée, dit-elle, sans aucune trace de colère. Ils ont choisi quelqu'un d'autre.

– Ça revient au même. Ils m'ont regardée, ils ont regardé quelqu'un d'autre, et ils ont décidé que cette personne valait mieux que moi.

– Ton écriture n'est pas toi. Je sais que tu as l'impression que c'est *toi* qu'ils ont rejetée, mais il y a d'autres bourses.

– Pourtant si, mon écriture, c'est moi. J'y mets mon cœur, mes idées et mes mots, et s'ils ont vu ces parties de moi que je ne montre jamais à personne et qu'ils ont quand même dit non, alors qui pourrait me dire oui ?

Grace garde le silence. L'eau continue de couler dans le tunnel, charriant quelques feuilles et bouts de bois. Elle baisse sa lampe torche alors que la compréhension envahit son visage.

– Alors pile le jour où tu as appris que tu n'avais pas la bourse, j'en ai obtenu une pour aller à Trinity.

– Ouais.

– Je suis désolée.

– Je sais. Mais ce n'est pas ta faute.

J'étais furieuse contre elle, comme si c'était à cause d'elle que je n'avais pas eu ce que je désirais, mais je connais la vérité : la vie est injuste. On ne peut pas choisir les cartes qu'on nous distribue, seulement décider comment les jouer.

– Je ne comprends toujours pas en quoi c'est accidentel, reprend Grace.

– Ça ne l'était pas.

Je la regarde dans les yeux, ces yeux si similaires aux miens.

– Je t'ai délibérément menti à propos de la bourse. « L'accident » pour lequel j'essayais de m'excuser, c'est… Je voulais m'excuser d'avoir fait trébucher Mateo.

Elle essaie de parler, mais je lève la main.

– S'il te plaît. J'ai gardé ça en moi pendant trop longtemps, il faut que ça sorte.

Elle referme la bouche.

– Merci. J'étais sous les gradins en train d'essayer de récupérer notre sac quand vous vous êtes levés. Le pied de Mateo s'est pris dans la bandoulière et il est tombé. Quand tout le monde t'a accusée, je me suis sentie soulagée de ne pas avoir d'ennuis. Mais ensuite, ils ont commencé à te torturer et à te tourmenter, et je les ai laissés faire. Et je suis vraiment, vraiment désolée.

Le secret que je cache depuis quatre ans est enfin sorti, et il pèse dans l'obscurité entre nous. Je pensais me sentir libérée, mais ce n'est pas terminé. Je dois encore affronter les conséquences.

– Pourquoi tu ne me l'as pas dit avant ? murmure-t-elle.

– Quand on a changé d'établissement, tout s'est arrangé. Tu étais plus populaire que jamais. Tu as progressé au volley. J'avais peur que tu me détestes à tout jamais si tu apprenais la vérité.

– Maddy, soupire-t-elle. Je ne pourrais jamais te détester.

– Mais ça a été la pire année de ta vie !

– Ouais, cette année a été un enfer. Mais ce n'était pas à cause de *toi*. C'est *moi* qui ai poussé Mateo.

– Quoi ?

J'ai clairement entendu ce qu'elle a dit, mais ça n'a aucun sens. Je me souviens de cette soirée. Elle me hante. J'ai tiré sur le sac. Son pied s'est pris dedans. Il est tombé.

Non ?

– Quand on était assis sur les gradins, Mateo et moi, il a commencé à dire des trucs vraiment grossiers… il a proposé qu'on aille dans une salle de classe vide et il a posé sa main sur ma jambe. Je me suis levée pour partir, mais il m'a retenue. Alors je l'ai poussé.

– Mais tu as toujours nié l'avoir fait.

– Je ne l'ai pas *tué*, mais je l'ai poussé. J'avais treize ans. La rambarde s'est effondrée. Il a mal atterri, et tout le monde a paniqué. Quand le principal m'a demandé ce qui s'était passé, j'étais effrayée. Terrifiée. Alors… j'ai menti. Mais il ne méritait pas de mourir. Il était… c'était un gamin. Je ne voulais pas lui faire de mal, mais après avoir dit mon mensonge, je m'y suis tenue. Jusqu'à maintenant.

Après toutes ces années, la culpabilité que je portais en moi disparaît. Une culpabilité qui n'a jamais été la mienne. On s'est toutes les deux convaincues qu'on ne pourrait jamais révéler la vérité à personne. Notre honte nous a empêchées de nous faire confiance.

Un aveu, prononcé dans un tunnel sombre et glacé, change tout ça.

– Tu es consciente que ni toi ni moi ne sommes responsables de sa mort, hein ? s'enquiert Grace. On n'a jamais voulu lui faire de mal, pas comme ça. C'était… c'était un accident improbable. Il m'a fallu de nombreuses séances avec le Dr Cramer pour l'accepter. Ce n'était *pas* ma faute, mais ce n'était pas la tienne non plus.

– Je sais.

C'est ce que je me suis répété pendant tout ce temps, mais ça ne m'empêchait pas de me sentir coupable d'avoir laissé Grace porter le chapeau. Je me place devant elle et lui tends la main pour l'aider à se relever.

– Je suis quand même désolée.

– Moi aussi, dit-elle en prenant ma main.

Et alors, on s'étreint comme on ne l'a plus fait depuis notre enfance. Elle me serre si fort que je n'arrive plus à respirer et ça m'est égal, car pour la première fois depuis des années, ma sœur est dans mes bras.

Ma sœur sans secrets.

Ma sœur, qui sera toujours là pour moi.

Ma sœur, qui m'aimera quoi qu'il arrive.

Quand elle finit par me relâcher, elle s'essuie les joues en riant.

– Tu ressembles à un rat mouillé, dit-elle.

– Mais un rat mouillé stylé, je réplique en prenant la pose.

Elle s'esclaffe de nouveau et ce son résonne dans le tunnel, emplissant les ténèbres de sa lumière bien à elle.

Je pointe la lampe sur la gauche, en direction de l'hôtel, puis sur la droite et l'obscurité sans fond.

– Bon, on rentre à l'hôtel ? demande-t-elle.

– Tu plaisantes ? Jade m'a enfermée dans notre chambre, elle a imité mon écriture et écrit quelque chose sur toi sur ce mur. Il faut qu'on aille voir ce que c'est.

Alors, côte à côte, ma sœur et moi suivons notre cercle de lumière, affrontant l'obscurité ensemble.

La puissance du pardon devrait suffire à
corriger les maux de ce monde, mais
malheureusement, la

Vérité ne peut guérir toutes les blessures, pas plus
qu'elle ne peut ramener les morts. Au fond,
ce qui compte, ce

N'est pas ce que je désire, ce à quoi je crois. La joie
ne durera

Pas mais le chagrin non plus. Ils vont de pair,
s'élèvent puis retombent. Et

Ce même si je veux oublier la souffrance du
passé et aller de l'avant, je sais

Qu'elle me hantera toujours tel un fantôme, qu'elle
me torturera tel un bourreau, me chagrinera
telle une victime, infiniment plus qu'il n'y

Paraît.

CHAPITRE 27

GRACE : 5 MAI

– Je peux vous expliquer, dit Nicole en levant les mains en l'air, en signe de reddition.

Je distingue clairement une note de panique dans sa voix cristalline. La puanteur de sa bière renversée se mêle à l'odeur de fumée en provenance du jardin.

– C'est elle qui a fait le montage avec la photo de M. Gutter et qui l'a envoyé à tout le monde, reprend Jade, le doigt toujours pointé sur elle. Elle a enfermé Maddy dans sa chambre. Elle les a manipulées toutes les deux pour qu'elles sortent, pour leur attirer des ennuis.

Nicole demeure étrangement silencieuse, les pieds plantés sur la terrasse en bois. Ses yeux d'un bleu glacial ne cillent pas. Sa peau pâlit sous son maquillage, mais elle ne nie pas.

– Qu'est-ce que tu as fait ? demande Tori en se rapprochant d'elle.

Les yeux de Nicole sautent d'un visage à l'autre.

– Bon, d'accord, c'est moi qui ai fait le montage, reconnaît-elle en baissant les mains. Et j'ai aussi suspendu les sous-vêtements de Jade et trafiqué la poignée de porte pour qu'elle tombe, mais c'était *Jade* que je voulais enfermer, pas Maddy.

La brise me fait frissonner. On y est. La vérité palpite dans l'air frais du soir. Elle arrive.

– Après la réunion de préparation du séjour, le mercredi, Gutter est allé dans la salle de Holtsof et nous a entendus convenir d'aller prendre un café ensemble le samedi. Il en a fait tout un plat. Il a dénoncé Holtsof à la principale Avery, qui a trouvé plusieurs messages qu'on avait échangés.

– Tu envoyais des messages à un prof ?

– Pas ce genre de messages ! D'ailleurs, je suis majeure, et lui n'a que vingt-trois ans. On était juste amis ! C'est ce que j'ai dit à la principale, mais elle l'a renvoyé quand même.

– N'empêche que tu étais son élève, réplique Tori avec un mélange de choc et de dégoût à l'égard de Holtsof, que Nicole ne semble pas comprendre.

– Et alors ? Ce n'est pas parce que Gutter est un pervers que tout le monde est comme lui. C'est sur lui que le lycée aurait dû enquêter, pas sur Holtsof.

Elle rouvre la bouche – sans doute pour continuer à trouver des excuses au prof qui lui a envoyé des messages et tenté de lui donner rendez-vous –, mais j'interviens.

– Quel rapport avec Jade ?

– Pendant le trajet en car, j'ai avoué à Caleb que c'était moi qui avais partagé la photo. Mais Jade m'a enregistrée avec son téléphone, alors je me suis introduite dans sa chambre et j'ai effacé la vidéo. Elle s'est vengée avec la crème à raser. J'ai volé ses sous-vêtements, alors elle a lancé une rumeur selon laquelle j'avais trompé Caleb. Ce qui n'était même pas vrai, vu qu'on était seulement *amis*, Holtsof et moi. Alors oui, j'ai pensé que ce serait drôle de l'enfermer dans sa chambre. Mais je n'ai en aucun cas écrit ce mot pour vous attirer dehors.

La version de Nicole se mêle à celle de Jade. Mon crâne commence à m'élancer. Je n'ai pas pris mes médicaments. La douleur s'installe. Je ne sais plus qui croire, mais de toute évidence, l'une des deux ment.

Quelqu'un a fait du mal à Maddy.

Comme si Nicole lisait mes soupçons sur mon visage, elle ajoute, désespérée :

– Adrian, j'étais assise à côté de toi pendant la dernière présentation de la soirée. Tu sais que je ne suis pas partie et que je ne suis pas montée déposer un mot.

– C'est vrai, confirme Adrian tout en continuant de l'observer attentivement. Elle était là.

– Est-ce que quelqu'un peut en dire autant de toi ? je demande à Jade en me tournant vers elle.

Mais Jade n'est plus là. Elle est en bas de l'escalier et nous lance un regard par-dessus son épaule, avant de partir en courant dans le jardin de Nicole.

– Jade ! je crie.

Soudain, le hurlement des sirènes me coupe le souffle. Des gyrophares bleus et rouges transpercent la nuit. Une voiture de police remonte la rue et disparaît derrière la maison.

– LES FLICS !

Tout le monde crie la même chose. Un torrent de terminales se déverse sur la terrasse. Les gens se bousculent, jettent leurs gobelets par-dessus la balustrade et foncent vers l'escalier.

J'ai pris de l'avance, lancée à la poursuite de Jade. Ce à quoi les autres veulent échapper, c'est une amende pour avoir consommé de l'alcool sans avoir l'âge autorisé. Moi, je veux échapper à une accusation de meurtre et rattraper la personne qui a sûrement tué ma sœur. Je me mets à courir à toute vitesse dans le jardin.

Les invités détalent dans tous les sens, telles des souris fuyant un chat. Jade se dirige vers les pontons. Quelqu'un saute devant moi, mais je l'esquive et manque tomber dans le brasero. Je recouvre l'équilibre alors que quelqu'un hurle derrière moi.

Un flic prend Tori par le bras.

– Je n'ai pas bu ! hurle-t-elle.

L'agent ne la relâche pas. Quelqu'un d'autre se met à crier.

Je ne peux pas ralentir. Mes poumons me brûlent. Ça fait mal. Je me force à continuer.

Jade me devance toujours, dans le jardin des voisins, à environ dix mètres de moi. Mes muscles protestent. Mon crâne m'élance à chaque pas.

– Jade !

Elle ne s'arrête pas, mais elle tourne la tête. Ses cheveux volent devant son visage et elle trébuche.

Je pique une accélération. Pour Maddy.

Jade a réussi à se relever, mais je la talonne. Elle est blessée, elle boite.

Je me jette sur elle et on s'écrase au sol. Mon coude et mon genou raclent la terre et les cailloux. On roule jusqu'au bord de l'eau. Mon dos heurte quelque chose. Je me retrouve projetée sur elle. On s'immobilise, haletantes.

– Lâche-moi ! lance Jade en enfonçant ses poings dans mon flanc et en battant des jambes.

Puis elle pousse un cri et agrippe sa cheville. Je m'écarte.

Adrian nous rejoint en courant et pose les mains sur ses cuisses, à bout de souffle.

– Ne t'approche pas de moi ! hurle-t-elle, mais elle n'essaie plus de s'enfuir.

Elle frotte sa cheville et grimace.

– Tu l'as tuée ! je crie.

– Non, lance-t-elle en secouant la tête avec emphase. Ce n'était pas moi !

Ses cheveux rouge et noir emmêlés tombent devant son visage, ses yeux maculés de noir sont exorbités par la peur.

– Tu ne te serais pas enfuie si tu étais innocente.

On est à cinq ou six maisons de chez Nicole, mais la zone est encore éclairée par les gyrophares de la police.

Des gyrophares qui tournent. Des sirènes qui crient. Les mains de quelqu'un sous ma nuque. Me faisant monter dans l'ambulance.

C'est là qu'ils m'ont retrouvée. Je me lève, le souffle court, rapide. Un éclair de douleur me transperce l'arrière du crâne.

Juste ici – j'ai réussi à sortir de l'eau. J'ai rampé jusqu'à la route. L'ambulance s'est garée devant cette maison.

Le sol tangue sous mes pieds, comme si je marchais sur un trampoline sur lequel quelqu'un serait en train de sauter.

De l'autre côté du lac, en haut de la colline, un bâtiment solitaire émet de la lumière. L'hôtel où on a passé le séjour.

On aurait dû être en sécurité à l'intérieur ce soir-là, Maddy et moi. En train de dormir. Pas ici. Pas dans cette eau. Elle n'aurait pas dû mourir.

La voix d'Adrian me ramène à la réalité.

– Pourquoi tu voulais lui faire du mal ? demande-t-il à Jade.

– Je ne voulais pas lui faire du mal, répond-elle avant d'inspirer entre ses dents serrées, tenant sa cheville à deux mains. C'était à Grace que j'en voulais. Mais pas comme ça. Je ne voulais pas que quelqu'un meure.

Mes genoux faiblissent, je trébuche. Jade continue de me regarder comme si elle craignait que je lui saute dessus. Je n'arrive toujours pas à reprendre mon souffle. Des points noirs dansent devant mes yeux.

Maddy était dans l'eau. Elle est morte ici.

– Tu as écrit ce mot qui nous a poussées à sortir.

Jade garde le silence.

– C'est vrai ? demande Adrian.

– Oui ! OK ? répond Jade en évitant de me regarder. J'ai imité son écriture.

– Pourquoi ?

– Je voulais prouver quelque chose.

Mon cœur bat à tout rompre. J'ai les mains qui tremblent. Je fais un pas vers elle...

– Ne t'approche pas de moi ! s'écrie-t-elle en reculant dans l'herbe.

La même terreur résonne dans sa voix que l'autre jour, dans la salle d'attente du Dr Cramer.

Adrian me fait signe de m'arrêter, mais je l'ai déjà fait. Jade est terrifiée. Elle a peur de *moi*.

– Continue, lui ordonne Adrian d'un ton lourd de menaces.

– Tout ce que je voulais, c'était des excuses, reprend-elle, toujours sans me regarder, alors que des larmes se mettent à couler sur ses joues, y laissant des traînées noires. Je voulais qu'elle reconnaisse qu'elle m'avait *blessée*. Mais elle a refusé. Ma vie a été détruite à cause d'elle. J'ai dû quitter Forest Lane. J'ai dû partir de chez moi. J'ai dû laisser ma mère et mon frère. Et quand je suis revenue, en terminale, je me suis rendu compte que tout le monde adorait toujours Grace Stoll.

Sa voix est montée dans les aigus, moqueuse. Elle donne un coup de poing dans le sol.

– Elle a gâché ma vie, et la sienne s'est améliorée ! hurle-t-elle à Adrian. C'est pas juste.

J'aimerais savoir pourquoi elle ne m'a jamais *demandé* de m'excuser et ce que j'ai bien pu faire pour détruire sa vie, mais la douleur explose derrière mes yeux. Je les ferme et me plie en deux. J'ai les yeux qui coulent. Adrian et Jade me dévisagent, l'un avec inquiétude, l'autre avec crainte.

– Alors tu as décidé de te venger ? je gronde.

– Ouais. Je voulais être sûre que je n'étais pas la seule à souffrir. Quelqu'un devait payer.

– Qu'est-ce que tu as fait ? demande Adrian, le dos droit, la voix ferme.

– Vu qu'elle était amie avec Nicole, je me suis dit qu'elle était peut-être impliquée dans cette histoire avec Gutter. C'est pour ça que j'ai enregistré Nicole dans le bus, mais elle n'a pas mentionné Grace. Du coup, quand l'occasion s'est présentée de me rapprocher de sa sœur pendant le séjour, je l'ai saisie.

Son amitié avec Maddy n'était qu'une façade. Elle voulait juste se venger.

– Et ensuite tu nous as fait sortir. Pourquoi ? Pour nous faire du mal ?

– Non !

– Pourquoi tu voulais que Grace quitte l'hôtel ? demande Adrian.

– Je voulais simplement la dénoncer aux profs. Comme ça, ils auraient appelé ses parents. Je voulais juste qu'elle se fasse engueuler. C'est tout. Ça n'aurait été que *justice.*

– Sauf qu'on n'est jamais revenues.

Je trébuche et sursaute quand l'eau recouvre mes pieds.

Les éclaboussures. Le froid.

Comme cette nuit-là. Mon mal de crâne menace de me fendre en deux.

– Non, vous n'êtes jamais revenues, et j'ai paniqué. Je suis partie à la recherche du mot pour qu'on ne puisse pas remonter jusqu'à moi, mais il avait disparu. Je ne voulais faire de mal à personne ! Je voulais juste que Sanderson appelle vos parents.

Un autre flash. *Maddy sur le sol. Elle ne respire pas. Il fait sombre. Je tremble. Il fait froid, si froid.*

J'ai du mal à respirer, à voir. Mon champ de vision se rétrécit.

– C'est ta faute si ma sœur n'est plus là !

Je veux tellement que ces mots soient vrais. S'il vous plaît, soyez vrais. S'il vous plaît. S'il vous plaît.

– Non ! C'est la tienne. Je ne suis pas sortie ce soir-là. Je ne lui ai rien fait. Mais tu y étais, toi ! Tu étais avec elle.

Les photos que j'ai vues au commissariat surgissent dans mon esprit, les hématomes sombres sur la peau pâle de Maddy. *Ma main, refermée sur son poignet. Le sang sur mes vêtements.* L'inspecteur Howard a dit que ce n'était pas le mien. C'était le sien. *Son sang.*

J'ai fait du mal à Maddy. Forcément.

Une flambée de douleur irradie à la base de mon crâne, et une vague de nausée me submerge. Je titube. Adrian me prend par le coude pour me stabiliser.

– Vous vous êtes disputées toutes les deux ! s'écrie Jade. Tout le monde vous a entendues.

Boum ! Des feux d'artifice explosent au-dessus du lac. Du vert vif et du violet retombent en cascade dans l'obscurité, et des sifflements se font entendre alors que deux autres fusées s'élèvent dans le ciel. *Boum ! Boum !* Elles explosent comme le tonnerre dans la nuit. Comme la nuit où nous avons disparu. Il pleuvait et le tonnerre grondait. Je la traînais dans le lac.

Des chaussures courant dans un tunnel sombre. Un marqueur. Un cri.

– Tu étais seule avec elle ! hurle Jade par-dessus les explosions.

– Non ! je crie en couvrant mes oreilles avec mes mains. Non, non, non !

Mais les mots de Jade passent quand même par-dessus mes cris.

– Tu l'as tuée ! *Tu* l'as tuée !

Mon esprit s'éclaire comme le lac à chaque éclat des feux d'artifice. Image après image. Souvenir après souvenir. *Son corps flottant dans l'eau. La pluie tombant à verse. Son poids dans mes bras. Les éclairs fendant le ciel. Ses yeux clos, paisibles.*

Arrêtez.

Arrêtez.

Arrêtezarrêtezarrêtez.

Mais ça ne s'arrête pas.

Ses cheveux plaqués sur son front. L'écho du tonnerre sur le lac. Sa main molle dans la mienne. Mon cœur tambourinant.

Le sien ne battant plus du tout.

Je ne voulais pas qu'il lui arrive quelque chose.

Je l'aimais.

C'était ma sœur.

Elle n'est plus là.

Elle n'est plus là.

– Je me souviens de tout.

CHAPITRE 28

MADDY ET GRACE : 25 AVRIL

– C'est une soirée qu'on n'oubliera jamais, pas vrai ? demande Grace.

– Jusqu'où ça va, ce truc ?

Il fait un froid mordant dans le tunnel, et depuis cinq minutes, mes dents claquent sporadiquement. L'eau infiltre mes chaussures et mes chaussettes, et mes os aussi, à tous les coups. Ça fait au moins dix minutes que je ne sens plus mes orteils.

– Je ne sais pas, répond Grace. On ne doit pas être bien loin.

Comme appelé par l'assurance dans la voix de Grace, le premier nom apparaît sur le mur. Puis un autre, et encore un autre, jusqu'à ce qu'on soit encerclées. Certains sont délavés, d'autres bien nets. Ils forment comme des toiles d'araignée, entremêlés les uns aux autres, montant des deux côtés, convergeant au niveau du plafond. Des initiales de couples dans des cœurs. Des prénoms d'amis dessinant un cercle. Des cœurs et des croix, des messages, des gribouillis et des noms racontant l'histoire de Forest Lane ces cinquante dernières années.

Mais aucun ne mentionne Grace.

– Est-ce qu'on l'aurait raté ? je demande en plissant les yeux pour examiner les inscriptions précédentes.

– Non, regarde. Il y a le prénom d'Erica et des gens de notre année.

La lampe torche éclaire les prénoms de Zoey et Erica, exactement comme sur la photo que j'ai trouvée dans l'album souvenir.

– Il n'y a rien, reprend Grace. Rien sur moi, en tout cas.

La lueur d'un lampadaire traverse une plaque d'égout, au plafond. Un petit ruisseau coule depuis la rue. Je prends la lampe pour balayer le tunnel du regard, mais il n'y a rien.

– Pourquoi mentir sur un truc aussi facile à vérifier ?

– Je ne sais pas, répond Grace lentement, parcourant toujours les noms du regard. Elle était gentille avec moi les premières semaines où on a emménagé ici. On était presque amies.

– Oui, elle m'en a parlé le deuxième jour, elle m'a dit que vous vous étiez éloignées.

– Éloignées ? Peu de temps avant son déménagement, elle s'est mise à m'ignorer complètement.

– Et à son retour ?

– J'ai essayé de lui parler, mais elle était super bizarre. Elle a dit que je lui devais des excuses.

– Pourquoi ?

– En troisième, elle n'arrêtait pas de faire des commentaires sur elle et les autres filles. Elle parlait toujours de son poids. Et puis elle a arrêté de manger le midi, alors j'en ai parlé à la conseillère.

– Et elle t'en voulait pour ça ?

– Apparemment. Je ne sais même pas si la conseillère a abordé le sujet avec elle. Jade ne m'en a pas parlé avant de déménager. Tout ce que je sais, c'est que ses parents étaient en train de divorcer, à l'époque.

– Ouais, elle m'en a parlé aussi. Pour obtenir sa garde, son père a raconté qu'elle souffrait d'un trouble alimentaire à cause de sa mère, de ses habitudes sportives et de son régime. Il a réussi à convaincre le juge, et apparemment, le coup de téléphone du collège a été un élément crucial. D'après Jade, ça a détruit sa vie.

– Dans ce cas c'est à son père qu'elle devrait en vouloir, pas à moi.

– Ouais, c'est sûr… Mais peut-être qu'au fond, elle ne voulait pas détester son père, parce que malgré tout… elle l'aime toujours.

Je suis bien placée pour le comprendre. J'aime Grace, alors je ne voulais pas la détester pour m'avoir négligée. Pourtant, c'est souvent ceux qu'on aime le plus qui nous font le plus de mal.

Je repense à tout ce que Jade m'a confié pendant la partie de cache-cache.

– Pour elle, c'est ce coup de téléphone qui a fait pencher le juge en faveur de son père, et sans ça, sa vie aurait été différente.

Toute la semaine, Jade a savouré mes récriminations à l'égard de Grace. À présent, je sais qu'elle était jalouse d'elle, comme moi. Mais tandis que j'ai tenté de ravaler ma jalousie, elle l'a laissée la ronger jusqu'à avoir faim de vengeance.

– Je ne voulais pas la faire souffrir, dit Grace, perplexe. Je voulais *l'aider*. Le Dr Cramer m'a aidée en quatrième, quand tout le monde me détestait, alors je pensais que parler à quelqu'un l'aiderait aussi.

Je place la lampe torche sous mon menton.

– Grace, je dis ça avec tout l'amour du monde, mais tu refuses de reconnaître que tes actions, aussi bien intentionnées soient-elles, peuvent blesser les gens.

– Non, ce n'est pas vrai. Je…

– Grace.

– D'accord, admet-elle. Je comprends. Mais ce n'est pas comme si j'avais fait quelque chose de *mal*. Je m'inquiétais pour elle et je voulais l'aider.

– Tu as raison. Ce n'était pas méchant.

C'est presque exactement ce qu'elle m'a dit tout à l'heure à propos d'Adrian – elle savait que j'étais contrariée et voulait m'aider. J'imagine ce que Jade a pu ressentir.

– Parfois, c'est plus facile de faire des reproches aux autres que de reconnaître qu'on a besoin d'aide, j'ajoute.

– Et certains sont très doués pour se faire des reproches à propos de tout, réplique-t-elle avant de toussoter en me regardant d'un air entendu.

– Ouais, bon… dis-je en lui donnant un coup de coude. Heureusement que tu es là pour m'aider à arrêter.

Tout le monde répète que les souvenirs du séjour des terminales durent toute la vie, et je sais que je n'oublierai jamais celui-ci. On a traversé beaucoup de choses, Grace et moi, et quoi que l'avenir nous réserve, elle sera toujours là pour moi.

Elle était là pour me border quand papa travaillait tard, malgré le peu de mois qui nous séparent. Elle était toujours là pour commencer une partie de Monopoly, même si on ne les finissait jamais. Elle était là pour me jeter un coussin dessus en plein orage et me faire rire pour que je n'aie pas peur.

Ma sœur a toujours été et sera toujours là pour moi.

Elle sort un marqueur de sa poche, retire le bouchon avec les dents et écrit sur le mur. Quand elle s'écarte, je vois l'inscription *Grace Elyse Stoll* et l'année. Elle me tend le marqueur. La lumière qui pénètre par la grille d'égout tremblote. Une voiture passe sur la route, nous éclaboussant légèrement. J'ajoute *Madelyn Claire Stoll* et, en dessous, *Une sœur, c'est pour la vie.*

Mais je ne peux pas admirer notre œuvre d'art très longtemps, car quelque chose attire mon attention.

– C'est quoi ce bruit ?

Ça vient d'en haut, de la rue. La lumière disparaît subitement alors qu'un torrent d'eau nous tombe dessus. Grace glisse par terre, une de ses claquettes s'envole et se fait emporter par le courant.

Trempée et presque pieds nus, elle éclate de rire. C'est pour ça que tout le monde l'aime. C'est pour ça que je l'aime.

Je l'aide à se relever et on revient sur nos pas, en direction de l'entrée. Je ne partagerai peut-être pas sa chambre l'année prochaine, je n'étudierai peut-être pas dans la même fac, mais je pourrai quand même compter sur elle en cas de besoin, et tant que je l'aurai, tout ira bien.

On chante de vieilles chansons de notre enfance, pour passer le temps, mais les minutes s'étirent et ce tunnel n'en finit pas. Ou alors, on a cette impression parce que nos pieds sont engourdis par l'eau froide qui nous arrive maintenant aux mollets plutôt qu'aux chevilles. La lumière de la lampe faiblit progressivement.

– On ne doit plus être loin, non ? demande Grace d'une voix tremblante.

Je ne réponds pas. La lampe torche s'éteint. Je la tapote contre ma paume, et elle récupère assez de jus pour se rallumer. Pour combien de temps, ça, je n'en sais rien.

– Regarde, là-bas, dis-je en pointant un doigt devant nous.

Une lueur à peine visible indique que nous sommes près de l'entrée. On continue de patauger, levant les genoux de plus en plus haut. Je suis essoufflée, mais je ne m'entends pas haleter avec toutes ces éclaboussures.

Le vrombissement est de plus en plus fort.

Un déversoir du côté de Grace relâche soudain une énorme quantité d'eau, qui s'écrase sur le mur en face de nous. Le courant se transforme, aspire mes pieds et me fait chuter, passant par-dessus ma tête.

J'inspire, trop tard.

De l'eau afflue dans mes poumons. Je remonte à la surface, haletante, toussant, recrachant le liquide qui me brûle le nez et la gorge. Ma tête heurte le tunnel, les dents de ma barrette s'enfoncent dans mon cuir chevelu.

– Maddy !

Grace hurle mon prénom et me tend la main. J'essaie de me relever. Une nouvelle vague la fait basculer. Elle nous éloigne de l'ouverture. Je bats des jambes, essayant de me stabiliser. Le ciment m'écorche le bras. Je m'efforce d'attraper quelque chose, n'importe quoi, sur la paroi. On file dans le noir complet, emportées par le courant. Je cherche Grace. Quand mes doigts trouvent son poignet, je le serre. De toutes mes forces. Il ne faut pas que je la lâche. J'arrive tout juste à garder la tête hors de l'eau, et on va de plus en plus vite. Mon coude heurte quelque chose de dur, alors je le replie contre moi, posant une main sur ma tête pour la protéger, mais de l'eau s'engouffre dans mon nez alors je préfère le boucher à la place, ramenant mon menton contre ma poitrine. Une vague me submerge encore une fois, et j'en avale de grandes goulées, essayant de ne pas respirer tandis qu'une brûlure monte dans ma gorge, la compresse, jusqu'à ce que l'obscurité cède la place à une faible lumière.

On retrouve l'air libre un instant avant d'être de nouveau entraînées vers le fond. Des bulles tourbillonnent. De l'obscurité partout. De l'eau glaciale. Tellement froide – comme des milliers d'aiguilles perçant le moindre centimètre de ma peau. Mes muscles se figent. Je leur ordonne de bouger. *Bats des jambes. Nage. Survis !* hurle mon esprit, et ils répondent, se raidissant comme des baguettes.

Il n'y a plus de ciment pour m'égratigner les orteils. Plus de mur pour me griffer les bras. Plus de sol pour m'aider à me propulser vers la surface. Nous sommes dans un lac. Un lac glacial. Je remue les jambes et cesse de tourbillonner, m'efforçant de rejoindre la lumière. Mes poumons me brûlent et je n'arrive pas à respirer et je bats des jambes de plus en plus fort mais je n'ai plus d'air et je ne peux plus retenir mon souffle beaucoup plus longtemps et je ne veux pas mourir ici. La sécurité est si proche, et pourtant si lointaine. Il faut que je tienne bon. Mon corps hurle. J'y suis presque. Des points noirs dansent devant mes yeux. Je ne veux pas mourir. Je ne veux pas mourir. Je remonte à la surface.

Dès que j'essaie d'inspirer de l'air, je recrache de l'eau, mais la main de Grace n'est plus là.

Grace n'est plus là.

La pluie martèle le lac aussi fort que des balles frappant un mur, explosant en un million d'éclats. Une petite cascade jaillit de la bouche du tunnel derrière moi. Sur la droite…

Grace.

Elle flotte, visage vers le bas, et j'ai beau essayer, battre des jambes de toutes mes forces, je n'arrive pas à la rejoindre assez vite, l'eau ne me laisse pas faire et mes membres sont trop lents, je la vois mais je ne peux pas la rejoindre assez vite. Ce sont d'abord ses cheveux glissants qui s'enroulent autour de mes doigts. Je la retourne sur le dos, mais elle ne tousse pas, et oh mon Dieu, est-ce qu'elle ne respire pas ? La sortir de l'eau. Il faut que je la sorte de l'eau. Il faut que je sorte Grace de l'eau. Il faut que Grace retrouve la terre ferme.

C'est la seule pensée que mon cerveau parvient à former alors que je nage vers une petite île suspendue au milieu du lac, un banc de sable envahi par les mauvaises herbes. Je ne sens pas son poids qui m'entraîne sous la surface. Je n'essaie pas de calculer combien de minutes elle est restée sans oxygène. Je ne sens pas mes poumons qui me brûlent, s'efforçant encore de récupérer.

Mes pieds glissent sur les rochers alors que je la tire, les mains sous ses aisselles, ignorant sa tête qui retombe mollement sur le côté. Je ramène son menton en arrière, vers le ciel. Ses voies respiratoires sont dégagées. Je mets mes mains l'une sur l'autre et appuie sur sa poitrine. Un. Deux. Trois. Quatre. Je ne vais pas assez vite. Neuf, dix, onze. Il faut que j'aille plus vite, plus vite que ce que je pense. Quinze, seize, dix-sept. Il faut que j'arrive à trente. Mes bras hurlent déjà, mais quand j'arriverai à trente, elle respirera. Vingt-huit, vingt-neuf, trente.

Elle ne respire toujours pas. Sa poitrine ne bouge pas et aucun souffle ne sort de sa bouche et, *oh mon Dieu, Grace*. Un, deux, trois, quatre, cinqsixsepthuit. S'il vous plaît, faites que ça marche. S'il vous plaît, faites que Grace aille bien. Faites qu'elle respire. *Respire, Grace, respire.* Je ne sens pas les larmes qui coulent sur mes joues, pas plus que je ne sens la pluie ni n'entends le tonnerre, mais je sens la peur et la panique qui montent douloureusement en moi, comprimant autant mes poumons que l'eau tout à l'heure.

S'il vous plaît. Mon Dieu, s'il vous plaît. *S'il te plaît, Grace.* S'il vous plaît, s'il vous plaît, s'il vous plaît, faites qu'elle aille bien.

Je ne sais pas combien de fois je compte jusqu'à trente avant d'arrêter, de m'écrouler, avant que l'obscurité ne m'engloutisse et que je perde connaissance, avant que mes mains glissent de sa poitrine mais prennent son poignet, sachant qu'elle est déjà partie.

Grace est partie.

Je ne suis pas la personne que vous croyiez.
Et tout ce que je vous demande, c'est : m'aimerez-vous quand même ?

Si je me montre telle que je suis à l'intérieur,
Une personne que je n'ose révéler aux autres ?
Il y aura encore de l'amour pour moi,
Si je ne suis pas elle ?

Moi, la vraie moi,
Ai-je le droit d'exister,
De vivre,
De respirer ? Regardez-moi dans les
Yeux, et voyez celle que je suis.

CHAPITRE 29

MADDY : 5 MAI

– Grace est… Grace n'est plus là.

Je ne sais pas si je dis ces mots à voix haute, mais j'ai besoin de les entendre. J'ai besoin de les comprendre.

– Elle… elle est morte.

Mes jambes cèdent sous mon poids et touchent la berge.

Grace est morte.

– Chut, souffle Adrian en me prenant dans ses bras. Ça va aller.

– Elle est morte.

Ces mots sonnent creux. Ma poitrine est vide. Plus d'air. Plus de larmes. Plus rien.

– Grace est morte.

Je crois qu'Adrian sort mon téléphone de ma poche. Je n'en suis pas sûre. Peut-être qu'il appelle mes parents pour leur dire où on est. Je n'en sais rien.

Tout ce que je sais, c'est que ma sœur est morte le 25 avril, mais revivre ces souvenirs me donne l'impression que ça a eu lieu aujourd'hui.

Une partie de moi est morte aussi.

Des lumières qui clignotent. Pas de sirènes.

Deux voitures de police.

Des agents qui approchent.

– Je voulais juste que le lycée appelle ses parents, crie Jade en tenant toujours sa cheville, me suppliant de quelque chose que je ne peux ni comprendre ni donner. Je voulais que quelqu'un la dénonce comme elle m'a dénoncée, c'est tout.

Grace a parlé de Jade à la conseillère d'éducation, en troisième. Le collège a appelé ses parents. Son père s'en est servi contre sa mère pendant le divorce.

Jade a tout rejeté sur le dos de Grace.

Grace est morte.

Je me souviens de tout, et j'ai déjà envie de tout oublier.

– Pourquoi tu n'as pas dénoncé Grace dès le mardi soir ? demande Adrian, formulant la question que ma bouche ne parvient pas à articuler. Si tu n'avais pas attendu, peut-être qu'elle…

– Je sais, gémit Jade. Je ne voulais pas que ça se passe comme ça. Quand j'ai vu que Maddy ne rentrait pas ce soir-là, je n'ai pas voulu qu'elle ait des ennuis, elle aussi. Je n'en voulais qu'à Grace. Alors j'ai attendu et je… Rien ne s'est passé comme prévu. Ça n'était pas censé se passer comme ça.

Les supplications de Jade continuent jusqu'à ce que les agents la fassent monter sur la banquette arrière d'une voiture.

Adrian m'aide à monter dans un autre véhicule. Des mots flottent tel un brouillard autour de moi pendant le trajet jusqu'à la maison. Je regarde tout du long par la vitre, mais je serais incapable de me rappeler quoi que ce soit.

Adrian me pose quelques questions. Je ne réponds pas. Sa main est posée sur mon bras.

Grace est morte, mais je suis vivante.

Ça me fait mal de me rappeler son visage. Comme si elle dormait, ou faisait semblant de dormir. Comme si à tout moment, elle allait éclater de rire et ouvrir les yeux.

Mais je n'entendrai plus jamais son rire. Je ne verrai plus jamais son sourire, je ne la taquinerai plus jamais avec des poivrons et je ne lui ferai plus jamais de tresses. Je ne ferai plus jamais rien avec ma sœur.

Parce que même si je suis vivante, Grace est morte. Grace est morte. Graceestmorte. Graceestmorte.

Grace.

On s'arrête. Quelqu'un ouvre la portière.

Papa et maman sortent de la maison en courant. Des bras autour de moi. Je n'entends pas ce que dit maman. Papa parle aux agents.

Apparemment, mes jambes me portent jusqu'à la maison, mais je ne les sens pas. C'est comme si je flottais.

Maman me conduit dans ma chambre et me guide jusqu'à mon lit – *mon* lit. Pas celui de Grace.

Ma tête touche *mon* oreiller.

Un gouffre s'ouvre en moi. La douleur me fend en deux et tout s'échappe dans un torrent de larmes.

Grace.

Je m'endors en murmurant son nom, sachant que c'est le *sien*, mais sachant aussi qu'elle n'y répondra plus jamais.

6 MAI

Je dors. Beaucoup. Pratiquement toute la journée. Comme si, tout le temps où je pensais être Grace, Maddy avait continué à vivre dans mon sommeil, ne me laissant jamais me reposer véritablement. J'étais tellement convaincue que Grace ne pouvait pas être morte que j'en ai fait ma réalité. Toutes les conversations, toutes les interactions, du moment où j'ai vu son visage souriant sur l'écran de télévision à l'hôpital jusqu'à hier soir… tout défile dans mon esprit comme un film racontant la vie de quelqu'un d'autre. Quand le sommeil ne le met plus sur pause, je sors de mon lit.

Mes pas font craquer les marches. En un clin d'œil, mes parents apparaissent au bas de l'escalier avec Fizzy.

– Maddy ? demande maman, et je comprends qu'elle ne veut pas seulement savoir si c'est bien moi ou si je vais bien.

Elle me demande si je sais qui je suis.

Je soutiens son regard et hoche la tête, et elle m'attire contre elle et papa.

On reste plantés là, au milieu du vestibule, une famille de trois, sachant qu'il y aura toujours de la place pour quatre dans nos cœurs.

On va ensuite s'asseoir sur le canapé du salon, et je leur raconte ce qui s'est passé dans le tunnel, l'eau qui a monté, le massage cardiaque, mais je ne peux pas en dire plus.

Papa prend le relais quand ma voix flanche.

– L'inspecteur Howard nous a raconté hier soir. Quelqu'un du lycée leur a dit que le groupe était censé aller visiter les grottes le lendemain. Les policiers ont trouvé vos prénoms sur le mur du tunnel. Avec la pluie, ils ont compris ce qui s'était passé.

Il marmonne quelque chose sur l'idiotie d'emmener des jeunes dans un tuyau d'évacuation des eaux.

– Robert, intervient ma mère en posant une main sur son genou. On en a déjà discuté.

– Alors l'inspecteur Howard n'était pas venu m'arrêter pour le meurtre de Grace ?

– Non, pas du tout, répond ma mère. Il ne t'a jamais soupçonnée. En fait, c'est lui qui nous a dit le premier que tu avais peut-être besoin d'une évaluation psychiatrique. Tu as mentionné Maddy lors de ton premier interrogatoire, quand j'étais partie chercher des sodas. C'est pour ça qu'on a pris rendez-vous chez le Dr Cramer.

– Vous... vous saviez que je me prenais pour Grace ?

– On ne savait plus que croire, avoue papa. À l'hôpital, tu semblais savoir qui tu étais. Sinon, les médecins ne t'auraient pas laissée sortir. Même après que l'inspecteur Howard nous a fait part de ses inquiétudes, on t'a parlé directement de Grace, en la nommant, et on a mentionné sa mort. Tu n'as jamais eu aucune réaction nous faisant soupçonner quoi que ce soit. On a prévenu le lycée que le Dr Cramer était préoccupée, mais sans entrer dans les détails. Nous n'avions aucun diagnostic officiel. Ce n'est qu'hier soir qu'on a compris que tout ce que disait le Dr Cramer était vrai.

Ils en ont parlé au lycée… Quand la principale Avery a évoqué mes « difficultés psychologiques », je pensais qu'elle faisait allusion à mes trous de mémoire. Et ma dispute avec mes parents, dans la cuisine… Ils se sont figés quand j'ai parlé du volley, ils ont tenté de me calmer, de me ramener à la raison. Maman m'a appelée Maddy.

Mais j'ai l'impression que tout ça date de plusieurs années, pas d'avant-hier. Je ne me rappelle aucune autre conversation où ils m'ont appelée Maddy. Je me rappelle seulement mes maux de tête. Autant de souvenirs qui ont basculé dans le vide après l'accident.

Je me souviens d'avoir vu le visage de Grace sur cet écran de télévision, sous le mot *Disparue*, et d'avoir su au plus profond de moi que je donnerais *n'importe quoi* pour que ma sœur s'en sorte – y compris moi-même.

– On savait que tu avais du mal à accepter ce qui s'était passé, reprend ma mère. C'était… c'est dur pour nous tous. À la maison, tu n'as jamais rien montré qui puisse nous laisser penser que tu étais… désorientée. Tu traversais déjà une telle épreuve, on avait peur qu'en parler rende les choses… encore plus difficiles.

Si j'ai appris quelque chose de ce séjour, de Jade, du Dr Cramer, de Grace, c'est l'importance d'être direct et honnête. Je ne veux plus souffrir en silence. Je ne veux plus faire semblant.

– Il faut qu'on en parle, dis-je.

– Je sais, reconnaît ma mère en échangeant un regard avec mon père. Tu as raison.

– Vous dites que vous ne vous doutiez de rien. Mais… l'inspecteur Howard pensait que je l'avais tuée ?

Mon père secoue la tête.

– En voyant vos blessures, à ta sœur et toi, l'inspecteur Howard a soupçonné un acte criminel. De ce fait, même s'il ne voulait négliger aucune piste, il n'a pas envisagé la possibilité d'un accident. Il ne pensait pas que tu avais intentionnellement fait du mal à ta sœur, mais il était persuadé que tu en savais plus que tu ne voulais bien l'admettre.

– Pourtant, sa façon de m'interroger…

Je filtrais ses questions *via* la réalité de Grace, pas la mienne.

Qui a quitté l'hôtel en premier ? Elle ? Est-ce qu'elle était encore bouleversée, comme dans cette lettre, et est-ce que tu l'as suivie ? Qu'est-ce que tu lui as dit ?

Cette conversation se transforme, se gondole comme dans un miroir déformant à la fête foraine, et plus je m'en éloigne, plus elle est distordue.

– Il pensait que tu étais là quand Grace… commence ma mère, et puis elle hésite. Il pensait qu'elle avait voulu se suicider. Il tenait à s'excuser personnellement d'avoir suggéré cette possibilité qui nous a bouleversés, au commissariat.

Un suicide. Son carnet. Je pensais que c'était *mon* carnet. Je pensais qu'elle avait écrit une lettre pour moi dans mon carnet.

> *Tu es la sœur aînée. Tu es censée montrer l'exemple. C'est ce que maman dit toujours. Accepte ce que tu es vraiment et réjouis-t'en. Arrête de faire semblant d'être quelqu'un de mieux.*
>
> *Sincèrement,*
> *La fille Stoll que personne ne voit*
> *quand tu es dans les parages.*

Il s'agissait des pensées intimes de Grace, de ses peurs, de celles qu'elle ne voulait montrer à personne. Elle s'est écrit cette lettre à elle-même, révélant toutes les imperfections qu'elle s'efforçait tellement de dissimuler. L'inspecteur Howard a cru qu'elle était en colère contre elle-même au point de vouloir se suicider, il a cru que j'avais essayé de l'empêcher de passer à l'acte. Voilà le secret qu'il me soupçonnait de cacher.

– Alors vous n'avez jamais cru que je… que j'aurais pu…

– Maddy, on sait que tu as fait tout ton possible pour la sauver, affirme-t-elle, désormais en larmes, comme moi, sauf qu'on n'essaie plus de le cacher. On ne t'a jamais rien reproché.

Ces mots ouvrent le coffre-fort intérieur où j'ai enfermé toutes les questions qui m'effraient le plus. Il faut que je les pose. Je dois avoir le courage d'affronter la vérité.

J'ai passé les dernières années de ma vie à me comparer à Grace, obnubilée par sa perfection en sport, en cours, en amitié, faisant le parallèle avec mes propres échecs. Elle était tout ce que je pensais ne jamais pouvoir devenir. J'étais persuadée que le monde voudrait plus d'elle que de moi.

Mais ce n'est peut-être pas par le monde que j'avais besoin d'être rassurée. C'était peut-être par ces deux personnes en face de moi.

– Vous ne…

Ma voix se brise.

– Vous n'auriez pas préféré que ce soit moi plutôt qu'elle ?

Mon père craque et m'attire contre son torse, comme si j'avais cinq ans. Ses bras se referment autour de moi, m'ancrant dans le présent. Maman s'appuie contre moi, de l'autre côté, un petit *non* s'échappant entre ses sanglots.

– On vous a toujours aimées toutes les deux, m'assure mon père avec fermeté. Jamais plus l'une que l'autre. Jamais.

Il pleure et ne s'en cache plus.

C'est la réponse que je cherchais. Je n'ai jamais voulu être plus brillante que Grace, ni mieux qu'elle. Je voulais juste briller à ma propre façon, pour qu'ils me regardent, moi aussi.

Peut-être qu'ils m'ont toujours regardée et que c'est moi qui ne voyais rien.

7 MAI

Le lendemain, le Dr Cramer s'assied en face de moi dans son fauteuil violet pâle. Le divan n'est pas aussi dur que dans mon souvenir. D'autres personnes s'y sont assises. Je ne suis pas la seule.

– Lors de notre dernière conversation, nous cherchions à savoir qui tu étais sans ta sœur. Où en es-tu ?

– Je sais à présent que je ne suis *pas* ma sœur, si c'est ce que vous voulez dire, je réponds, plus sèchement que nécessaire.

– Je suis contente que tu l'aies accepté.

– Vous saviez que j'étais perturbée.

Ses paroles lors de notre dernière séance me reviennent, chargées d'un sens nouveau. *Tu peux changer la façon dont tu te vois à présent. Tu peux accepter qui tu es… Tout comme tu t'emploies à connaître ta sœur, je veux que tu t'appliques à te connaître toi.*

– Je savais que tu devais accepter ce qui est arrivé à Grace pour pouvoir accepter ta propre identité.

– Mes parents m'assurent qu'ils m'ont parlé de Grace, qu'ils m'ont appelée Maddy, mais je ne m'en souviens pas.

Hier soir, ils m'ont confié leur désarroi quand le Dr Cramer leur a fait part de ses soupçons. Ils avaient encore du mal à accepter la mort d'une de leurs filles ; ils ne pouvaient pas intégrer que l'autre était peut-être brisée mentalement, qu'elle se prenait pour quelqu'un d'autre. Personne d'autre n'était au courant.

Nicole n'était pas au courant, sur le parking du commissariat, mais c'est pour ça qu'elle ne m'a pas serrée dans ses bras ; pas parce qu'elle avait peur de mes blessures, mais parce que je n'étais pas sa meilleure amie.

Et c'est pour ça qu'à l'inverse, Erica m'a prise dans ses bras au lycée, parce qu'elle était censée être la mienne.

Quant à Ryan Jacobs, je lui ai envoyé un message disant : « C'est Grace Stoll. » Pas étonnant qu'il ait bloqué mon numéro. Il a dû croire que quelqu'un se faisait passer pour sa camarade de classe décédée. Je suppose que d'une certaine manière, c'était le cas.

Et puis il y a Adrian. Je me demande ce qu'il doit penser de moi, à présent.

– Tes parents étaient… commence le Dr Cramer, cherchant le bon mot… peu disposés à accepter que tu éprouvais un chagrin suffisamment puissant pour provoquer un trouble délirant. Comme toi, ils voulaient nier un fait pourtant indéniable.

Un trouble délirant. Cette expression me semble trop formelle, trop clinique.

– Parfois, poursuit-elle d'une voix douce, quand notre cerveau veut nous protéger d'une vérité ou d'un souvenir trop douloureux, il fait des choses étranges. Durant nos séances, il m'est arrivé de mentionner Grace, et tu as fait comme si tu ne m'entendais pas. Et je crois qu'en effet, tu ne m'entendais pas, pas vraiment. Ton cerveau ne t'y autorisait pas.

Elle dit ça logiquement, calmement. Cela atténue un peu ma honte. C'est embarrassant d'admettre à quel point j'étais détachée de la réalité, j'ai l'impression que j'aurais dû contrôler ces pensées. Pourtant, personne n'aurait pu me convaincre d'une vérité que je n'étais pas prête à accepter. Ce n'était pas un choix. C'était comme ça, tout simplement.

– T'es-tu demandé pourquoi tu pensais être Grace ? m'interroge-t-elle, me ramenant au présent.

Elle attend sans bouger, maniant toujours son épée du silence.

– Elle me manquait. Beaucoup.

C'est la vérité, je pense, mais ce n'est pas l'unique raison.

– Je voulais la ramener à la vie. Je me sentais coupable de ne pas avoir réussi à la sauver.

Je repense à la dernière heure qu'on a vécue ensemble. À son rire. À son honnêteté. À nos prénoms écrits sur le mur. Ensemble pour l'éternité.

– J'avais l'impression que je ne méritais pas de vivre plus qu'elle. Je ne me sentais pas digne de cette seconde chance alors qu'elle était morte. Je voulais qu'elle continue de vivre plus que je ne voulais vivre moi-même.

– Ça fait beaucoup de raisons.

– Elle n'avait aucune raison de mourir ; j'en avais des centaines de vouloir la ressusciter.

10 MAI

Le jour est venu de sélectionner les objets à apporter pour la cérémonie à la mémoire de Grace, au lycée. Maman voulait m'aider, pour tout bien organiser, mais je lui ai expliqué que je devais m'en occuper moi-même, du moins en partie, que ce serait une façon de dire au revoir à ma sœur.

J'attrape son lapin violet en peluche, celui qu'elle a eu à cinq ans et qu'elle cachait tout en haut de notre placard, refusant de le jeter. Je lui fais un câlin, un gros câlin, à défaut de pouvoir en faire un à ma sœur.

Puis je passe à son étagère et prends tous les trophées qu'elle a remportés. Je veille à lire chaque inscription pour me rappeler tout ce qu'elle a sacrifié afin d'atteindre ses objectifs, pour honorer les rêves qu'elle n'aura jamais pu accomplir.

Je récupère le livre sur sa table de chevet, avec un marque-page aux trois quarts. Elle n'en connaîtra jamais la fin.

Je détache les photos de son panneau d'affichage, mémorisant son sourire et les petites taches de rousseur parsemant ses joues après tout ce temps passé chez Nicole, au bord du lac. Je veux ne jamais oublier ces détails, tout ce qui faisait qu'elle était différente de moi. C'est ça que je veux me rappeler à tout jamais.

Nous disposerons ces objets sur une table, modeste tentative pour représenter ce qu'elle était, ce qu'elle aimait. La chambre est plus grande à présent, vide, seulement à moi. Mais je sais que même sans ses affaires, ma sœur sera toujours avec moi.

La police nous a rendu nos carnets. Sur les conseils du Dr Cramer, je les feuillette tous les deux. Seule dans ma chambre, blottie sur mon lit, je trouve la vraie lettre que j'ai écrite à Grace.

Chère Grace,

Quand je te regarde, je ne vois que ta beauté. Pas celle de tes traits. On a les mêmes yeux bleus et le même nez légèrement arrondi. Les mêmes pommettes et le même menton. Pourtant je ne suis pas aussi belle que toi.
Je vois ta beauté intérieure. Toi, tu ris sans te soucier de qui t'entend. Tu engages la conversation aussi facilement que tu te fais des amis. Tu rayonnes de confiance en toi. Quand je te regarde, j'ai l'impression de contempler tout ce que je voudrais être plutôt que celle que je suis.
Et ça fait mal.
Je n'arrête pas de regarder ma sœur magnifique et de ne voir que mes échecs. Cette jalousie s'est mise entre nous. Si je pouvais la découper avec un couteau, je le ferais. Mais je ne sais pas comment m'y prendre. Elle est devenue une partie de moi, un secret que je porte.
Je ne sais pas pourquoi je ne t'ai pas avoué ça plus tôt. Sans doute pour la même raison qui fait que je ne t'ai jamais avoué que c'est moi qui ai fait trébucher Mateo au bal.
J'ai trop honte de la vérité. Te mentir – me mentir – et faire comme si rien de tout ça n'avait d'importance, c'est plus facile. Si je brise ce miroir, je ne sais pas qui je verrai.

Peut-être un moi encore plus laid.
J'aimerais pouvoir me regarder comme tu regardes ton propre reflet. Tu es tout ce que je voudrais être et ne serai jamais. J'espère qu'un jour tu me pardonneras tout le chagrin que j'ai causé sans que tu le saches.

Maddy

Qu'est-ce que ça aurait changé qu'elle lise cette lettre au moment où je l'ai écrite ? Que je me confie à elle plutôt qu'à Jade ? Que je sois assez courageuse pour tout lui avouer, en quatrième ?

Personne n'aura jamais la réponse à ces questions, et du point de vue du Dr Cramer, les ruminer n'est pas sain. Elle soutient ma décision de prendre une année sabbatique avant de commencer mes études. Après avoir trouvé un emploi stable, pas trop stressant, j'enverrai sans doute d'autres poèmes pour obtenir une bourse ou les faire publier.

C'est ce que Grace aurait voulu que je fasse.

Je pose le carnet sur le lit et passe la main sur la page. Certains mots sont tachés par des larmes tombées pendant que j'écrivais. Dans le miroir, mon reflet me regarde avec des yeux clairs, brillants, et un nez arrondi. Je ne vois plus une fille sans amis aux cheveux ternes ni de la tristesse tapie aux coins de son sourire.

Je vois une fille aimée par ses parents brisés, qui ne savent pas toujours comment l'aider, mais qui ont au moins su lui trouver une professionnelle capable de le faire.

Je vois une fille qui a tout donné pour sauver sa sœur et qui commence lentement à accepter que ce n'est pas sa faute.

Je vois une fille qui n'a peut-être plus de sœur, mais qui portera toujours son souvenir en elle.

Quand je me regarde dans le miroir, je vois enfin celle que je suis à l'intérieur.

CHAPITRE 30

MADDY : 10 MAI

La cérémonie a lieu sur la pelouse devant le lycée, en soirée. Le parking est bondé. De nombreux habitants du quartier sont venus, des gens qui ne connaissaient même pas Grace personnellement. J'avais raison : notre histoire a touché plus de monde que je n'aurais pu l'imaginer, mais loin des critiques, des indiscrétions et des rumeurs en ligne, ces gens se sont rassemblés, le cœur lourd, pour rendre hommage à la véritable histoire, à la tragédie d'une belle âme partie trop tôt.

Nous pansons nos plaies, en tant que communauté. Un long article a été publié dans le journal local cette semaine, soulignant le danger des tunnels d'évacuation d'eau ouverts et des collecteurs d'eaux pluviales. Les propriétaires de l'hôtel vont interdire cette zone au public. Ce qui nous est arrivé, à Grace et moi, n'est pas aussi rare qu'on pourrait le croire. Plusieurs fois par an, des gens sont emportés dans des canalisations après des pluies violentes ou des crues subites, et ce même sans être entrés dans un tuyau comme nous l'avons fait.

Et je regretterai toujours qu'on l'ait fait.

Cependant, je chérirai toujours certaines parties de ce séjour. Sans ce voyage, je ne sais pas si on se serait autant rapprochées, Grace et moi.

Ce n'est pas facile de trouver la frontière entre la gratitude et le regret. J'essaie de ne pas trop m'attarder là-dessus.

– Tenez, monsieur et madame Stoll, dit Tori en donnant à chacun de mes parents une petite bougie. Nous en avons tous allumé une pour Grace.

Son explication est superflue, car la beauté du spectacle qui s'offre à nous se passe de mots. Tout le long du trottoir, des centaines de petites flammes projettent une lueur chaude sur la photo de Grace en tenue de volleyeuse et sur la couronne de fleurs offerte par le lycée. Les trophées récupérés dans notre chambre sont exposés à côté de plusieurs posters arborant des photos de ma sœur. La principale Avery a expliqué à papa tout à l'heure que les amis de Grace ont travaillé sur cette exposition pendant leurs heures d'étude.

Mes parents hésitent encore à intenter un procès au lycée, malgré les formulaires de dégagement de responsabilité que nous avons signés pour pouvoir participer au voyage. Le lycée a déjà annoncé la fin du séjour des terminales. En dépit des complications légales, les membres du personnel ont fait preuve d'une grande compassion à notre égard.

Je reconnais plusieurs professeurs dans la foule. Certains ne nous ont jamais eues en cours, Grace et moi, mais ils ne sont pas venus que pour nous. Ils encouragent et réconfortent les autres élèves, qui sont en deuil, eux aussi. M. Gutter se tient vers l'arrière de l'assemblée, seul.

– Je reviens tout de suite, dis-je à mes parents avant de me diriger vers lui. Monsieur Gutter ?

Il sursaute en entendant son nom.

– Je voulais vous remercier. De m'avoir retrouvée ce jour-là et d'avoir appelé les secours.

– Oh, Maddy, dit-il, alors que son visage s'adoucit. Bien sûr que je…

Je le serre dans mes bras, et au bout d'un moment, il me tapote l'épaule. Maladroitement, ça va sans dire, mais cette fois, ça me fait rire. Son seul crime était de manquer d'aisance en société, pas d'avoir des relations inappropriées avec les élèves. Plutôt que de retourner au lycée, il a décidé de prendre sa retraite anticipée.

– Vous êtes toutes les deux de si gentilles filles, ajoute-t-il.

Je le remercie encore une fois et traverse la foule. Personne ne sait si Holtsof a été officiellement renvoyé ou s'il a démissionné, mais il ne travaille plus ici. Il est maintenant évident que c'est par pur altruisme que Gutter s'est proposé d'accompagner les élèves lors du voyage.

Nicole et ses amis – les amis de Grace – sont assis aux premiers rangs.

– Maddy ! m'appelle-t-elle. Il y a de la place ici.

Elle fait signe à tout le monde de se décaler et va jusqu'à se lever, prête à me céder sa place.

– Merci, Nicole.

Et je le pense. Depuis que la police a assuré qu'elle ne serait pas inquiétée, ses avocats et ses parents l'ont autorisée à me parler. Elle est passée à la maison et m'envoie des messages régulièrement pour me demander si j'ai besoin de quoi que ce soit ou si j'ai envie de discuter. Parfois, c'est elle qui en a besoin. Grace n'était pas sa sœur, mais elle l'aimait tout comme, et je comprends son chagrin. Je ne suis pas sûre qu'elle ait conscience que Holtsof avait vraiment tort de vouloir la fréquenter en dehors du lycée, ou même de lui envoyer des messages « en ami », mais perdre Grace l'a transformée et l'a fait grandir en tant que personne.

Je la serre chaleureusement dans mes bras, mais décline sa proposition pour aller m'asseoir avec mes parents. On doit être ensemble ce soir.

Un visage brille par son absence, mais c'est peut-être mieux comme ça, y compris pour elle. Les actions de Jade n'avaient rien d'illégales, la police ne l'a donc pas poursuivie, mais bien que les journaux n'aient pas mentionné son nom ni son implication dans les événements de cette nuit-là, les réseaux sociaux s'en sont chargés. Son nom et son visage sont partout. Elle a supprimé tous ses comptes, mais ça ne change rien. Les gens lui en veulent autant qu'ils en veulent au lycée, autant que je m'en voulais à moi-même.

D'après le Dr Cramer, Jade a choisi Grace comme cible car c'était plus facile que d'accepter que son père avait été trop égoïste pour faire passer les intérêts de sa fille en premier. Grace s'est comportée en bonne amie en alertant sur ses problèmes, et elle ne méritait pas le ressentiment de Jade, mais je comprends la tentation de rejeter la faute sur la mauvaise personne pour éviter une vérité difficile.

Quelqu'un m'a soutenu que Jade n'irait pas à la fac l'année prochaine parce que celle-ci avait refusé sa candidature après avoir vu les réactions violentes en ligne. Une autre personne m'a affirmé qu'elle n'irait pas car son psy l'a fait admettre dans un établissement de soins à long terme. Je leur ai répondu que je savais ce que ça faisait d'être en proie à une culpabilité si intense qu'elle altère votre réalité. J'espère qu'elle recevra l'aide dont elle a besoin avant que ça ne lui coûte autant que ça m'a coûté.

Les rumeurs et les reproches ont fait souffrir Grace en quatrième, et c'est en partie ce qui nous a poussées à sortir cette nuit-là. Il y a déjà eu trop de vies gâchées. Pas besoin d'ajouter celle de Jade à la liste. De toute manière, sa propre conscience se chargera sans doute de l'anéantir.

Le silence se fait, la foule sentant que la cérémonie va bientôt commencer. Je me retourne sur ma chaise pour contempler les centaines de visages rassemblés pour Grace.

Erica est assise avec ses parents d'un côté, un garçon que je ne connais pas de l'autre. Il a un bras autour des épaules d'Erica qui se penche par-dessus lui pour dire quelque chose à Zoey. Erica s'est excusée plus d'une fois. À mon avis, elle ne me croit pas quand je lui dis que je lui ai pardonné tout ce qu'elle a écrit. Elle ne comprend pas que lui accorder mon pardon ne revient pas à lui accorder mon amitié. Je sais que je mérite mieux, à présent.

Mes yeux sont aimantés par ceux d'Adrian, comme s'il me regardait depuis mon arrivée. Il m'adresse un signe de la main et un sourire compatissant. Après la fête de Nicole, il m'a envoyé plusieurs messages pour qu'on se parle. Je l'ai remercié de son aide cette nuit-là, mais j'ai répondu que j'avais besoin de temps.

Bien entendu, il a respecté ma demande, mais je ne sais pas comment mener cette conversation. Rationnellement, je sais ce que je dois dire, mais mon cœur veut retarder ce moment autant que possible.

– Ça va ? me demande mon père en pressant mon genou.

Je presse sa main en retour et me tourne vers le podium.

– Ça ira.

L'heure suivante est remplie des paroles bienveillantes des profs et des entraîneurs, des histoires drôles des amis et coéquipières de Grace, et d'une magnifique chanson interprétée par le chœur du lycée. Larmes et rires s'entremêlent dans la douceur de l'air printanier, et quand la principale Avery clôt la soirée, une chose est claire : personne ne remplacera jamais Grace, mais ses dix-huit ans sur Terre ont été remplis d'assez d'amour et de joie pour durer toute une vie.

– Stoll, attends ! lance Adrian en courant pour me rattraper.

Je ne m'arrête pas. Je ne veux pas faire ça ce soir. Il y a déjà eu trop de cœurs brisés.

– Maddy, s'il te plaît.

C'est le son de mon prénom qui me retient de piquer un sprint jusqu'à la voiture. Il m'a toujours appelée Stoll, pendant le séjour et après. Mon cerveau m'empêchait d'entendre quand on m'appelait *Maddy*, mais j'entendais toujours Adrian m'appeler par mon nom de famille. Il m'a dit qu'au lycée, Mme Miller, la secrétaire, m'avait appelée par mon prénom, mais que je ne l'avais pas entendue.

Combien de fois au cours des dernières semaines n'ai-je pas entendu des gens qui s'adressaient à moi par mon prénom ? Dit-on souvent le prénom de la personne à qui on parle ?

Et soudain, le voilà à côté de moi. Sa casquette recouvre ses cheveux bruns et protège ses yeux marron du soleil. Il salue mes parents.

– On se retrouve à la voiture, leur dis-je.

Maman hoche la tête, papa passe un bras autour de ses épaules, et ils s'éloignent.

– Je sais que tu as besoin de temps, mais je veux savoir comment tu vas, commence-t-il. Je tiens à toi.

– Vraiment ?

Ces mots me brûlent la gorge. Je ne sais pas si je peux y arriver.

– Bien sûr. Je sais que je te dois des excuses, sur plusieurs points, et je veux te les présenter en face, reprend-il en retirant sa casquette, qu'il tord entre ses mains. D'abord, je te promets que je ne savais pas que tu étais…

– Délirante ? je suggère.

Je ne peux pas lui en vouloir de ne pas être à l'aise avec ce mot. C'était aussi mon cas, avant qu'il s'applique à moi.

– Je me faisais du souci pour toi, après le séjour, mais quand j'ai appris que tu allais bien, j'ai cru que tu ne voudrais plus m'adresser la parole, vu que j'avais lu ton poème devant tout le monde, et je ne savais pas comment aborder le sujet alors que Grace était encore portée disparue.

Je me rappelle la fois où je suis tombée sur lui en promenant Fizzy. Il était mal à l'aise quand je lui ai parlé. J'ai cru qu'il ne savait pas trop comment me montrer son soutien, alors qu'en réalité, il s'attendait à ce que je lui crie dessus, comme la dernière fois qu'il nous avait vues, ma sœur et moi.

– J'aurais dû te dire tout de suite que j'avais lu un passage de ton carnet et que tu étais furieuse contre moi, mais ça me paraissait stupide de ramener ça sur le tapis alors que tu te faisais un sang d'encre pour ta sœur. Tu souffrais déjà tellement, je ne voulais pas en rajouter.

Je vois sa propre souffrance dans la crispation de ses mâchoires, fortes et fermes. Il me complique les choses. Je n'ai pas envie de lui faire du mal.

– J'allais t'en parler quand on a pris le petit déjeuner ensemble, mais alors tu as souri et… j'aime tellement ton sourire que je ne voulais pas le faire disparaître.

Une petite brise ramène mes cheveux devant mon visage et il les coince derrière mon oreille d'un geste doux, hésitant.

– Quand est-ce que tu as compris ? je demande en m'écartant.

– Que tu pensais être Grace ?

Je hoche la tête.

– Quand ?

– Seulement quand ton père me l'a dit. À la fête, je voyais bien que quelque chose n'allait pas, mais je ne savais pas quoi. Si j'avais su, je te jure que j'aurais essayé de t'aider, que j'aurais essayé de te le dire.

Je secoue la tête.

– Même si tu m'avais dit la vérité, je n'aurais pas été capable de la comprendre.

Si j'en crois ma psy, je ne l'aurais même pas entendue du tout. L'un des pires maux de crâne que j'ai eus m'a frappée quand je cherchais mon journal dans notre chambre, quand j'essayais de voir la pièce avec les yeux de Maddy. Le Dr Cramer avait raison. Il fallait que j'accepte mes souvenirs avant de pouvoir prendre conscience de ma véritable identité.

– J'aurais pu essayer, insiste-t-il.

– Mon propre père a tenté de me faire comprendre que je n'étais pas Grace, et ça a déclenché des maux de tête psychosomatiques qui ont bloqué ses paroles. Donc oui, tu aurais pu essayer, mais ça n'aurait pas fonctionné.

– Je suis quand même vraiment désolé de ce que j'ai fait pendant le séjour. Je n'aurais jamais dû prendre ton carnet et le lire. Et j'aurais dû m'excuser en face au lieu de t'écrire cette lettre.

J'ai honte de l'avoir lue dans le coffre de sa voiture et d'avoir cru qu'il était sorti avec ma sœur alors qu'en fait, il n'a jamais été qu'avec moi.

– À certains moments, tu semblais… différente, mais je mettais ça sur le compte de la mort de ta sœur. Qui n'aurait pas été un peu distrait ? N'empêche que je pensais tout ce que je t'ai dit au parc. Je veux t'accompagner dans toutes ces épreuves. Alors… est-ce qu'on peut réessayer ?

– Je…

Je voudrais me contenter de ça, mais je dois être honnête avec lui. Adrian ne savait peut-être pas que je souffrais de troubles délirants avant la fête de Nicole, mais ça ne change rien pour moi. C'est impossible.

– Je ne pense pas, non.

Ses sourcils bruns se rejoignent avec perplexité.

– Je suis vraiment, vraiment désolé d'avoir lu ton poème et de ne pas t'en avoir reparlé, répète-t-il avec une sincérité qui manque avoir raison de ma résolution.

– Je sais, ce n'est pas à cause de ça.

– Alors pourquoi ? Tu as honte d'avoir été perturbée ? Parce que je sais ce que peut provoquer un traumatisme. Parfois, quand ma mère se réveillait, elle oubliait qu'elle n'avait plus de bébé.

– Non, ce n'est pas ça.

Je ne sais pas comment lui expliquer.

– Alors dis-moi ce que c'est, me supplie-t-il. Tu as peur que ça recommence, que tu oublies à nouveau ? Parce que je serai là pour toi si ça arrive. Je…

– Adrian, arrête.

Ça me fait encore plus mal qu'il soit aussi compréhensif, aussi gentil.

Ses yeux sondent les miens, me supplient, veulent me convaincre.

– Stoll, parle-moi. Je tiens à toi.

Ces quatre derniers mots sont si durs à entendre. Parce que j'ai envie de les croire. J'ai envie de le croire, *lui*.

– Tu tiens à Grace, dis-je, admettant la peur qui m'empoisonne depuis des jours. C'est elle que tu as appris à connaître. C'est elle qui a flirté avec toi et qui s'est ouverte et… et qui t'a embrassé. Ce n'était pas moi. Je ne suis pas comme ça. Je pensais être elle, et c'est pour elle que tu as craqué.

J'ai beau désirer que ces gaufres, ces promenades avec Fizzy soient à nous, ce n'est pas le cas. Elles sont à Grace. Je pensais être Grace, sûre d'elle, extravertie. Moi – *Maddy* –, je n'aurais jamais fait tout ça. Pas sans que quelqu'un me pousse. Pas sans silences gênants. Même si je veux bien croire que mes parents nous aimaient autant l'une que l'autre, je ne peux nier que nous étions différentes.

– Non, ce n'est pas vrai, réplique-t-il en me prenant la main, et la sienne est aussi chaude et douce que pendant le séjour, que sur le toboggan. Tu te prenais peut-être pour Grace, mais tu te comportais quand même comme Maddy. Ce n'est pas après l'accident que tu as commencé à me plaire. La fille qui souriait à mes blagues stupides sur les maillots de bain me plaisait déjà en troisième, tout comme celle qui savait tordre ses bras bizarrement et qui riait de Ryan Jacobs au lieu de rire avec lui. C'est la même fille que celle qui plaisantait avec moi sur le râteau avec qui je sortais. Et celle qui a écrit ce poème incroyable, c'est aussi celle qui s'est ouverte à moi en mangeant des gaufres. Tu ne vois donc pas ? Tu pensais qu'il fallait que tu sois Grace parce qu'elle était mieux que toi, mais honnêtement, vous faisiez ressortir le meilleur l'une chez l'autre, et elle le fait encore. Ses qualités vivent encore en toi, pas parce qu'elle n'est plus là, mais parce qu'elles ont toujours été en toi.

– On dirait ma psy.

Il sourit, un sourire si grand, si pur que je souris aussi.

– Ce n'était pas le but, mais j'accepte le compliment, dit-il.

Il m'attire alors contre lui, et je le laisse faire. J'appuie mon visage contre son torse et me laisse aller dans ses bras. Il a envie d'être avec moi. Malgré tout, c'est *moi* qu'il choisit.

– Tu le penses vraiment ? je demande, juste pour l'entendre le dire.

– Absolument, Maddy.

Il prononce mon prénom distinctement. Avec emphase. Il me voit telle que je suis. Pas telle que je devrais, pourrais ou voudrais être.

Et s'il peut me voir, alors moi aussi.

31 MAI

À la fin du mois, je vois encore le Dr Cramer une fois par semaine. Mes parents consultent de leur côté.

Aujourd'hui, après avoir câliné et gratouillé Fizzy encore plus longtemps que d'habitude, pour la consoler de ne pas pouvoir nous accompagner, Adrian me conduit au cimetière. J'apprends de nouvelles façons de dire au revoir.

– Tu es prête ? demande-t-il en prenant ma main, avant de désigner le carnet qui dépasse de sous mes genoux. C'est pour quoi, ça ?

– C'est le carnet du séjour, je réponds en l'ouvrant. Je le feuilletais hier soir et j'ai eu l'impression qu'elle devait l'avoir.

Beaucoup des mots que j'ai écrits là-dedans lui ont toujours appartenu. Les regrets, le chagrin, la jalousie. Il est temps de les laisser partir.

– Je suis prête, dis-je en prenant mon carnet avec moi.

Le soleil brille, pas un seul nuage ne flotte dans le ciel. La tombe se trouve à quelques rangées de l'entrée. Je tripote le petit bouquet enveloppé dans du plastique. Il crisse bruyamment, plus sonore que nos pas sur l'herbe tendre. Et puis on y est. Son nom complet, sa date de naissance et la date de sa mort sont gravés dans la pierre, marquant pour toujours sa place dans le temps, mais sans rendre compte de la plénitude de sa vie.

– Je t'ai apporté une carte, commence Adrian sur le ton de la conversation, comme si Grace était debout à côté de nous. Rien de spécial, mais j'espère qu'elle te fera rire.

– J'espère aussi, je renchéris.

Je suis contente qu'ils aient sympathisé pendant le séjour. Ils sont tous les deux importants pour moi, et elle serait heureuse de nous savoir ensemble.

J'ouvre mon carnet et le dépose à côté de la carte. Le soleil brille sur mon poème, celui qu'Adrian a lu à voix haute pendant le séjour. Sauf qu'il l'a mal lu. Ou plutôt, il ne l'a pas terminé. Car quand on arrive à la fin, il faut le lire à l'envers. Il ne faut pas s'arrêter quand on croit que c'est terminé. Il faut le reprendre de la fin au début.

voilà qui je suis
j'ai accepté ce que j'ai tant voulu nier
je serai toujours différente
c'est facile de le voir
même si on se ressemble
seule une attire tous les regards
on ne pourra pas me convaincre que
je suis digne d'amour
je connais la vérité :
j'étais une erreur
et je ne concevrai jamais que
je peux être aimée autant
je suis de seconde zone car née en second
au fond de moi je ne croirai jamais que
quelqu'un pourrait quand même me désirer
si je montre ma véritable identité

Cependant, les deux versions sont vraies. Parfois. Elles ne correspondent pas à un avant et un après. Seulement, c'est pendant le séjour des terminales que j'ai senti pour la première fois que l'envers était valable aussi. Je sais que mon combat n'est pas terminé. Ces émotions reviendront et essaieront de me ronger à nouveau. Mais peut-être qu'elles seront moins fortes, qu'elles dureront moins longtemps. Et puis finalement, un jour, je n'arriverai plus à lire ce poème qu'à l'envers. Pour toujours.

Les leçons apprises pendant ce séjour m'accompagnent encore. En premier, s'ouvrir. En deuxième, se souvenir. En troisième, agir. Et en quatrième, pardonner. Mais la leçon du cinquième jour, celle que j'ai ratée, est importante aussi.

En cinquième, respirer.

D'après Adrian, Mme Sanderson leur a expliqué que le dernier jour, on aurait dû se concentrer sur tout ce qu'on avait appris au cours des quatre premiers jours, l'intégrer en inspirant, puis le transmettre aux autres en expirant.

Je dois m'ouvrir à de nouvelles personnes et à de nouvelles expériences. Je dois me souvenir du passé. Je dois agir en respectant mes limites. Je dois pardonner, à moi-même et aux autres. Mais je dois aussi respirer, pour continuer à vivre.

Pas à la place de Grace, mais pour elle.

REMERCIEMENTS

J'ai énormément de personnes à remercier d'avoir mis ce livre entre vos mains. Tout d'abord, gloire à Dieu d'avoir créé pour ma vie une meilleure histoire que je n'aurais pu en inventer.

Merci à :

Mon agente, Molly Ker Hawn, qui dépasse tout ce que j'aurais pu demander et imaginer. Que ta carrière soit aussi enthousiasmante que des glissades sous la pluie.

Mon éditrice, Kelsey Horton, d'avoir réalisé mes rêves et de m'avoir encouragée à chaque étape. Que ta vie soit aussi satisfaisante qu'une guimauve parfaitement grillée.

Le reste de l'équipe chez Penguin Random House, notamment Berverly Horowitz, Tamar Schwartz, Natalia Dextre, Cathy Bobak, Trisha Previte, Joey Ho, Kate Keating, Elizabeth Ward, Kim Langus, Becky Green et Joe English. Puissiez-vous remporter tous les « jeux de la lave » auxquels vous participerez.

L'équipe de la Bent Agency, notamment Martha Perotto-Wills et Victoria Cappello, pour tout ce que vous réalisez en coulisses. Puissiez-vous ne jamais vous retrouver enfermées dans une chambre à la poignée cassée ; et, si cela devait arriver, que vous soyez rapidement secourues.

Ma bande *Pitch Wars*, en particulier mon mentor, Jamie McHenry, qui a découvert cette histoire en premier, a parié dessus et y a consacré des heures de travail. Que personne ne vomisse jamais sur ton lit après une fête sur patins à roulettes.

Mes indéfectibles Stabby Bears : Aimee Davis, qui a arrosé les premières graines de cette histoire, et Laurie Lascos, Sana Z. Ahmed, Christine Arnold, K. A. Blaser, Emily Charlotte, Valo Wing, Lally Hi, Sul, Elle Desamours et P.H. Low, qui m'ont aidée à grandir. Puissiez-vous toujours disposer de réserves infinies de gaufres.

Mes expertes en mystère : Paula Gleeson, qui a lu une première version vraiment horrible, et Gabi Burton, Karen Jo, Mariann Evans, Jessica Hogbin et Shante, qui en ont lu une légèrement meilleure. Puissiez-vous ne jamais avoir à visualiser un homme en slip de bain orange.

Morgan Watchorn, de faire ce voyage avec moi. Que ton carnet ne soit jamais volé et lu à voix haute.

L'inspecteur Adam Johnson, qui m'a laissée le harceler de questions. Que vos voitures roulent aussi bien que Goldie.

À tous mes premiers lecteurs et soutiens, en particulier Nancy Haines, Ann Carboneau et l'Overbooked Book Club. Puissiez-vous toujours voyager avec quelqu'un qui aime la même musique que vous.

Ma famille, en particulier mes parents et mes beaux-parents, pour l'amour qu'ils portent à mes enfants. Que vous ayez toujours conscience d'être aimés.

Mon mari, pour plus que je ne pourrais l'exprimer avec des mots. Que tu ne manges jamais rien avec des poivrons dedans.

Mes enfants, d'être ceux que vous êtes. Que l'anagramme de votre vie soit toujours ESPOIR.

Et enfin, mes lecteurs. N'oubliez jamais qui vous êtes et ce que vous valez.

L'AUTRICE

Megan Davidhizar a grandi dans le Midwest. Aujourd'hui, elle passe ses matinées à regretter de ne pas aimer le café, ses journées à enseigner l'anglais – et surtout à apprendre de ses élèves –, et ses soirées à faire découvrir les livres à ses trois enfants.

Mauvaise sœur est son premier roman.

Composition et mise en pages
Nord Compo à Villeneuve-d'Ascq

Ce livre est imprimé sur du papier issu de forêts gérées durablement.

Achevé d'imprimer en janvier 2025
dans les ateliers de Normandie Roto Impression s.a.s.
61250 Lonrai
N° d'imprimeur : 2406162
N° éditeur : 387355 / 10294995

Imprimé en France